野いちご文庫

# 何度だって君に伝えるよ。

天瀬ふゆ



STARTS
スターツ出版株式会社

Contents

* 1 *

# この心は君だけに



* 2 *

# つながっている想い

＊ 3 ＊

## いま逢いに行くよ



＊ 4 ＊

## 未来は光の中に



＊ 5 ＊

## 書き下ろし番外編

## Characters

### 伊折《いおり》結良《ゆら》

中性的な容姿とクールな性格が女子に人気。ひかりからの告白にもつれない態度だけど、意外と照れ屋な一面も。忘れられない元カノの存在が…。

### ミクル

結良の元カノ。事故で亡くなっている…?

### 小倉《おぐら》ひかり

三年前から想い続けていた結良と高校の入学式の日に再会して以来、毎日気持ちを伝えている。過去に心臓病をわずらっていた。カフェラテが好き。

### 和田《わだ》

サッカー部所属の爽やかスポーツマン。結良とは中学校からの友人で、ひかりとは小学校時代にもクラスメイトだった。

苦しい運命を乗り越えた先で
奇跡のようにまた出逢えたなら
この想いを何度だって君に伝えるよ。

たしかに光の中で鼓動している
かけがえのない未来をずっと
君のそばで感じていたいから――。

こんなに心臓がどきどき高鳴るのも
こんなに好きって伝えたくなるのも
全部、君にだけなんだよ。

# ＊1＊ この心は君だけに

# 桜舞う出逢いの季節

春のうららかな陽気が降り注ぐ、四月。

優しいそよ風、澄み渡る青空。

最高の入学式日和《びより》！

着慣れない制服に身を包み、見慣れない学校までの道のりを歩きながら、私はこれから始まる高校生活にわくわくと心を弾《はず》ませていた。

前方に見えるのは、通学路に沿って続いている公園の満開の桜。

柔らかな光が差し込む中、風が吹くたびに薄桃色《うすももいろ》を身にまとった枝木が揺れ、無数の花びらが目の前を舞い踊っていく光景に、思わず息を呑《の》んだ。

わあ……っ、すごい景色。

パパとママにも見せたい！

写真におさめようと、歩を止めてスマホを取りだしかけたところで、ふと気づく。

私の立っている少し先——公園の入り口のそばで、同じように立ち止まって桜をながめている、ひとりの男の子がいた。

私と同じ高校の制服を着ているみたいだ。

大人っぽい雰囲気《ふんいき》だけど、彼も新入生なのかな？

そっと桜を見上げるその横顔は、男の子にしては中性的で、とてもきれいで。

私はついつい桜よりも、彼のほうに目を奪われていた。

陽に当たって茶色がかって見える、さらさらの黒髪《くろかみ》。

長いまつ毛にふちどられた、こげ茶色の瞳《ひとみ》。

すっと筋の通った鼻、形のいい薄い唇《くちびる》……。

——どくんっ、と心臓《しんぞう》が強く脈《みゃく》を打った。

電流が走ったみたいに鼓動《こどう》が激しくなって、体中が熱くなっていく。

……う、そ。

知って、る。

私、あの人のこと。

ううん、知ってるどころか、彼は私の——。

にわかには信じられなくて、指先が小さく震えた。

どくどくとなにかを訴えるように大きな音を立てる心臓。

次の瞬間にはいてもたってもいられなくなって、私は肩にかけた鞄《かばん》の持ち手を握りしめ、彼のもとへと走りだしていた。

「あのっ！」

突然駆《か》け寄ってきた私に、彼は振り返って目を見開いた。

その瞳と視線を合わせた瞬間、心臓をわしづかみにされて……どうしようもなく、泣きたくなった。

「え……だれ？」

「……っ」

ああ、夢じゃない。

見間違うはずもない。

あの日の、彼だ。

ずっとずっと……逢《あ》いたかった人だ。

「──好きです！」

彼を前にしてなにを言うか、なんてちっとも考えていなかった。

ただ素直な想いが、口をついて飛びだしていた。

あまり表情は変わらないけれど、とても困惑《こんわく》している様子の彼に、私は自己紹介よりも先に、ずっと伝えたくて仕方がなかった〝好き〟を叫んだんだ。

桜舞う出逢いの季節、私はやっと──逢いたくてたまらなかった君と再会した。

「新入生のみなさんは、自分のクラスを確認して教室へ向かってくださーい」

体育館で入学式が行われたあとは、おのおの振り分けられたクラスへ。

入学式で席がとなりだった女の子もたまたま同じクラスだったので、ふたりで談笑《だんしょう》しながらいっしょに一年二組の教室へと向かった。

「えー、じゃあひかりちゃん、その好きな人に再会した直後に告白しちゃったの？」

「えへへ、うんっ。だけど、彼はすぐ『ごめん』って言って、そのまま逃げて行っちゃったんだ……」

今朝のことを話しながら、いきなり告白されて戸惑《とまど》っていた彼のことを思い出した。

いくらなんでも、名乗る前に〝好き〟だなんて唐突《とうとつ》すぎたよね……。

結局、彼の名前を聞くこともできなかった。

「その人、めっちゃ引い……びっくりしたんだろうねぇ」

「うっ……。や、やっぱり、引かれちゃったよね」

苦笑しつつやんわりと言い直されたけど、私はがっくりと肩を落とした。

気がついたら体が勝手に彼のもとへ動いていて、しかもその勢いのまま彼に告白までしていて……自分でもびっくりだったもん。

まるでなにかに突き動かされたみたいに、伝えていたんだ。

記憶といっしょに、ずっと大切に胸に抱きしめてきた、およそ三年越しの想いを。

「彼も新しい制服みたいだったから、たぶん私たちと同じ一年生なの。見つけて、もう一度……」

改めてちゃんと、想いを伝えたい。

一年二組の教室に到着して入り口から中をのぞき込んだ私は、そう続くはずだった言葉を中途半端《ちゅうとはんぱ》に呑み込んだ。

なぜなら、窓際《まどぎわ》の席のそばで男の子と話している、いままさに話題に上がっていた彼の姿を見つけたから。

「あ……」

びっくり、なんてものじゃない。

同じ高校ってだけでもすごい確率なのに、まさか、同じクラスだなんて……。

神さまはいったいどこまで、私に優しくしてくれるの？

「ひかりちゃん⁉」

今朝とまったく同じように、気づけば私の足は一直線に彼のほうへと向かっていた。

だって――運命だ、って本気で思ったんだ。

「あのっ」

友だちと話しているのもさえぎって、周りにクラスメイトがいるのもお構いなしで、私は無我夢中《むがむちゅう》で彼に声をかけた。

「さっきは驚かせてしまってごめんなさい！　でもっ……！」

ぺこっと頭を下げたあと、がばっとすぐに顔を上げて、現在進行形で驚いている彼を真剣《しんけん》に見上げる。

伝えたい。伝えなくちゃ。

……後悔したくないから、君にいますぐ伝えなくちゃ。

「でも、本当に、好きなんです……っ！　ずっとずっと、好きでした！」

彼はそんな私にまばたきをくり返したあと……戸惑いと若干《じゃっかん》のあきれを混ぜたような表情を浮かべて、ためらいがちに口を開いた。

「……さっきも言ったけど。ごめん」

返ってきたのは、二度目のお断りの言葉。

私の想いを受け取る気がない、という答え。

一度目よりも、きっぱりと告げられた。

それでも、それだけで簡単に引き下がる気になんて、なれなくて。

「す、好きでいることもっ、だめ……ですか？」

「いや……そもそも俺、君のこと知らないんだけど。どこかで逢った？」

まったくの赤の他人、という目で私を見る彼に、ずきんと胸のあたりが鈍《にぶ》く痛んだ。

今朝の反応を見たときに感じてはいたけど、私のことを覚えていないんだって、胸が締《し》めつけられる苦しさを覚える。

あるよ。逢ったこと、あるよ。

中学一年生の秋に、病院で……逢ったの。

お互い名前も知らないままだったけれど、君は確かにあの日、私のことを救ってくれたんだよ。

でも君にとっては、数年経てばすっかり忘れてしまうくらい、ささいな出来事だったんだ。

仕方ないとわかってはいても、想像以上にショックで。

思わず口をつぐんだら、彼は少し気まずそうに私から顔をそらした。

「俺、いまは誰とも付き合う気ないし……。他のやつ好きになったほうがいいと思うよ」

そっけない口調で言われ、ぎゅう、と体の横で強く手を握る。

「ほ……っ、他の人じゃ、だめだよっ！」

私のことを覚えていなくても、それでもこの想いだけは伝わってほしくて。

この気持ちだけはわかってほしくて、私はまっすぐに彼を見つめて声を上げた。

『誰とも付き合う気ない』ってことは、つまり彼にはいま、付き合っている人がいないんだ。

特別な立場の女の子がいるわけじゃないなら、なおさら諦《あきら》められないよ。

い、いや、もし彼女さんがいたとしても、諦められる気はぜんぜんしないんだけど
……！

「私、誰でも好きになるわけじゃないんだよっ！　それに、付き合うのが目的で好きになるわけでもないから……っ！」

「おお、すげー正論」

こぶしを握って力説《りきせつ》したら、さっきまで彼と話していた友だちらしき男の子が、感心したようにつぶやいた。

そんな男の子を、余計《よけい》なこと言うな、とたしなめるように彼が横目で少しにらんだけれど。

私はなおも、このほとばしる想いを伝えたくて仕方がなかった。

「本当に本当に、好きなの！　気持ちが変わるの、私、待つから……！」

受け取ってもらえなくてもいい。

だから、捨てろなんて言わないで。

やっとまた君に出逢えたんだから……このまま諦めたくなんてない。

せめて想い続けることだけは、許してほしいよ。

「お願い……っ、好きでいさせてください！」

願いを込めて、じっと彼のきれいな瞳を見つめた。

しつこく〝好き〟を連呼《れんこ》したせいか、彼の顔がかすかに熱を帯びるのがわかった。

それを見て、また胸がきゅっと締め付けられる。

でも今度はぜんぜんいやじゃなくて、むしろ愛《いと》おしく思えるような痛み。

「っ、わかったから……。いったん落ち着いてくれる？」

「わ、私の気持ち、ちゃんと伝わった……っ？」

「……伝わった、から。つーか、みんな見てるし……すごい、恥ずかしいんだけど」

ほんのり赤く染まった顔を片手で隠して、私から視線をそらす彼。

そこではじめて、私はクラスメイトたちの注目を一身《いっしん》に浴びていることに気づいた。

みんな私たちを見て、「すごい、なんか少女漫画みたい」とか「入学早々パワフルだな」とか、口々に騒ぎ立てている。

けれどそんなことよりも、なによりも、赤くなっている彼がかわいすぎて。

「すっ、好きです……っ！」

私もつられるように顔が熱くなるのを自覚しながら、ほとんど無意識にまた想いを叫んでしまっていた。

それから担任の先生がやってくるまで、教室内はずっと湧き立ったままだった。

高校生活最初のホームルームで配られたクラス編成表により、彼の名前は伊折結良《いおりゆら》くんだとわかった。

はじめて知ったその名前を心の中で何度も呼んでみて、その響きにきゅんとして。

ゆるみっぱなしの口もとを、両手で持ったプリントで隠しながら、私はひとつ前の席の背中に視線を投げかけた。

伊折くんの席は、窓際のいちばん前。

そして私……小倉《おぐら》ひかりの席は、なんと窓際の前から二番目。

つまり私はこれから毎日のように、伊折くんの背中をこの特等席から見つめられるってこと……！

なんてついているんだろう。

今日ほど〝小倉〟という名字の家に生まれてきたことに感謝した日はない。

「ふふっ……えへへ」

「……怖い。背後で笑うのやめてくれる？」

うれしさをこらえ切れなくて、つい声を出して笑ったら、伊折くんが眉《まゆ》をひそめて少しこちらを振り返った。

あきれたような口調だけれど、不思議と冷たくは感じない声音《こわね》。

伊折くんはあまり表情が変わらなくてクールな感じなのに、顔立ちが中性的だからか、どこか柔らかな雰囲気があるんだ。

出逢った日から、そんな彼特有の空気にも私は惹《ひ》かれていた。

「えへ……ごめんなさい。伊折くんの背中も好きだなあ、って思って」

「っ、いちいち言わなくていいから、そういうこと」

謝りながらもへらっと笑ったら、伊折くんはつれないリアクションですぐに前を向いてしまった。

けれど、私の表情筋《ひょうじょうきん》は相変わらずゆるゆるのまま。

だってね、しょうがないんだよ、伊折くん。

〝好き〟って思ったら、どうしても言葉にして伝えたくなっちゃうんだ。

……こんな気持ちになるのは、君にだけだよ。

その日は正午を少し過ぎた頃に解散となった。

これから一年間使う教科書やワーク類によって、行きと比べてずっしりとずいぶん重くなった鞄。

けれど私はそんな重みなんてものともしない幸せ気分で、ひとり正門を抜けた。

だって帰り際、『ばいばい』って笑顔で伊折くんに声をかけたら、『うん。気をつけて』って返してくれたんだもん。

無表情だったし、伊折くんにとってはただのクラスメイトへの挨拶《あいさつ》なんだろうけど、『気をつけて』っていうささいな優しさがすごくうれしくって、どきどきして。

伊折くんのおかげで、これからの高校生活が、さらにさらに楽しみになった。

「ひーかりちゃん」

足取り軽く帰り道を歩いていると、ふいにうしろから名前を呼ばれた。

きょとんとして振り向いてみれば、そこには短い茶髪の、とても背の高い男の子が立っていた。

さわやかにほほ笑む彼は、ついさっき教室で見た顔。

「えっと……和田《わだ》くん！　和田くんだよね」

記憶していた名前を口にすれば、和田くんは「うん」って明るくうなずいた。

さすがにまだクラスメイト全員の名前は覚えていないけれど、彼は伊折くんの友だちだから印象に残っていた。

教室で私が伊折くんに告白したとき、『すげー正論』って伊折くんのとなりで感心していた男の子だ。

「ゆっくり話したくて追いかけてきちゃった。いまさらだけど、久しぶりだね」

「え……？　ひ、久しぶり？」

目をぱちぱちとしばたかせる私に、和田くんは「やっぱ忘れてると思ったよ」と肩をすくめて苦笑した。

「俺のこと、思い出せない？」

自分の顔を指さしてそう尋ねてくるから、私は首をかしげて長身の和田くんをじっと見つめた。

百四十五センチと身長の低い私は、和田くんほど背が高い相手だとかなり上を向かないとしっかり目が合わない。

伊折くんも百七十センチ以上ありそうだけど、教室で話しているのを見たとき、和田くんは伊折くんよりもっと高かったし……。

知り合いに、こんなに背の高い男の子いたかな？

っていうか、私のことを名前で呼ぶ男の子なんて、思い当たるのは小学校時代の同級生くらい……。

「……あっ！　もしかして和田くんって、あの和田くん⁉　小学校が同じだった！」

目を見開いて声を上げたら、和田くんはうれしそうに「正解！」って笑った。

言われてみればそのくしゃっとした笑顔には、あの頃の面影《おもかげ》が色濃《いろこ》く残っている。

「うそ、本当に久しぶりだ……！　すごく背伸びたね、ぜんぜんわかんなかった！」

和田くんとは中学校が別々だったし……そもそも、最後に顔を合わせたのは、小学四年生のとき。

当時の和田くんはいつも友だちに囲まれている印象で、運動神経が良くて、人気者っていう言葉がぴったりな男の子だった。

日に焼けた健康的な肌を見る限り、きっといまでもサッカーを続けているんだろう。

「そう言うひかりちゃんは、ぜんぜん変わってないね。すぐわかったよ」

「えっ⁉　わ、私だって身長伸びてるはずだよ⁉」

五年も経ってるんだから、さすがにちょっとくらい成長してるのに……！

軽くショックを受けていると、和田くんは「変わってないっていうのはいい意味だよ」と笑顔でフォローしたあと、「帰り道同じだし、いっしょに帰ろ」と歩きだした。

ちょっと納得《なっとく》いかないながらも、断る理由もないので追いかけて和田くんのとなりに並ぶ。

今朝も通った、桜並木の続く通学路。

やっぱり、うっとりしちゃうくらいきれい。

この桜景色は、あとどれくらい見られるんだろう。

「……聞きたいことが、いろいろあるんだけどさ。いい？」

ふと落ち着いた声に、私は桜からとなりの和田くんへと顔を向けた。

薄桃色の花びらが散った地面に視線を落として、少しだけほほ笑んでいる和田くん。

……そう、だよね。

ずっと逢えてなかったんだもん。

知りたいことがあるに決まってるよね。

なんとなく予想していた私は、「うん」と和田くんにうなずいてみせた。

きっと和田くんが、いまいちばん聞きたいと思っているのは……。

「私の――心臓のこと、だよね」

私が数年前までわずらっていた、心臓病のこと。

正式な病名は、拡張型心筋症《かくちょうがたしんきんしょう》。

そんな難病《なんびょう》を一歳になる目前で発症《はっしょう》して以来、私はずっと他の健康な子に比べて制限の多い生活を送っていた。

小学校に通ってはいたけれど、短期入院だって幾度《いくど》となく繰り返してきて。

そして和田くんと同じクラスだった小学四年生のときに、病状が一気に悪化してしまい、やむなく長期入院することになったんだ。

……それ以来、私が小学校に登校することは、二度と叶《かな》わなかったから。

「もう、大丈夫なの？」

気遣うようにたずねてくる和田くんに、私は満面の笑みを返した。

安心させるため、両手で力強くガッツポーズをつくって。

「うんっ、もうすっかり！　数年前に手術して……いまではもう、ちゃんと健康な心臓になったよ」

私の答えを聞いて、和田くんは心底ほっとした顔で笑ってくれた。

「和田くん、心配してくれてたんだね。ありがとう」

「当たり前じゃん。俺だけじゃなくてクラスのみんな、すげー心配してたんだよ。卒業式の日も、いまどうしてんだろうな、ってひかりちゃんのこと話してたし」

みんながそこまで、私のことを気にかけてくれていたなんて……。

入院していなくなった元クラスメイトの存在を、ずっと記憶にとどめていてくれたことが、素直にうれしかった。

長く病院の中で過ごしていると……外の世界の人たちはみんな、私のことなんてもう忘れちゃってるんだろうなって、卑屈《ひくつ》なことを考えてしまうときもあったから。

「だから今日、ひかりちゃんがいきなり俺の友だちに告白してきたの、あれマジでびびったからね。この子ほんとに生きてんのかなって、思わずひかりちゃんの足もと見ちゃった」

「ひ、ひどいっ。ちゃんと足あるよ！」

自分の足を指さして怒る私に、和田くんは「ごめんごめん」って軽い調子で謝って。

それから、含《ふく》み笑いを浮かべて私の顔をのぞき込んできた。

「でさ、ひかりちゃん、なんで伊折のこと好きなの？　つーかふたり、どこで知り合ったの？」

その名前が出てきた瞬間、条件反射《じょうけんはんしゃ》みたいにどきっと胸が反応した。

伊折くんのことを思い出すだけで幸せな気持ちになって、ついにやけてしまう。

「えへへっ……知りたい？　どうしよっかなあ、教えちゃおっかなあ」

「うわー、やっぱ聞くのやめよう」

「あのね、伊折くんとはね、中学一年生のときに病院で出逢ったの！」

「勝手に話しはじめちゃったよ」

ハイテンションな私に苦笑しつつ、それでもちゃんと耳を傾けてくれる和田くん。

「私がまだ入院してるときで、その日は……朝からすごく悲しいことがあって。ひとりで泣くの我慢《がまん》してたら、伊折くんが話しかけてくれたんだ」

話しながらそっと目を閉じて、あの日のことをまぶたの裏によみがえらせた。

伊折くんを好きになったあの日から、二年と約七ヶ月。

忘れもしない、あの日の出逢い。

話をしたのはほんの少しの間だったけど、彼に恋をするには十分すぎる時間だった。

伊折くんだってあの日は、〝大切な人〟のお見舞いに来ていて、他人を気遣えるほど余裕なんてなかったはずなのに。

それでも彼は、絶望や恐怖に押しつぶされてしまいそうだった私の心に、優しく揺るぎない光を与えてくれたんだ。

おびえて泣き叫ぶことすらできなかった私が、あの日どんなに救われたか。

どんなに彼のいる世界の明日に、あたたかな希望を見出したか……。

あの日伊折くんに出逢えていなければ、いまこうして笑って高校生活を送ることだって、もしかしたら叶っていなかったかもしれない。

それくらい、私にとって伊折くんは、とっても大きな存在なんだ。

ひとりでは抱えきれないくらいの想い。

それをずっと募《つの》らせて、私は伊折くんがくれた希望を胸に、いままで生きてきた。

「私にとって、伊折くんは――世界を明るく見せてくれる光なんだよ」

ほほ笑んでそう言いきったら、さっき『ばいばい』って別れたばかりなのに、伊折くんに無性《むしょう》に逢いたくなった。

彼に逢える明日が、待ち遠しくて仕方がない。

だっていままで、どんなに逢いたいと思っても、彼がどこにいるのかわからなかったから。

居場所《いばしょ》どころか、名前すら知らなかったんだもん。

「へえ……。なんかよくわかんないけど、ひかりちゃんが伊折にめちゃくちゃ惚《ほ》れてるってことはよくわかった」

「えへへ」

返事の代わりに照れ笑いを浮かべる私に、和田くんも笑い返す。

けれどその表情には……なぜだか少し、切なさがにじんでいるように見えた。

「……ひかりちゃんくらいまっすぐな子なら、もしかしたら、伊折の気持ちも動かしてくれるかな」

「え？」

「いや、こっちの話。……伊折のこと、応援してるね」

和田くんが小さな声でつぶやいたセリフに、少し引っかかったけれど。

それよりも応援してもらえることがうれしくて、私は「うん！」と明るくうなずいた。


次の日の朝、生徒玄関で上履きに履き替えていると、職員室のほうへと向かって歩く伊折くんの姿を見つけた。

今日から日直の仕事がはじまるから、出席番号一番の伊折くんが最初の仕事を任されているんだ。

きっといまから返却物《へんきゃくぶつ》の確認をしにいくんだろう。

私はすぐさま靴箱《くつばこ》のふたを閉め、ダッシュで伊折くんの背中を追いかけた。

「伊折くん！　おはよーっ！」

廊下に響くほどの大声で挨拶したら、ぎょっとした顔の伊折くんが振り返った。

駆け寄ってきた私を視界に認めると、はあ、とうんざりしたようにため息を吐《つ》く。

「朝からうるさいんだけど……。もうちょっと静かにして」

「ご、ごめんねっ。朝から伊折くんに逢えて、すごくうれしくて……！」

あわてて謝ったけど、そんな私に伊折くんは眉根《まゆね》を寄せて、なんとも言えない複雑な表情を浮かべた。

「……なんでそんなに、俺のこと」

好きなの、と言おうとしたであろう伊折くんは、途中で口をつぐんで私からふいと目をそらす。

少しうつむいたその横顔は、ほのかに赤くなっていて。

好きって自分で言葉にするの、恥ずかしかった、とか？

な、なにそれ、かわいい……！

胸がきゅーんっと鳴って、私は頬《ほお》をゆるませながら、伊折くんを見上げた。

「えへへっ。昨日も言ったけど、私、伊折くんのことずっと前から好きだったんだよ。三年くらい前にね、病院の談話室《だんわしつ》ではじめて逢ったの。……覚えて、ないかな？」

私がはじめて恋に落ちた、大切な記憶だから、本音ではやっぱり伊折くんにも思い出してほしくて。

勇気を出して、あの日のことを尋ねてみた。

どきどきしながら、伊折くんの反応を待っていたら……彼は、ふと目を見開いて。

「病院、で……」

どこか憂《うれ》いを帯びたような表情で、うつむき気味にそうつぶやく伊折くん。

「伊折くん？」

不思議に思って名前を呼んだら、伊折くんははっと顔を上げて、私と目を合わせた。

「……ああ。あの子、小倉さんだったんだ」

「お、思い出してくれた……⁉」

「うん……ってか、同い年だとは思わなかった。てっきり小四くらいかと」

「うっ……」

ちょっぴり失礼なこと言われたような気もするけど……そんなこと、いまはどうだっていいっ。

よかった。ちゃんと、思い出してくれた。

私と出逢ったあの日のことを。

ずっと大切に胸にしまっていた、私が恋に落ちた瞬間を。

それが泣きそうなくらいうれしくて、どうしようもなく、心が震えた。

「雰囲気、あの頃とぜんぜんちがうね。小倉さん」

私の顔を見てそう言う伊折くんに、私は「そうかな？」って照れ笑いした。

だけど、それはたぶん、時間の経過《けいか》のせいとかじゃない。

和田くんも『ぜんぜん変わってない』って言っていたし、これが、本来の私だ。

伊折くんと出逢った、あのときの私は……ふさぎこんでいて、未来に希望を持てずにいた、から。

きっと暗い印象だったんだろう。

もしかしたら、そのせいで伊折くんはすぐに私だと気づかなかったのかもしれない。

「やっぱ、そうやって元気に笑ってるほうがいいよ」

「え……っ」

さらりと告げられたセリフに、思わず頬に熱が集まるのを感じた。

言った本人は安定の無表情だから、残念ながら特別な意味なんてこれっぽっちも込められていないことは、わかるけれど。

……そんなうれしい言葉、反則だよ。

伊折くんにそんなつもりなくても、期待しちゃうよ。

いまの自分を肯定《こうてい》してもらえることが、私にとってどんなに幸せなのか、きっと君は知らないから。

「ただ、あんまり騒がしいのはやめて」

「うっ。ぜ、善処《ぜんしょ》します……！」

びしっ、と手のひらを額《ひたい》に添えて敬礼《けいれい》ポーズをした。

すると伊折くんは半分あきれつつも、目を細めてふっとほほ笑んだ。

本当に本当に、ほんのかすかな笑み。

だけど確かに、私に笑ってくれたんだ。

その瞬間、きゅうっと想いが込み上げてくるのを、止められなくなって。

「い、伊折くん……っ、本当に好き！」

やっぱり感情のまま叫んでしまう私に、完全にあきれ顔になってしまう伊折くん。

「言ったそばから……」

……だめだよ、伊折くん。

私、我慢なんて、できないよ。

だって伊折くんの一つひとつが、こんなにも気持ちを募らせていく。

三年越しに再会できて、改めて思ったんだ。

私は伊折くんのことが、どうしようもないくらい好きだって。

たとえ君が振り向いてくれなくても、それでもずっと、この想いを伝え続けたいんだよ。

## 幸せな恋わずらい

入学してから、はや一ヶ月。

私は変わらず毎日のように、伊折くんに想いを捧《ささ》げている。

登校したら真っ先に彼に挨拶して、数学の時間に当てられた彼が難しい問題を解いたときは思わず拍手。

体育のあと『かっこよかったよ！』ってスポーツドリンクを渡したり、たまにお菓子をつくってプレゼントしたり。

そして、放課後を迎える前には必ず〝好き〟って告白する。

そう決めているわけじゃなく、ただ想いがあふれ出たときに伝えていたら、言わない日がなかった。

はじめは周囲からものめずらしそうな視線を集めたけれど、一ヶ月も経てば、クラスの間でもはやそれが日常風景のひとつになっているようで。

伊折くんもいいかげん慣れたらしく、毎度〝好き〟となんの前触れもなく告白する私に、あきれた顔で受け流すのがパターンと化している。

なんて幸せだろう。

好きな人に毎日のように逢えて、想いを伝えることができる。

大げさでもなんでもなくて、奇跡《きせき》みたいな日々を、私はいま大切にすごしている。

いまではもう見慣れた通学路を歩きながら、ふあ〜っと思わずあくびをこぼした。

今日もとってもいい天気だ。

こんなにぽかぽか陽気だと、お昼休みが終わった直後の五時間目はきっと睡魔《すいま》と戦う羽目《はめ》になるだろう。

心して授業に挑まなきゃ、なんて考えながら目をこすったとき、数メートル先を歩く好きな人の背中を発見した。

その瞬間に眠気なんて吹っ飛び、考えるより先に足と口が動いていた。

「伊折くーん！　おはようっ」

名前を呼べば、気づいてこちらを振り返る伊折くん。

その顔はもちろん無表情だけど、駆け寄ってとなりに並んだ私に、内心、きっとまたか……と思ってるに違いない。

それでも「おはよ」とちゃんと挨拶を返してくれるから、とっても優しい。

「いつも言ってるけど、大声で叫ぶのやめて」

「えへへ、ごめんなさいっ。伊折くんに逢えたらテンション上がっちゃって……って、これもいつも言ってるね！」

学校に着く前に逢えたことがうれしすぎて、注意されているのにもかかわらずついつい顔がほころんでしまう。

そんな私を困ったようにしながらも許してくれて、意識しているのか否か、少しだけ歩くスピードをゆるめてくれている伊折くん。

えへへ、優しい。好き。

……本当に、好きっ。

入学してからこの一ヶ月で、伊折くんのいろんな面を知ることができた。

いつも直球で想いを伝えてしまう私にあきれてはいるけれど、本気で突き放して傷つけるようなことは絶対にしない、優しいとこ。

普段はクールだけど、和田くんや友だちと話しているときにたまに見せる笑顔が、あどけなくてかわいいとこ。

そして案外よく見せてくれる、照れてちょっと赤くなった顔……。

本当にかわいい！

伊折くんを見るたび、目が合うたび、話をするたび……想いがどんどん積み重なっていく。

伊折くんの全部が好きだって、いつだって心が叫んでる。

「今日も伊折くんはかっこいいなあ」

思ったことをそのまま声にのせたら、伊折くんはなにも言わずにふいとそっぽを向くように顔を前に戻してしまった。

相変わらずのつれないリアクション。

でももしかしたら、照れてるのかもしれない。

確証《かくしょう》はなくても、その可能性を考えるだけでまたきゅーんっとときめいてしまう私。

我ながら救いようがないなあ、なんて思いながら、幸せ気分で伊折くんのとなりを歩いた。


「ふあ~……」

お昼ごはんを終えて、現在五時間目の授業中。

今朝危《あや》ぶんでいた通り、まどろみつつある午後。

窓際の席の私にとって、昼下がりのあたたかな陽だまりは強敵だ。

いまはまだ机に突っ伏すのは耐えているけど、さっきからあくびが止まらない。

授業の内容もあんまり頭に入ってこない。

黒板の文字を読む代わりに、目の前の好きな人の背中を眺めた。

毎日考えてることだけど、伊折くんは後ろ姿までかっこいいなあ。

太陽の光を浴びて、少し明るくなっている柔らかそうな髪。

ふふ、好き。

触れてみたい、けど、さすがにそれはだめだよね。

そういうのはきっと、彼女っていう立場の女の子の特権だから。

いつかはその特権を手に入れられるかなあ……なんて、すっごく贅沢《ぜいたく》。

睡魔に敗北しかけている頭の中で、つらつらとそんなことを考えていたら。

ふと目の前の背中がくるっと振り返って、伊折くんがこちらを向いた。

あっ。

かっこいい。好き。

「小倉さん起きて。プリント」

そのあきれた声も、すごく好き。

ねえ伊折くん。伊折くん、好きだよ。

本当に、

「好きだなあ……」

夢うつつ状態だから、頭の中で思っただけなのか、それとも実際に口に出したのかは自分ではわからなかった。

だけど、プリントを渡そうとしてきた伊折くんの手が、ぴたりと止まって。

虚《きょ》を衝《つ》かれたかのように目を見開いたその顔は、みるみるうちに赤くなっていく。

「……っ、ばかっ」

プリントといっしょに小さな悪態《あくたい》をちょっと乱暴にもらって、やっと、理解した。

思うだけに止《とど》まらず、声に出して言っちゃったんだと。

最近ではかわすのも慣れてきたみたいなのに、授業中に不意打《ふいう》ちで伝えてしまったからかな？

さっきの、びっくりして赤面してる伊折くん、もうちょっと見ていたかった。

またこっち振り向いてくれないかなあ。……くれないよね。

かっこいいのにその上かわいいなんて、本当にずるいよ。

そういうとこ、もっと好きになっちゃうよ、伊折くん。

幸せな気分で満たされて、プリントを後ろの席の子に回しながら「えへへ〜」とにまにま笑っていたら、すぐ横に背の高い誰かが立つ気配がした。

不思議に思って顔を上げた私は、ぴしりと石のように固まる。

なぜなら、数学担当の尾西《おにし》先生――通称オニ先生、頭にとんがった角をふたつ生やして、腕を組んで私を見下ろしていたから。

「せっ、せんせ、お顔がはんにゃだよ……？」

「おうおう、そうさせてんのはどいつだ？　俺の授業も聞かずに青春真《ま》っ盛《さか》りか？」

「す……好きな人を見たら、条件反射で〝好き〟って口に出ちゃうんですっ。病気だから仕方ないんです、恋わずらいっていうんです」

「……よし、小倉。おまえは授業を真面目に聞かなかった罰《ばつ》として、放課後の中庭掃《そう》除《じ》決定な」

「そんな、横暴《おうぼう》なっ」

「順当《じゅんとう》なペナルティーだ。つーかおまえ、いっつも居眠りしてんだろ、反省しろ」

うっ……。

オニ先生はきっと学生時代、青春の日々を送れなかったんだ。

だから好きな人がいて充実したスクールライフを満喫《まんきつ》してる私が許せないんだ。

しょっけんらんよーってやつだっ。

……なんて、もちろん言えるはずもなく。

その日の放課後、私はひとりさみしく、オニ先生の言いつけ通りせっせと掃除に勤《いそ》しんでいた。

といっても、いまはほうきを置いて、木陰のベンチに座ってひと休み中。

サッカー部の休憩中に和田くんがくれたカフェラテを味わいながら、私は中庭に一本だけ植えられた大きな桜の木をしみじみと見上げた。

「はあ……。春らんまんの季節も、もう終わっちゃったんだなあ」

四月には空気までも柔らかな春の色に染め上げていた花びらたちは、いまでは完全に散り落ちてしまっている。

その代わり、空へ手をのばすように大きく広がった枝から芽吹《めぶ》いた鮮やかな若葉たちが、日光を浴びていきいきと呼吸をしていた。

それを見て、新緑の季節もまたすてきだなあなんて考える。

まあ五月になっても、私の頭の中は伊折くんのおかげでずっとお花畑なんだけどね。えへへ。

五時間目の伊折くんの照れ顔を思い出し、カフェラテをまたひと口飲んでにまにまとにやけていたら。

「なにしてんの」

本校舎のほうから耳に届いたたったいま脳内にいた想い人の声に、胸がどきっと跳《は》ねた。

そんな私はたとえるなら、水を得た魚。

ちなみにその魚の種類は恋してるだけに鯉《こい》、なんちゃって。

目を輝かせてコンマ一秒の速度で振り返れば、一階の廊下の窓から伊折くんが顔をのぞかせていた。

ちょっと眉をひそめて、私を怪訝《けげん》そうに見ている。

かっこいい。かっこいい、好き！

「伊折くんっ。なにって、見ての通り掃除だよ！」

「どう見てもさぼってるでしょ」

あきれた声で言いながら、窓のさんに両腕を重ねて置いて、少しだけ身を乗りだす伊折くん。

こんなふうに話しかけてもらえるなんて、めったにないことだ。

うれしすぎて舞い上がっていたら、伊折くんはふと私が手に持っているミニペットボトルに視線を寄せた。

「カフェラテ、好きなの」

「うん、好きだよっ」

普通に答えたつもりだったのに、いつも〝好き〟って言ってるからか、伊折くんに想いを伝えるときと同じ言い方になっちゃった。

伊折くんにもそれがわかったのか、「……ふーん」と愛想《あいそ》のない相づちがワンテンポ遅れていた。

「なんか、小倉さんがカフェラテってちょっと意外」

「えっ？　そうなの？　伊折くんから見た私って、どんなの飲んでそう？」

驚いたふりでさりげなーく、伊折くんにとっての私のイメージを聞いてみる。

内心どきどきして待っていたら、伊折くんはしばし考えるそぶりを見せて。

「いちごミルク……とかかな」

……わ。

いま、すっごくきゅんってした。

伊折くんが、いちごミルク、なんて言葉を口にしたことに。

すごい破壊力《はかいりょく》だ。

だって、〝いちご〟と〝ミルク〟ってどっちも響きがかわいいんだもん。

ん？　かわいい、ってことは……。

つまり、いちごミルクって伊折くんにぴったりな飲みものだよっ！

「それ、伊折くんにも似合う！」

思わず満面の笑みでそう返したら、なぜだかすごーくいやそうな顔をされてしまう。

「なにそれ。いちごミルク似合うとか言われてもうれしくない」

「どうして？　いちごミルク嫌い？」

「嫌いとかじゃなくて。小倉さん、いちごミルクにどんなイメージ持ってんの」

「かわいい！　味は甘くておいしいっ」

「……だったらやっぱり、小倉さんのほうが似合ってるから」

私から視線をそらした伊折くんが、ぜんぜん聞き取れないくらい小さな声でなにかをつぶやいた。

むしろ聞かれたくないのかと思うくらい、小さな声だった。

「いま、なんて言ったの？」

「……やっぱり俺には似合わない、って言ったの。それより、早く掃除すれば？」

うっ……。

とても痛いとこを突かれてしまった。

実はかれこれ十分くらい中止してるから、もう完全にやる気がなくなっちゃったんだよね……。

でもオニ先生には報告しにいかなきゃいけないし、途中で投げ出すわけにもいかない。

「うう……もっと伊折くんと話してたいよ～っ」

「ばーか。そういうこと言ってるから、罰掃除なんてさせられるんだよ」

「私はただ、自分の気持ちに素直に生きてるだけなのにっ」

だってきっと私が掃除を再開したら、伊折くんはさっさと帰っちゃう。

こうやって伊折くんと言葉を交わしている時間が、私にとっては宝物みたいに幸せなひとときなのに。

わーん、と泣き言を言っていたら、いつも通りあきれ顔の伊折くんが、おもむろに手のひらを広げた。

「じゃあ本気出して、五分で終わらせて」

「ご……?」

「それまでは、靴箱で待っといてあげるから」

そ、それってもしかしなくても……いっしょに帰れるってこと?

そんなのっ、はじめてだ。

しかも、まさか伊折くんからそんなこと言ってくれるなんて!

まるで夢でもみているみたい……!

「小倉さんが全面的に悪いから手伝わないけど、まあ俺のせいでもあるし。だから五分以内で終わらせられたら、いっしょに帰ろっか」

「や、やる気百万倍になった……っ! 頑張る! 頑張るよ、伊折くん!」

瞳をきらっきらに輝かせ、立ち上がって意気込む私は、きっと予想通りだっただろう。

伊折くんは苦笑するみたいに、ちょっとだけ笑ってくれた。

うれしい、うれしいっ。すごくうれしい。

伊折くんが私のことを待ってくれる、いっしょに帰れる、っていうのは言わずもがな。

私が伊折くんと帰れることに喜ぶって、わかってくれてること。

私が伊折くんのことが好きだって、ちゃんとわかってくれてること。

うれしい。ほんとに好き、大好きっ。

「好き、伊折くん！」

「はいはい」

こうやっていつもさらっと受け流すけど、でもこの気持ちは本物だってこと、ちゃんと信じてくれてるんだ。

伊折くんと付き合いたい。

もっと近くにいられる女の子になりたい。

そういう気持ちはもちろん強いけど、伊折くんが私の想いを知ってくれてるってだけでも、私は涙が出ちゃいそうなくらいうれしいんだよ。

それからは全力で掃除を終わらせたけど、不幸にもオニ先生への報告で時間がかかってしまった。

いや、報告は数秒で終わったのに、若者を羨《うらや》むオニ先生がぐちぐち説教してきたんだ。

しつこい人はモテないんだよって何度も反撃《はんげき》したくなったけど、これ以上時間が延《の》びるのは絶対に阻止《そし》したいので、ぐっとこらえてひたすら『ごめんなさい』を繰り返した。

しつこい点に関しては私も人のこと言えないしね。

長いお小言からやっと解放《かいほう》されて職員室を出たら、案《あん》の定《じょう》、五分はゆうに過ぎてしまっていて。

でも全速力で走って向かったら、伊折くんは待ってくれていた。

「小倉さんが五分で来られないことくらい、はじめからわかってたよ」

……なんて。君は世界でいちばんの、私を喜ばせる天才だね。

いっしょに生徒玄関をあとにしながら、きっとオニ先生がこんなところを見たらまたなにか言ってくるだろうなあ、なんて考えた。

伊折くんのとなりを歩くの、くすぐったい。

いつもより速いどきどきが、心地いい。

えへへ。こういうのってすごく、青春って感じ。

「そういえば、どうして今日は学校に残ってたの？」

「図書室にいたから」

「図書室？　伊折くん、読書好きなの？」

休み時間はいつも和田くんや他の男の子と話しているから、そういうイメージはあまりなかったけど。

また伊折くんの新しい一面を知れてうれしく思っていたら、「いやべつに」と返ってきた。

「今日だけだよ」

「え？　じゃあどうして今日だけ？」

「絶対教えない」

「えっ⁉」

——本校舎の、三階にある図書室。

その窓際の席からは、中庭の様子が見下ろせる……なんて。

そんなことを知るよしもない私は、その後も頑《かたく》なに理由を教えてくれない伊折くんに、ただクエスチョンマークを浮かべていた。

## 涙がこぼれるほど

今日も教室に入った瞬間、真っ先に伊折くんに元気よく挨拶……と思ったら、私の前の席に座っているのは好きな人ではなかった。

伊折くんの席でスマホをいじっていた和田くんは、私に気づくと「ひかりちゃんおはよー」と軽く手を挙げた。

「和田くん、おはよう。伊折くんは?」

「まだ来てないよ。ちょっと遅れるっぽい」

伊折くんとメッセージのやりとりをしていたようで、スマホ画面を見せてくれる。

ていうか、連絡先交換してるのいいなあ。

私も伊折くんとメッセージのやりとりしたい……!

一方的に想いを伝えることはできるのに、連絡先教えて、とは勇気が出なくてなかなか言えない私。

伊折くんに逢えず、しょんぼりしながら自分の机に鞄を置いたら、和田くんがにやにや顔でくるっとこちらを向いた。

「ひかりちゃーん。昨日、伊折といっしょに帰ってたでしょ」

「え……っ!?　どうして知ってるの？」

「いや、グラウンドから見えるし。よかったね、進展《しんてん》したんじゃない？」

当然ながら和田くんには、私の心はお見通しらしい。

昨日の放課後のことを思い返して顔が熱くなると同時に、にやけが抑えられなくて両手で口もとを隠した。

進展。進展、したのかな？

……したって言っても、いいよね？

ほんのちょっとだけでも、伊折くんに近づけたよね？

だって……伊折くんはきっと、なんとも思ってないような女の子といっしょに帰ったりしないはずだもん。

うぬぼれかもしれないけど、少なくともあのときは伊折くんにとっていちばん近い女の子でいられたわけで。

それがとってもうれしくて、くすぐったくて。

早く伊折くんに逢って、今日も好きだよ、って伝えたくなった。

「えへへっ。伊折くん、早く来ないかなあ」

「うわー、ひかりちゃんの周り花だらけ。幸せオーラ全開だね」

「私はいっつも全開だよ。伊折くんに〝好き〟って言えるだけで幸せなんだもん」

「へえ、なるほど。だから一度も〝付き合って〟とは言わないんだ？」

椅子《いす》の背もたれに頬杖《ほおづえ》をついた和田くんが、純粋な疑問をただ投げるように尋ねた。

私は笑ったまま一瞬だけ停止し、それからゆっくりと視線を机の上に落として、和田くんの指摘《してき》に返す言葉を探した。

〝好き〟とは言っても、〝付き合って〟とは言わない。

べつに意識してそのセリフを避けていたわけじゃないし、付き合いたいって気持ちは誰よりもあるつもり。

だけど、いままでそれを口にすることができなかったのは……きっと入学式の日、はっきりと告げられた伊折くんの『ごめん』が、心の中で靄《もや》みたいに留まっているせいだ。

「あいつと付き合えなくても、想いを伝えるだけで満足ってことか」

「そ、そういうわけじゃ、ないけど……。私は伊折くんの気持ちが変わってくれるまで、待っていたいの」

「……ひかりちゃんってさ、伊折がなんで彼女つくる気ないのか知らないよね？」

追い打ちをかけるみたいに和田くんが続けて放った言葉に、狼狽《うろた》えてしまう。

伊折くんが誰とも付き合わないことに、はっきりした理由があるの？

ただ付き合うのが面倒だから、とか、そういうんじゃなくて？

「和田くんは知ってるの？」

「そりゃあ、中学のときから仲いいし。つーか伊折もずるいよな」

「ずるい……？」

「ひかりちゃんの気持ちに応《こた》えないくせに、中途半端に優しくすんのはどうかと……」

「やっ、やだ！」

思わず、和田くんの言葉をさえぎるように大きな声を上げていた。

私の反応に和田くんは目を丸くさせて、周りにいたクラスメイトも視線を寄越す。

やだ、やだ……。伊折くんのこと悪く言われるの、絶対やだ。

伊折くんのどんなとこだって、私にとっては魅力なんだ。

それを否定されたくないよ。

伊折くんはずるいけど、そんなとこも全部、好きなんだもん。

むしろ好きだから、ずるいなあ、って思っちゃうんだもん。

「私は伊折くんの全部、余すことなく全部っ、好きなんだよっ！」

もっと近くにいられるなら、もちろんうれしい。

もし付き合えたら、絶対、もっともっと幸せ。

でもね、伊折くんの気持ちがずっと変わらないなら、それでもいい。

私の想いを受け取ってくれなくても。

私と同じ想いを、返してくれなくても。

ただ、私の想いを伝えさせてもらえるだけで……幸せなんだよ。

私の真剣な表情に、びっくりしていた和田くんは、脱力《だつりょく》するように苦笑いを浮かべた。

「ひかりちゃん、ほんとに伊折のこと好きすぎ。恋は盲目《もうもく》ってやつ？」

「それくらい、伊折くんが魅力的ってことなの！」

「あはっ、そっかそっか。でもそれならなおさら、俺としてははっきり応えてやってほしいかな」

「っもー！　それ以上言ったら、クッキーあげないよっ」

和田くんが私のことを考えて言ってくれてるってことはわかってる。

伊折くんの友だちだからこその言葉だってことも。

だけどこれ以上伊折くんのことを否定されたくなくて、私は話題を変えるためにぷいっとわざとらしくそっぽを向いた。

「クッキーって？」

「昨日、カフェラテくれたでしょ？　そのお礼に持ってきたの」

「マジで？　……つっても、どうせ伊折に渡すついでなんでしょ？」

和田くんはにやりと笑って、探偵《たんてい》みたいに見事図星《ずぼし》を突いた。

昨日伊折くんと別れて帰宅してから、あまりに想いがふくらんで仕方がなかったから、その気持ちを込めてお菓子づくりをしたんだ。

香りよりは甘さ控えめにできた、ジャーマンカモミールとはちみつのクッキー。

つくりすぎちゃったから、いつもいっしょにいる友だちみんなにも渡そうと思ってたくさん持ってきた。

「だったら、欲しくない……？」

「あ、そこ否定しないんだ？　もちろん欲しいよ、俺も食べたい」

無邪気《むじゃき》な笑顔で両手を差しだしてくる和田くんに、ほっとした。

鞄の中から黄色系の袋とリボンでラッピングしたクッキーを取りだし、「はいどうぞ」とその手ひらの上にぽんとのせる。

「おっ、いいにおい」

「ハーブクッキーだよ。癒《いや》し効果のあるカモミール使ってるの」

「へえ……。こんなのつくれるなんて、将来はいいお嫁さんになりそうだね」

和田くんはそう言って、さっそく「いただきまーす」と袋からクッキーをつまんで口に放った。

いいお嫁さん……。

頭の中でぽわんと浮かび上がるのは、将来、伊折くんの奥さんとして家事をこなしながら愛しの旦那《だんな》さんの帰りを待つ私。

だけどその前に、大人になった伊折くんの姿を想像するだけでどきどきしてしまって、これは非常に心臓に良くないぞとあわてて頭を振り、未来予想図《みらいよそうず》という名の妄想《もうそう》をかき消した。

「伊折、おはよ～」

「ん。おはよ」

そのとき教室の入り口のほうから聞こえてきた、クラスメイトと好きな人の声。

振り返れば、待ちわびていた伊折くんの姿があった。

「伊折くんっ！」

見つけるや否や、一目散《いちもくさん》に伊折くんのもとへ飛んでいく。

そんな私はもしかしたらクラスメイトからは、しっぽをぶんぶんと振ってご主人様に駆け寄る忠犬《ちゅうけん》のように見えているかもしれない。

それもいいなあ。

伊折くんにかわいがられるわんこになりたい。

……でも、それじゃ〝好き〟ってちゃんと言葉にして伝えられなくなっちゃう。

「おはようっ、伊折くん！」

「おはよ」

こうして挨拶を交わすことも、できなくなっちゃうもんね。

やっぱり私、伊折くんと同じ人間に生まれることができて本当によかったなあ。

「あのね、今日はね、クッキー持ってきたの！」

「俺、いまなにも返すものないよ」

机に鞄を置きながら言われたから、私は満面の笑みで首を振った。

「そんなのいいの！　ただ受け取ってほしいだけだから！　私ね、じつは好きな人には尽《つ》くしたいタイプなんだよっ」

「……それは、知ってる」

「えへへっ」

知ってくれてる。うれしい。好き。

私の気持ちをちゃんと知ってくれてる伊折くんが、こんなにも好きだよ。

和田くんの言う通り、確かに伊折くんは入学式の日以来、私の気持ちに答えを返すことはしなくなった。

けれどその代わり、告白をやめろとも一度も言ったことがないんだ。

そういうとこが和田くんいわく〝ずるい〟となのかもしれないけど。

でも私はこの想いを渡すことを許してもらえるなら、それでいいの。

止まることを知らない伊折くんへの気持ち。

こうして伊折くんに毎日捧げていても、あり余るほど。

もし告白すらできなくなっちゃったら、私の心はきっとすぐにパンクしちゃうから。

にまにましながら、机に置いたままだった鞄からクッキーを取り出した。

伊折くんへのクッキーは、赤色系でラッピングしている。

「クッキー、伊折くんへの想いを込めてつくりましたっ」

「……それ、さっき和田が食べてなかった？」

じゃーんっ、とクッキーを掲《かか》げたら、伊折くんはいまだ伊折くんの席に座ったままの和田くんのほうに顔を向けた。

すると和田くんはなんだか含むように笑って、空になった黄色のラッピング袋を振って見せた。

「安心しろよ、俺はただの伊折のついでらしいから」

「………」

なにも言葉を返さず、しらっとした顔で和田くんを見る伊折くん。

和田くんはおもしろがるみたいに、そんな伊折くんから私に視線を移した。

「朝練で腹減ってたんだよね。ひかりちゃん、ありがとね」

「あっ、ううん。よろこんでもらえてよかった！」

食べ終わったみたいだから、和田くんから袋を回収した。

それから伊折くんに視線を戻せば、なぜか無表情の温度がいつもよりマイナス二℃くらい冷たくなっていた。

その理由がわからず、私は「い、伊折くん？」とおろおろしてしまう。

「ど、どうしたの？　なんか、不機嫌……？」

「べつにそんなことないけど」

「そ、そんなことあるよね!?　私、なにかしちゃった？　クッキー、食べたくない？」

もしかしてクッキーなのが気に入らなかった？

カップケーキとかにすればよかったのかな？

じ、事前になにが食べたいか聞いておけばよかった……っ！

「……そうじゃないよ」

ひとりで悪い方向に思考をめぐらせていた私は、落ちてきた伊折くんの声に顔を上げた。

「え……っ。じゃ、じゃあ、もらって、くれる？」

「いや……いらないなんてひと言も言ってないから。つーか俺への想いが込められてるのに、俺が食べなくていいの」

「いっ、伊折くんに食べてもらえなきゃ、だめです……！」

お辞儀《じぎ》する勢いで両手を伸ばして差し出したら、「ん。ありがと」という言葉が降ってくるとともにクッキーの袋が伊折くんの手のひらの上にのる感覚がして。

おそるおそる両手を離しても、クッキーは床に落下することなく、しっかりと伊折くんの手に渡った。

よ、よかった、受け取ってもらえた……っ。

一瞬、もらってくれないんじゃないかって不安になったから、涙が出てきちゃいそうなくらい、うれしい。

じーんと目を潤《うる》ませて喜びに浸《ひた》っていると、伊折くんはクッキーの袋に目を落としてちょっと眉を寄せた。

え、と思っていると、その表情は私へと向けられて。

「……あのさ。俺以外に渡すな、とかは言わないけど」

「はいっ」

「俺のこと考えてつくったんなら……ついでのやつより先に、俺に渡してよ」

すっごくすっごく小さな……ちょっと、拗《す》ねたように聞こえる声。

言い終えた伊折くんはなんだかばつが悪そうに、すぐに私から視線をそらした。

私はというと心臓がうるさくて、湯気《ゆげ》が出るんじゃないかってくらい、顔が熱くなっていって。

っ、だめ……。好きって気持ちが、ぜんぜん止まらない。

「わかったっ。絶対絶対、いちばんに渡す……！」

「……ん」

自分の発言が少し恥ずかしかったのか、伊折くんは私から顔をそむけたままわずかに赤くなっている。

そしてそれを隠すように、クッキーの袋を持ったほうの手の甲《こう》を口もとにやった。

かわいい……っ。かわいすぎる、伊折くんっ。

それにとっても……優しい。

いつもそうだ。直球で想いを打ち明けることしかできない私の告白を、伊折くんはいつだっていやがらずに許してくれる。

そんな伊折くんのことが、私は……。

「——そこまで言うなら、いいかげん告白ＯＫしてやればいいのに」

ぼそ、と少し下から低いつぶやきが聞こえてきて、私と伊折くんは同時に和田くんを見下ろした。

「わ、和田くん……！　なんでそんな意地悪なことっ」

「べつに、意地悪でこんなこと言わねえよ？　本気で思ってんの。伊折がいつまでも煮《に》え切らない態度なのが、俺としては許せないんだよね」

さっきまでの笑顔とは打って変わって、真顔でそう言った和田くんは、私ではなく伊折くんを見上げていた。

伊折くんも静かに、和田くんに視線を返す。

けれどそのいつもの無表情には、ほんのかすかに戸惑《とまど》いのような色が垣間見《かいまみ》えた。

「ひかりちゃんはいつもまっすぐに気持ち伝えてんのに、伊折はずっと逃げてばっかじゃん？　事情が事情だから黙ってたけど……そろそろ俺も、優しーく見守ってるだけじゃ限界だよ」

和田くんの言葉に、伊折くんはなにも言わない。

だから私も、なにも言えなかった。

その中で和田くんだけが、どこか怒気《どき》をはらんだような口調で、続けた。

「いつまでおまえは、ミクル先輩にとらわれたままでいるつもりなの？」

――まるで握りつぶされそうな衝撃《しょうげき》を受けて、悲鳴を上げるみたいに。

心臓の鼓動が、耳もとでひどく大きく響いた。

体中の血が沸騰《ふっとう》して、なぜだか、指先が小刻みに震えだした。

ただ、その名前を耳にした――それだけで。

一気に湧き上がった激情《げきじょう》が私を呑み込んで、息が苦しくなった。

「ミクル先輩、……って……？」

「あ……っ、えっと。ミクル先輩は伊折の、元カノ──」

震える声で尋ねると、気まずそうに私のほうに顔を向けた和田くんが、ぎょっとしたように目をみはった。

その理由が、私の両目から音もなくはらはらとこぼれ落ちていく、いくつもの涙のせいだって。

やっと気づいたのは、唇から小さく嗚咽《おえつ》が漏れてからだった。

どうして……泣いているんだろう、私。

どうして〝ミクル先輩〟という名前を聞いただけで、和田くんのその言葉を聞いただけで、涙が流れ出したんだろう。

伊折くんが過去に付き合っていた人だってはっきり知る前に、どうして。

「小倉さん……？」

悲しい？　切ない？　つらい？

私の心を支配しているのはそのいずれもが当てはまる感情のようで、まったく逆のようにも思えて。

ただ、いきなり泣き出した私を、驚いた表情で見つめる伊折くんと目を合わせるだけで……苦しくて、苦しくて。

「ゆ……」

自分でもなにを口にしようとしているのか不明なまま、感情に突き動かされるように声にのせていたとき。

きーんこーん……と予鈴がのんびり流れ出して、それまでの意識がぷつんと絶たれた。

「あ、……れ」

はっと我に返った私は、数回まばたきを繰り返して、それからぬれた頬《ほお》に指先でゆっくりと触れた。

「わた、し……」

――本当に、どうして泣いているの？

なんだか……頭の中が、熱に浮かされたみたいにぼうっとする。

よくわからない感情に襲《おそ》われて、自分が自分じゃなくなったような感覚に陥《おちい》っていた。

混乱しながらもとりあえずスカートのポケットからハンカチを取りだして、涙を拭《ぬぐ》っていると、和田くんが「ひ、ひかりちゃん」と焦《あせ》ったように声をかけてきた。

「だ、大丈夫？　いきなり無神経《むしんけい》なこと話してごめん、傷つけちゃった……？」

傷……ついた？

私は傷ついて、自分でも知らないうちに泣いてしまったのかな。

そんな気もするけど、それだけじゃない気も、する。

「わ、わかん、ない……。でもっ、もう、大丈夫だよ」

安心させるために笑ってみせたけれど、私の返事に和田くんは釈然《しゃくぜん》としなかったのか、なおも心配そうな顔をしていた。

そして伊折くんは、思いつめたように視線を床に落としていて。

和田くんの言葉のせいなのか、私が突然泣き出したせいなのか、それともその両方のせいなのかわからないけれど……。

「い、伊折くんっ」

そんな表情してほしくなくて、気づけば名前を呼んでいた。

顔を上げてこちらを見た伊折くんに、私はいつも通りほほ笑んで。

「あのね。……好きだよっ」

好きだよ。

誰がなんと言おうと、なにがあろうと、君が好きだよ。

だからこの気持ちを、君はちゃんと知っていてね。

だけどもし、この気持ちがあまりに大きすぎて、伊折くんの重荷《おもに》になってしまうのなら……。

そのときは、遠慮《えんりょ》せず、切り捨ててね。

「……うん」

伊折くんはそう静かにうなずいて返すだけで、やっぱり今日も私の告白に答えを出すことはなかった。

その日の夜、ひどく切ない夢をみた。

ピッ、ピッ、ピッ、と一定のリズムで機械音《きかいおん》が鳴り続ける中、とても大切な人の声が、悲しげに〝私〟の名前を呼んでいた。

『……早く、目覚ましてよ』

いまにも泣いてしまいそうな、こちらまでつらくなるような、小さく震えた彼の声。

顔が見たいのに、瞳が開かなくて。

返事がしたいのに、声が出なくて。

抱きしめたいのに、体が動かなくて。

夢の中でずっと、喉《のど》もとを圧迫《あっぱく》されるような苦しさを感じていた。

深夜、はっと目覚めた私の頬には熱い涙が伝って、鼓動はどくどくと早鐘《はやがね》のように響いていて。

「っ、ふ……」

夢から覚めてもなぜだか涙が止まらなくて、ぎゅっと胸もとを押さえながら、しばらく泣いていた。

どうして、あんな夢をみたんだろう。

どうして……伊折くんは、あんな悲しげな声で、〝私〟を呼んでいたんだろう。

# ありのままの気持ち

七月上旬、とある金曜日の朝、私の靴箱に入っていた一通の手紙。

『小倉さんにお話があります。今日の放課後、屋上に来てください。待っています』

そうきれいな字で綴《つづ》られた手紙からは、ひたむきさが感じられた。

「ひかりちゃんおはよー」

「おはよう、和田くん」

「おっ、なにそれ。ラブレター？」

朝練終わりの和田くんが、私の手もとにある手紙を見て興味深そうに聞いてくる。

私は手紙の文面を眺めながら、うーんと首をひねった。

「ラブレター……なのかなあ？」

「違うの？」

「だってこの手紙の差出人、女の子だもん」

『一年三組　辻井《つじい》ユカ』と書かれてある名前を見てそう言うと、和田くんは「どういうこと!?」と驚いた声を上げた。

帰りのホームルームが終わり、鞄を持った私は、伊折くんや他のクラスメイトに挨拶をすると教室を出て屋上に向かった。

普段は足を運ばない最上階の重い扉《とびら》をそっと開ければ、錆《さ》びた音とともに夏の気配を漂わせるそよ風が髪の毛を揺らす。

「……小倉さん。来てくれて、ありがとう」

澄みきった青空の下。

そこですでに待っていたのは、背の高いショートボブの女の子。

手紙の差出人である辻井さんは、私の姿を認めると緊張したような笑顔を見せた。

扉がゆっくりと閉まる音を背中で聞きながら、私は彼女に向かい合った。

「あの、お話……って？」

単刀直入《たんとうちょくにゅう》に用件を尋ねると、辻井さんはひとつうなずく。

「うん。……小倉さんが伊折くんを好きってことは、すごく有名だからあたしも知ってるんだ。だけど……ううん、だからこそ、小倉さんにこの気持ちを伝えておこうと思って……！」

私が伊折くんのことを好きなのって、そんなに広まってるんだ……。

でも、それもそっか。私は毎日のように、ところかまわず伊折くんにアピールし続けてるんだもん。

入学して三ヶ月も経てば、他のクラスにも伝わっていて当然だよね。

そんなふうにひとり納得していると。

「じつはあたしも……す、好き、なんだっ」

顔を真っ赤にしたまま胸のあたりでぎゅっと手を握りこんで、辻井さんは大きな声で叫んだ。

「あ、あたしも、伊折くんのことが好きなんだ……！　だからあたしも、告白してもいいかな⁉」

「えっ？」

「お願い！　伊折くんに気持ちを伝えないまま諦めるのは、どうしても無理だからっ」

頭を下げて強く訴えてくる彼女にたじろいでしまう。

まさか伊折くんに告白する許可を求められるなんて、思いもしなかった。

「でも、い、いいもなにも……私、伊折くんの彼女じゃないよ？」

もしかしたら勘違《かんちが》いしているのかもしれないと思って、一応確認してみる。

そしたら「あ、それは知ってる！　いっつもあしらわれてるの見てるから！」と頭を上げた彼女に速攻返された。

……ちょっぴり悲しくなったことは心の奥にしまっておこう。

「だけど、伊折くんに告白するなら、まず小倉さんに許してもらわないとって思ってたから……」

彼女なりに、伊折くんに猛アタックしている私に誠意を見せてくれようとしているのかもしれない。

伊折くんが私以外の女の子からも告白されているのは知っていた。

だけど恋敵《こいがたき》である私にこんなふうに同じ気持ちをぶつけてくる女の子なんて、はじめてだ。

きっとすごく勇気を出したんだろう、並々ならぬ心意気。

だったら私も、彼女の気持ちを真摯《しんし》に受けとめないとだめだよね。

「辻井さん、話してくれてありがとう。もちろん好きな人に告白するのは自由だよ！　好きな人に想いを伝えるのってすごく緊張するけど、とても大切なことだと思うから……応援する！」

「えっ。小倉さんでも、緊張するの？」

ぐっとこぶしを握りこんでガッツポーズをしたら、彼女が目を丸くしたから、そのリアクションに私まで驚いてしまった。

「す、するよ⁉　って言っても、雰囲気にもよるけどっ」

確かに数えきれないくらいたくさん告白してきたから、はたから見ればさらっと

"好き"って言っているようにも聞こえるかもしれない。

だけどいつだって、ありったけの想いを込めて伝えてるよ。

どんな反応が来るかなって、毎回どきどきしながら伊折くんを見つめてるよ。

きっとこれから先、何度〝好き〟を口にしても消えることはないこの胸の高まりは、伊折くんに恋している、なによりの証拠なんだもん。

彼女は意外そうに「そうなんだ……」とつぶやきを落としてから、なにかを逡巡《しゅんじゅん》するように目を泳がせた。

それを不思議に思っていると、意を決した彼女が勢いよく私につめ寄ってくる。

「あのっ……聞いてもいいかな!?」

「な、なにを？」

「いままで告白してきた中で、伊折くん、なんて言われるといちばんうれしそうだった!?」

「うっ……うれし、そう？」

あとずさりしてしまいそうなほどの気迫《きはく》でされた質問に……思わず目が点になった。

なぜならさんざん告白しておいて、その答えにまったく見当がつかない自分に、ぼう然《ぜん》としてしまったから。

「伊折くんっ、質問があります！」

翌朝の教室、私は鞄を肩にかけたまま伊折くんに向かって真剣な表情で挙手《きょしゅ》をした。

教室の後ろで和田くんと談笑していた伊折くんは、きょとんとした様子で「なに？」と小首をかしげる。

そ、その何気ないしぐさかわいいっ。好きです！

……じゃなくて！

「伊折くんって、どんな告白されるとうれしい？」

昨日、彼女と別れて帰宅してからもずっと考えていたものの、私ひとりでは答えは見つからなかった。

伊折くんがしっかりうれしそうな反応を示してくれたことなんて、思い返してみても一度もない気がする。

ごくたまに『はいはい』ってあきれたように笑ってくれたりはするけれど。

伊折くんの気持ちは伊折くんにしかわからないから、ここは直接本人に回答してもらうことにした。

大真面目に直球な質問をする私に、伊折くんは「どんな告白？」と口もとに手をあてて悩むようにつぶやいた。

あっ、ちゃんと考えてくれてる。

えへへ、優しい。好き。

「いや……どんなって言われても。べつに普通でいいよ」

「普通？」

「変に飾った言葉より、ありのままの気持ちがいちばんうれしい、ってこと」

そう言いきったあと、時間差で恥ずかしさが込み上げたのか、「……なに言わせてんの」って私をにらんできた。

相当《そうとう》照れている様子の伊折くんに、私と和田くんはついにやにやしてしまう。

「伊折くん、かわいい……っ」

「……っ、やめて。男にかわいいとか意味わかんないから」

「えへへ、ごめんなさいっ。今日もすごく好きだよ！」

満面の笑顔でありのままの気持ちを告白してから、「教えてくれてありがとうっ」とお礼を言って自分の席へと向かった。

「伊折。小倉さんのがかわいいよ、って言わなくてよかったの？」

「……うっさい」

背後でそんなささやかな話が交わされたことなんてつゆ知らず、机に鞄を置いて席に着いた私は、スカートのポケットからスマホを取りだす。

そして昨日連絡先を交換した辻井さんへ、【伊折くんはありのままの気持ちを伝えてもらえることがいちばんうれしいそうです】とメッセージを打っていった。

そのとき、もや……と心の中でなにかがうず巻く感覚がした。

完成した文章を送信するための指先が、ぴたりと動きを止める。

……あの子のために伊折くんに質問したのに。

教えたくないなあ、なんて考えがよぎって、ためらってしまう。

だって、これから私以外からの〝好き〟を、伊折くんは伝えられるんだ。

私からじゃなくても、ありのままの気持ちを告白されたら、伊折くんはきっとうれしいって気持ちを抱くんだよね。

もしかしたら、照れた顔も見せてしまうのかもしれない。

「や、だな……」

好きな人に想いを伝えるのは、とっても大切なこと。

だからその勇気を出すためのお手伝いを、ちょっとだけしようって思っていたけれど。

その好きな相手が、自分と同じってだけで……複雑な気持ちになっちゃう。

だめだね。

私は、いやだ、告白しないで、なんて言える立場じゃないのに。

そんなわがままなこと、考えちゃいけないよ。

しくしくと痛む恋心を、だめだよ、ごめんね、って弱い力で精いっぱい抑えこんで。

これから伊折くんに告白するあの子の背中を、液晶に触れることで後押しした。

「そういえば、ひかりちゃんさあ」

「ひゃっ⁉」

メッセージを送信した直後、ふいにすぐ後ろから声を投げかけられ、びくっと大仰《おおぎょう》に驚いてしまった。

どきどき慌てる心臓を押さえながら後ろを振り向けば、「びっくりさせてごめん」と苦笑する和田くん。

それから、となりにいる伊折くんの肩に手をのせて、なにやら意味ありげににやにやし出す。

「昨日の手紙って、やっぱ告白の呼び出しだったの？」

……いま、伊折くんの肩がぴくっと反応したように見えたけど、気のせいかな？

ていうか和田くん、昨日の手紙の差出人は女の子だって知ってるのに、どうしてそんなこと聞いてくるんだろう。

首をかしげつつも、辻井さんとの話を伊折くん本人がいる前で言うわけにもいかず、どう答えようかしばし悩んだあと。

「うーん。まあ、告白と言えば告白だった、かな……？」

伊折くんが好きだって打ち明けられたんだから、ある意味間違ってはないよね。

そんな結論を出した私に「え、マジ?」と驚いた声を出した和田くんは、次の瞬間にはとても楽しそうに伊折くんに目を向けた。

「伊折。ひかりちゃん、告白されちゃったんだって!」

「……だからなに」

伊折くんは迷惑そうな顔で肩に置かれた和田くんの手を払いのけ、私の前の席についた。

な、なんか誤解させちゃってる気がするんだけど、これってちゃんと訂正《ていせい》したほうがいいのかな。

「意地はんなよ、伊折〜」

「なに言ってんの? 小倉さんが告白されたとか、どうでもいいんだけど」

あっ……どうでもいいみたい。

だったらわざわざ言う必要もないかな……。

伊折くんのつれないリアクションがまったく悲しくないと言えばうそになるけど、そんなことでへこたれるような私じゃない。

「ふふっ。だって私は、伊折くんしか見てないもんねっ」

自分の席から身を乗り出した私は口もとの横に手を添え、満面の笑みで言った。

するとと伊折くんは少しだけこちらに顔を向けて、小さな声で「……ばか」とぽつり。

悪態をついてもほんのわずかに赤く染まったその頬に、胸はきゅんと甘く鳴る。

えへへっ。

伊折くんの照れ屋さんなとこ、ほんとにかわいいなあ。


「本当にありがとう、小倉さん……！」

二時間目、物理教室に向かう途中。

となりのクラスの前を通りかかったとき、ちょうど扉のそばにいた辻井さんが声をかけてきた。

メッセージを受け取った彼女は、私の手を両手で握って感極《かんきわ》まったようにお礼を言う。

「ううんっ。私はたいしたことしてないよ」

「そんなことないよ！　小倉さんのおかげで、告白できそうな気がする！」

「よかった。頑張ってね！」

笑ってそう返しながら、また、ちょこっとだけもやっとしてしまった。

どうして私は、自分の好きな人に告白するほかの女の子を応援してるんだろうって、自分で決めたことながら、疑問を感じてしまう。

だけどそんな気持ちを見透かされるわけにはいかないから、頑張って笑顔で隠して、それからしばらく彼女と会話した。

「引き止めてごめんね。ほんとありがとう！」

辻井さんは笑顔で手を振りながら教室の中に戻っていく。

見送ってから、私も振り返していた手の動きをゆっくり止めた。

そこで、はっと移動教室だということを思い出し、あたりを見渡すとクラスメイトは誰ひとり廊下に残っていなかった。

い、急がないと遅刻しちゃうかも……！

慌てて階段を駆け下りていると、踊り場を曲がったところで、前から現れた男の子にどんと衝突《しょうとつ》してしまった。

「おわっ、ごめん！　大丈夫？」

「うっ……だ、大丈夫ですっ。こちらこそごめんなさい！」

ぶつかった鼻を押さえて顔を上げれば、目を丸くして私を見下ろしている男の子。

「びっくりした……って、君って、小倉さんだよね？」

「えっ？　う、うん。そうだけど、なんで知って……？」

ぱちぱちとまばたきを繰り返す私に、彼は気さくに笑いかけてくる。

「だって伊折に猛アタックしてるって有名だし。俺、伊折と同中《おなちゅう》なんだよね」

「あ、そうだったんだ。伊折くんと同じ中学校いいなあ」

……って、うらやましがってる場合じゃない！

「あの、じゃあ授業遅れちゃうから、これで……」

「つーか小倉さん、近くで見るとマジでちっちゃいね。すげーかわいい」

私の声をさえぎって、ずいっと距離をつめてくる男の子。

初対面の相手からストレートに言葉にされて、思わず挙動不審《きょどうふしん》になってしまった。

ち、ちっちゃいは余計じゃないかと思うけど、純粋に褒《ほ》めてくれた……ととらえていいのかな。

ううん、かわいいっていうのもただのお世辞かもしれないから、本気で受け取るのは危険だっ。

「え、ええと、ありがとう……ですっ」

当たり障りない反応を心がけたけど、ぎこちない口調になっちゃった気がする。

すると「やばい、マジかわいいんだけど」となぜかテンションを上げた彼が、すっと私の顔へと手を伸ばしてきた。

え……？　なっ、なに？

なんだか少し怖く感じて、反射的に持っている教科書をぎゅっと胸に抱きしめて強く目をつぶった。

けれどなにも起こらなくて、そうっと目を開いて顔を持ち上げた……ら。

伊折くんの姿がすぐそばにあって、一瞬、目を疑った。

よく見れば伊折くんの手は、私へと向かっていたであろう男の子の腕を、阻止《そし》するようにつかんでいる。

「な、なんだよー、伊折」

「……べつに」

静かに答えた伊折くんが手を離すと、男の子は「ちぇ」とおもしろくなさそうに唇をとがらせた。

「そんな怖い顔すんなよー。ちょっと触ろうとしただけじゃん」

「なんで触る必要があんの」

「ほっぺがすげー柔らかそうで……って、いや、なんでもありません。じゃあね！」

男の子は引きつった笑顔でそう言い残すと、まるで逃げるみたいにそそくさと階段を駆け上がっていった。

状況が読めずにぼう然としていたら、伊折くんがため息を吐いて私のほうを向く。

ちょっと機嫌悪そうに見えるけれど、その理由が私には見当がつかない。

わ、私が怒らせちゃった……のかな？

「……さっき、うれしかった？」

「へ？」

「かわいいって言われて。ありがとう、って笑ってたでしょ」

真顔で話す伊折くんの、質問の意図がよくわからなくて、すぐに答えることができなかった。

うれしい、というより……素直に受け止めていいのか迷ってしまったんだけど。

「お、お世辞でも、一応お礼は言うべきかなと……思って……？」

な、なんで私はこんな言い訳みたいなこと言ってるんだろう。

伊折くんがどうしてそんなことを聞いてくるのかも不思議だ。

きょとんとしていると、伊折くんはあきれたようにまた小さく息を吐きだした。

「小倉さんさ……。あんなふうに、男に気安く触らせていいの？」

「えっ？　……伊折くんが止めてくれたから、触られなかったよ？」

「俺がいなきゃ触られてたってことでしょ。無防備すぎにもほどがあるって言ってんの。男にいきなり触られるとか……いやじゃないの」

確かにさっき急に手を伸ばされた瞬間、とっさに怖いと思った。

だけどそれはよく知らない男の子だったからであって、たとえば……。

「伊折くんに、なら……触られたいよ……？」

「っ……」

心の声をそのまま口にしたら、案外とても恥ずかしい発言になった気がして顔が急激《きゅうげき》に熱を帯びた。

だけど……私がこんなふうに思う男の子は、伊折くんひとりだけだから。

「……っなにされても、文句言えないから。それ」

私と同じように赤くなった伊折くんが、それを隠すようにうつむいて、小さな声でつぶやく。

え？と聞き返そうとした、そのとき。

ゆっくりと動いた伊折くんの手がこちらへ伸びてきて……指先が、私の頬にそうっと触れた。

突然のことに、私はびっくりして目を思いきりぱちくりさせてしまう。

「伊折、くんっ……？」

次の瞬間には、鼓動が一気に加速して、耳まで真っ赤になっていくのが自分でもわかった。

「そういうこと……俺以外に、絶対言わないでよ」

「い……伊折くんにしか、言わないよ……っ」

伊折くんに、触れられてる。

その事実が信じられなくて、驚きとか戸惑いとか緊張とか、そしてどうしようもないうれしさとか、いろんな感情がどっと押し寄せて声が震えた。

私を見る伊折くんの瞳が、いつもと、違う。

あたたかい手のひらで優しく頬を撫《な》でられて、ぴくりとかすかに体が跳ねた。

くすぐったく感じて、思わず目を閉じたら。

……むにーっと、痛くない力加減でなぜか頬を引っぱられた。

「ひ、ひおりくん……なにを……」

混乱する私が間抜けな顔をしていたのか、伊折くんはほんのちょっと笑ってから、ぱっと手を離した。

その行動の意図もわからないまま、私は伊折くんの表情にきゅんとしてしまう。

「授業に遅れるし、早く行こ」

「えっ、あ……うん！」

うなずいたときには、伊折くんはくるっと私に背を向けて、すたすたと階段を下りてしまっていた。

それを追いかけながら、離れた手に名残惜《なごりお》しさを感じてしまっている自分。

激しい脈がいっこうにおさまらない。

そういえば……どうして伊折くんはこっちに戻ってきたんだろう？

教科書とか持ってないってことは、物理教室に置いてきてるんだよね。

もしかして私が遅かったから、様子を見にきてくれた、とか……？

なんて、夢みたいなことを考えつつ。

授業がはじまってもしばらく、頬に触れた手の体温や感触を思い出してしまって、顔の熱は引かないままだった。

「小倉さん、ちょっと……！」

今日伊折くんに告白する、と言っていた辻井さんが、放課後、私のクラスにやってきた。

けれど彼女が呼び出したのは伊折くんではなく、なぜか私。

不思議に思いながら、鞄を机に置いたまま、教室の後ろの入り口で待っている辻井さんのもとへ向かった。

「どうしたの？」

首をかしげれば、辻井さんが泣きそうな顔ですがるように私の腕をつかんでくる。

「お、お願い……！　伊折くんに、いまから屋上に来てって伝えてくれないかな!?」

「えっ？」

「自分で言おうと思って来たんだけど、いざ本人を見ると勇気が出なくて……。小倉さんが頼んでくれたら、伊折くんも来てくれると思うから！」

そ、そんなこと、言われても……。

辻井さんが呼び出しても、伊折くんは絶対ちゃんと来てくれるよ。

そう思ったけれど、切羽詰《せっぱつ》まっている様子の彼女に、断りの言葉が出てこなかった。

かと言って、快《こころよ》く引き受けるということもできず、答えあぐねていると。

伊折くんががたんと席から立ち上がり、鞄を肩にかけるのが見えた。

「と、とにかく、お願いっ！　あたし、屋上で待ってるからね……！」

「あ……っ」

早口で言い残し、逃げるみたいに廊下を走って行ってしまう辻井さん。

どうしよう、と困り果てたけど……教室を出ていこうとしている伊折くんを、そのまま帰すなんてわけにはいかなくて。

「い……伊折くんっ」

迷いを振っ切って、伊折くんのそばに駆け寄って呼びかけた。

「なに？」

いつも通りの伊折くんが、扉のそばで立ち止まって私を見る。

けれど私は裏腹に、頬に触れられたときのことを思い出してしまって、目が合ったとたん心臓がさらに騒がしくなった。

だけど……っ、伝えなきゃ。

頼まれてしまったからには、果たさなきゃいけない。

応援するって言っちゃったのは、ほかでもない私だもん……。

「あの、ね……。いまから、屋上に行ってほしいの」

「は、いまから？　なんで」

震えないように抑えた声で伝えると、当然の疑問を返された。

辻井さんが伊折くんに告白することは、もう決まっているのに。

この期《ご》に及んで、今日伊折くんに外せない用事があったら……なんて悪い期待をしてしまう自分がいやだ。

私はいつだって思うまま伊折くんに告白しているのに、同じ立場の女の子にはそんなふうに考えてしまうなんて、すごく、ずるいよね……。

「伊折くんに、話がある女の子が、いるから……」

「なにそれ」

「そ、それは、直接その子から聞いて？」

「……そういうことじゃなくて」

だめ……っ。伊折くんと、うまく目を合わせることができない。

きっと伊折くんの顔を見ていたら、この感情が、素直に表情に出てしまうから。

そんな私を伊折くんはしばらくじっと見ていたようだけど、「……わかった」とだけ言って、教室を出ていった。

「っ、はあ……」

伊折くんが行ってしまったとたん、体の力が抜けた。

自分の席へ戻った私は、そのまま机の上に突っ伏してしまう。

吐き出したため息はわずかに震えていて、このあとのことを考えると胸のあたりが疼痛《とうつう》を訴えた。

きっと……ふたりが付き合うことは、ない。

絶対とは断言できないけれど、可能性は低い……と思う。

だけど、それでも、こんなに泣きたくなっちゃうんだ……。

「どうしたの、ひかりちゃん」

うつむいたまま、感情があふれるのをこらえるためにぎゅうっと目をつぶっていると、頭上から声が届いた。

ゆっくりと顔を上げれば、大きなスポーツバッグを肩から提《さ》げた和田くんが立っていた。

気がゆるんで、さっきまで頑張って保っていた偽《いつわ》りの表情があっけなく崩れる。

「うわ、すげー悲しそうな顔。伊折のことでなんかあった？　話なら聞きますよ？」

これから部活のはずなのに、立ち止まったままほほ笑んでくれる。

その優しさに、気づいたら唇が勝手に動いていた。

「あのねっ、伊折くんにね、告白したいっていう女の子がいて……。その子が昨日、私に『告白してもいいかな』って聞いてきたんだ」

「なんじゃそりゃ」

「好きな人に〝好き〟って伝えるのって、すごく大切なことだし……彼女でもない私がだめって言う権利もないし、だから、応援しようと思ったの」

「え、応援しちゃうんだ」

「そ……それでいまから、屋上でその子が伊折くんに告白、するから。さっき私、伊折くんに『屋上に行ってほしい』って……伝えたんだけど、でもっ」

いやなの、ってはっきり言葉にしてもいいのかわからなくて、うつむいた。

だってどう考えても自分勝手な気持ちだし、こんなこと口にしたってどうしようもない。

続きの言葉を紡《つむ》ぐこともできず、黙り込んでいたら。

「ひかりちゃんらしいけど、ぜんぜんひかりちゃんらしくないね」

ため息を落とすようにそんな言葉をかけられて、私は和田くんを見上げた。

和田くんは腰に手を当てて、眉を八の字に曲げて苦笑していた。

「伊折も気の毒だなあ」

「気の毒……？」

「あ、告白されることに対してじゃないよ？　ちょっと考えればわかるじゃん。いつも告白してくるひかりちゃんから、〝ほかの女の子のもとへ告白されに行って〟とか言われちゃうんだよ。伊折がひかりちゃんに不信感抱いちゃっても仕方ないでしょ」

「やっ、やだよそんなの……っ！」

机に両手をついて勢いよく立ち上がって、でも、自分でもわかっていた。

それをいまここで和田くんに伝えたって、どうしようもないんだって。

この、伝えたい気持ちはいつだって、ひとりだけに向けられているんだから。

……そしてそれを伝えられずに抑えこんでしまったのは、他でもない自分なんだから。

「じゃあ今朝の質問も、その子のためだったの？」

「うん……」

「ばっかだなあ。ひかりちゃん、いままでそんなくだらないこと考えて伊折に告白したことあった？　伊折に喜んでもらうために〝好き〟って伝えたことあった？」

そんなこと……考えたこともなかった。

私は気持ちがあふれた瞬間、自分の思うようにそれを捧げてきた。

なんのためとか、そんなのまったく、考えず……。

和田くんからの問いかけに声を出して答えはしなかったけれど、それでも和田くんには私の考えていることがお見通しのようで、「ね？」と笑った。

「ひかりちゃんが自己中なのなんか、いまにはじまったことじゃないんだって」

「じ、じこちゅ……」

「うん。だから、そのままでいいんだよ。それがいちばん。少なくとも、伊折にはさ」

だって伊折自身が言ってたでしょ？

ありのままの気持ちがいちばんうれしい、って。

そう続けた和田くんは、「考えるより先に行動しちゃうのがひかりちゃんのいいとこだよ」と、元気づけるように私の肩をぽんぽんと叩いてから、「じゃあまたね」と教室をあとにした。

ひとり教室に残った私は、両手をついたままの机を見つめて、伊折くんのことを思い浮かべた。

好き。好きだよ。

自分でもあきれちゃうくらい、そればっかり。

降り積もって、重なって、ふくらんで。

こんな小さな心の中だけじゃあっという間にあふれちゃうから、ちょっとずつ、何度だって、君に渡すの。

どんなときだって、そうやって、ありのままの気持ちを素直に伝えてきたのに。

どうして私はいま、伊折くんへ向かう心を無理やり抑えこんじゃってるんだろう？

本当に、和田くんの言う通りだよね。

いまさらわがままだとか、そんなのうじうじ考える前に、私には伊折くんになによりも伝えたい想いがあるんだもん。

私は気づけば鞄を置いたまま教室を飛び出して、好きな人がいる屋上へと駆けだしていた。

素直に伝えなくて、ごめんね。

あのね。

いまの私があるのは、伊折くんのおかげなんだよ。

複雑な気持ちが心の中で混在《こんざい》してせめぎ合って、どうしようもなく未来を怖がっていた私に、伊折くんはたったひとつの強い光を与えてくれた。

闇《やみ》に呑み込まれてしまいそうな怖い夢から、目が覚めたら。

そしたら私の心臓は、君への想いを刻むために鳴りはじめたの。

いまの私の心の中を満たすのは、いつだってシンプルな想いだけだよ。

君にそれを伝えるための、声がある。

君の表情を見るための、瞳だって。

君の声を聞くための、耳もあって。

……君のもとへ向かうための、足が、いまあるんだ。

それは全部――君がいたから。

心臓だけじゃない、私の全部を、君を想うために使っていきたいって……あの日からずっと、思っていたんだよ。

屋上の扉へと続く階段で、辻井さんと鉢合《はちあ》わせた。

肩で息をする私を見ると目を見開いて、それから晴れやかな面持《おもも》ちでにこっとほほ笑む。

「小倉さん、本当にありがとうね。伊折くんにちゃんと自分の気持ち伝えられて、よかったよ」

「う、ううん……っ」

「やっぱり断られちゃったけど、すっきりした。……それと、ごめんね。小倉さんの優しさにつけ込んで……ずるいこと、しちゃってたね」

ううん。そんなの、仕方ないよ。

女の子って恋心に素直になると、ずるくなっちゃうものなんだ、きっと。

それでも譲れないくらいに、強く、好きな人を想っているから。

「伊折くんがね、言ってたんだ。『他人の協力を得て準備した言葉より、なりふり構わず聞かされる想いのほうがずっとうれしい』って」

「え……？」

「ああ、敵わないなあ、って思っちゃったよ。あたしじゃ相手にもなんないなって。だから……小倉さん、頑張って！」

最後のほうは声がかすかに震えていたけれど、辻井さんは明るい笑顔でお返しのように私を応援してくれた。

早足で階段を下りていく彼女の背中に、「ありがとう……！」と告げてから、すぐに振り返って顔を上げる。

残りの階段をのぼりきり、たどり着いた屋上の扉を力いっぱいに押した。

「伊折くんっ！」

重い扉を開けた瞬間に名前を呼んで、屋上に踏み出した私。

けれど気が急いていたせいで、段差に足が引っかかってしまい、がくんと体の均衡《きんこう》を失った。

「わ……っ」

そのまま勢いよく地面にダイブしそうになった私の体を、とっさに抱きとめてくれたのは……私の好きな人。

「危な……っ。なにしてんの」

「あ、ありが、とうっ」

ゆっくりと立たせてくれて、私はどきどきしながら伊折くんを見上げた。

その、いつもの無表情も。

ときおり見せてくれるあどけない表情も、照れた表情も。

……全部、好き。

「小倉さん……」

あきれたように私の名前を呼ぶその声も、本当に、好きなんだよ。

私の全部で、君の全部が好きだって、叫んでるんだよ。

「い、言いたいことが、あって……っ」

「うん。……俺も聞きたいことあるから。先に答えて」

感情のままに声にのせるはずだった想いが、伊折くんの静かな声によってさえぎられた。

え、と目を見開いた私に、冷ややかで……それでいてどこか悲しげにも思える表情を浮かべる伊折くん。

こんな伊折くん、はじめて見た。

こんな……傷ついたような、伊折くん。

「小倉さん、俺が辻井さんからなに言われたか知ってるよね。〝告白したいから代わりに呼び出して〟って頼まれたの?」

「う、……ん」

「それ、なんで断らなかったの?」

伊折くんの温度の低い声に、心臓がぎりぎりと締め上げられているような痛みを感じた。

苦しい。

苦しくていまにも涙がこぼれてしまいそうだけど、でも、我慢しなくちゃ。

だって伊折くんは私の答えを待ってる。

私の想いを、こうしてちゃんと知ろうとしてくれてるから。

「つ、辻井さんに、伊折くんのことが好きで、だから、告白したいって……言われてっ」

「言われて?」

「私にわざわざ許可を求めてくるくらい、いい子だから……私もそれに応えたくて、『応援する』って、言っちゃって」

「……なんでそこで、応援すんの」

本当に、そうだよね。

恋のライバルの背中を押しちゃうなんて、自分の行動を思い返したら、心の底からばかだなって思うよ。

昨日の私はただあの子の誠実な心に感動して、なんにも考えていなかった。

「小倉さんは……俺のこと、好きなんじゃなかったの」

「すっ、好きだよ……っ！　何度伝えたってぜんぜん足りないくらい、伊折くんが好きだよ！」

伊折くんの小さな声に、さっきの和田くんの言葉を思い出して、泣きたくなった。

私じゃない女の子が伊折くんに告白することよりも、伊折くんが私の気持ちを疑うことのほうが、ずっと苦しい。

でも伊折くんに、私の気持ちへの不信感を抱かせてしまったのは、ほかでもない自分なんだ。

「好き、だからっ……私も、同じ立場だから。好きな人に想いを伝えたいって気持ち、わかるから……告白のお手伝い、しようと思ったの。だけど……っ」

同じ人を好きってどういうことか、ぜんぜんわかってなかった。

恋心がこんなにも身勝手な感情だなんて、ちゃんと理解してなかったんだ。

「い、いやだって、思っちゃった……っ」

私じゃない誰かからの想いが、伊折くんの心を揺らしてしまうのはいやだよ。

受け取ってもらえなくてもいいから、ただ伊折くんには、私からの〝好き〟だけを聞いていてほしいんだよ。

こんなにやっかいで、わがままで、自分でもどうしようもないくらい切なくなる感情、きっと他にない。

けれど君への想いを叫ぶ心臓は、君に出逢ってから止まることをまるで知らない。どきどきどきって、君に伝えたがってるみたいに、絶えることなく内側から胸を叩《たた》いてくるの。

「だめだって……っ、頑張って、抑えこんでたの。彼女でもないのにこんなこと考えちゃいけないって……」

こらえていた涙がとうとう、じわりと目のふちからにじみ出した。

耐えきれずにぽろぽろとこぼれるまで、あっという間だった。

伊折くんに伝えるための声が不安定に震える。

それでもちゃんと……言葉にしたい。

「でも、無理だよっ……。伊折くんが、私以外の子から〝好き〟って伝えられるのなんて、いやだ……っ！」

こんなに自分勝手な女の子で、ごめんね。

いままで以上にあきれられちゃうかな。

涙が止まらなくて泣きじゃくっていたら、伊折くんが「……小倉さん」と呼んだ。

やっぱりあきれたような声音のそれは、けれどさっきよりもほっとしたように優しく、私の鼓膜《こまく》を撫でた。

涙でぼやけた視界に伊折くんの上履きが映って、こちらに歩み寄ってきたのがわかった。

「いやなら遠慮せずに、そう言えばいいのに。いっつも俺には遠慮なく〝好き〟って告白してくるくせに、なんでそこで抑えこんじゃうの？」

「ひ、っく……ごめ……っ」

「……俺の彼女じゃないから、やだって言えなかった？」

こく、と嗚咽交じりにうなずいた私の目元に、優しくなにかが触れた。

見ればそれは紺色のハンカチで、ほのかに伊折くんの香りがして。

ありがたく受け取って涙を拭《ぬぐ》いながら……私が救われたあの日も、こんな風にハンカチを差し出してもらったことを思い出した。

「小倉さん」

「っは、い……」

「断ってよ、これからは。だめってちゃんと言って。……俺だって告白されるのは、小倉さんからだけで十分だから」

「っ、え……？」

伊折くんからの言葉をすぐには理解できなくて、目の前に立った伊折くんをただ見上げる。

まっすぐに私を見ていた伊折くんは、目が合うと、ぎこちなく視線をそらしてしまう。

そのしぐさは、なんだかまるで……照れてるみたいで。

かわいすぎて、涙なんて簡単に止まってしまった。

きゅんと胸が高鳴って、私は思わず両手でハンカチを握りしめて、伊折くんにじっと見入った。

「さっきの女子と同じ立場だとか、本気で思ってんの？　言っとくけどぜんぜん違うからね」

「ち、違う……の？」

「当然でしょ。しつこいくらいストレートに想いぶつけてきて、無邪気に無遠慮《ぶえんりょ》に心こじ開けてくるような人、小倉さん以外に出逢ったことないよ」

私と目を合わせようとしない伊折くん。

毒《どく》でも吐くような口調だけれど、その横顔から確認できる表情に……不安になるどころかむしろ、その真逆で。

「告白の応援とか手伝いとか……ほんっと、意味わかんない。一瞬、小倉さんの気持ち冷《さ》めたのかと思った」

「さ、冷めるわけないっ……！」

「……うん。まあ、そもそも悪いのは、ずっとためらってた俺なんだけど」

「違うよ！　伊折くんに悪いとこなんてひとつもないよっ」

慌てて否定したら、さらに赤くなった伊折くんがちょっとにらむように私を見た。

あ。……照れ隠しだって、わかっちゃう。

クールなのに案外わかりやすい、そういうとこ。

好き。好きだよ、伊折くん……。

「……和田に言われてから、ずっと、考えてたんだよ」

それはきっと二ヶ月ほど前の、クッキーを渡した日のこと。

「はじめは本当に、付き合う気なんかなかった。すぐ諦めると思ってたから。なのに小倉さん、俺以外の男なんかぜんぜん見る気ないし……。一途《いちず》すぎて、うっかり揺さぶられて……自分でも、びっくりした」

伊折くんの表情に、言葉に、さっきからずっとふくらみ続けている期待。

夢でもみているかのような、ふわふわした感覚。

「付き合うのも、小倉さんなら、って思いはじめたけど……。でも決心つかなくて、返事求めてこない小倉さんに甘えてた。ごめん」

「……っ、ううん」

「でもう、やめる。はぐらかしたり流したり、もうしないから……」

手を伸ばしてきた伊折くんが、私の横髪《よこがみ》をそっと優しく耳にかける。

指先がかすかに耳にふれたことに緊張していたら、伊折くんは私の顔をのぞき込むようにして。

「小倉さん。——俺の、彼女になって」

「……っ」

こんな夢みたいな言葉に、首を振る理由がどこにあると言うんだろう。

宇宙のすみずみまで探しても、見つかりっこないね。

君はいつだって私の世界を、こんなにもきらきらと輝かせてくれる。

目がくらんでしまうくらいに。

魔法《まほう》のような幸せを、何度だって与えてくれるんだ。

あまりにもたくさんの幸せで、心臓が壊れてしまいそうだよ。

幸せすぎると苦しくなるなんて、私、君に出逢うまで知らなかったよ。

涙があふれるほどの幸せなんて、私、君に出逢ってはじめて知ったよ……。

「っ、うん……っ」

また泣きながら何度も強くうなずく私に、伊折くんはほっとしたようにほほ笑んでくれた。

「伊折くん、ほんとに、好きっ……」

「うん。……もっと言って？」

「好きっ、大好き……っ」

「……ふ。俺もだよ」

ねえ、神さま。

彼とまた出逢わせてくれて、ありがとう。

この奇跡みたいな運命を……ずっと、抱きしめていたいよ。

「いつだって、ありのままの気持ちを伝えてくれる小倉さんが、好きだよ」

心臓が叫び続けていたこの想いがやっと、大好きな彼のもとに届いたから——。

「運命」なんて言葉を選んだのはきっと
この想いが確かにつながっている奇跡を
心臓の鼓動が証明してくれていたから。

# ＊2＊ つながっている想い

# 甘くて甘い夢心地

もうすぐ夕方の五時だというのに、まだ高い位置にいる太陽は元気に光を放射中《ほうしゃちゅう》。

七月上旬でもすでにあなどれない暑さを感じながら、帰路を駆け抜けた。

肩にかけた鞄が邪魔だけど、こうして全力で走るのって気持ちいい。

部活とか入ればよかったかなあ。

ぜんぜん体力がないから、これから鍛《きた》えておくべきかもしれない。

いまからでも入部できるはずだし、考えてみようかな。

息を切らしたまま家に飛びこみ、靴を脱いでまずまっすぐに洗面所へ。

そこで手洗いとうがいをしてから、リビングに向かった。

「ただいまっ！」

リビングのドアを開けて、キッチンで夕食のしたくをしているママのもとへ駆け寄る。

小気味いい音を立ててキャベツの千切りをしていたママは、飛んできた私を見て目をしばたかせた。

「おかえり、ひかり。どうしたの、そんなうれしそうな顔して」

「い、伊折くんと……っ、つ、つきっ、付き合うことに、なったよ……っ！」

荒い呼吸を整える前に、ついさきほどの一世一代《いっせいちだい》の出来事をママに報告した。

どきどきと胸を高鳴らせる、ほんの数十分前のこと。

伊折くんがはじめて話してくれた気持ち、触れた指先。

ほほ笑みながら私に言ってくれた、〝彼女になって〟の言葉。

夢をみているようで、でも夢であってほしくなくて、涙がおさまった頃に私の口から出てきたのは……。

『ま、ママに、話してもいいかな……!?』

『え？』

『あっ、大丈夫っ、パパには言わないので！　だ、誰かに報告してないと、現実か夢かわからなくなっちゃうから！』

だって、好きな人に気持ちを受け止めてもらえるなんて、もちろんはじめてのことで。

どうしたらいいのかわからないから、万が一のためにとりあえずママを証人にしておこうと思った。

両手を振って説明する私に、伊折くんはぽかんと口を開けてしばらく黙ったあと。

『は、ちょっと待って。……もしかして、親に俺のこと話してたりする？』

そうおそるおそる尋ねてきたから、私は『うんっ！』と元気よくうなずいた。

『晩ごはんのときによくその日にあったこと話すから、伊折くんのことも教えてるよ！　パパもママも伊折くんのフルネーム知ってるよっ』

『っ、マジで……』

笑顔で答えたら、なぜかその場にしゃがみこんでうつむく伊折くん。

腕からのぞく顔が赤くなってるけど……だ、だめ、だったのかな⁉

もしかして、普通は好きな人のことってパパやママにはないしょにするものなのかな⁉

再会した入学式の日から、毎日話しちゃってたよ……！

今日は伊折くんのここがかっこよかったとか、こんなとこにきゅんとしたとか。

それはもう赤裸々《せきらら》に！

『ご、ごめんね……⁉　勝手に話されて、迷惑だった⁉』

『……いや。迷惑っていうか、すっごい恥ずかしい』

た、たしかにすごく恥ずかしそうだ……。

そんな伊折くんも、もちろんかわいい。

自分の口元がゆるむのを感じながら、私もその場にしゃがんで、伊折くんの顔をのぞき込むようにして顔を傾《かたむ》けた。

するとちょっとだけ手をどけた伊折くんが、まだほんのりと赤いまま、にやにやしている私をにらんでくる。

『なに』

『えへへ。伊折くん、かわいいなあと思って』

『っだから、やめて。かわいいとか言うの』

『だって本当のことなんだもんっ。好きって気持ちがふくらみすぎて、〝好き〟って言葉だけじゃ追いつかなくなって、そしたら〝かわいい〟って言っちゃうの。〝かわいい〟は私にとって〝愛しい〟の同義語《どうぎご》なのっ』

意味わかんない、って怪訝《けげん》な反応をされるだろうなと思っていたら、伊折くんは数秒黙りこんで。

『……小倉さんだって』

私から視線を外して、形のいい唇を小さく動かした。

近い距離にいたから聞き逃すことはなかったけれど、伊折くんはその続きを口にすることはなく、すっと立ちあがった。

でも、私はしゃがみこんだまま、伊折くんを見上げるだけ。

きっと熟《う》れたりんごみたいに、すっごーく真っ赤な顔をして。

この会話の流れで、そんな中途半端に切ったセリフ。

続くはずだった言葉は……もしかして。

『い、伊折くん……？』

『……付き合うことは、話してもいいけど。恥ずかしいから、これからはあんまり俺のこと話さないでよ』

『えっ。あ、わ、わかった！』

伊折くんが口にしたのは期待した四文字ではなかったものの、ママへの報告の許可が下りたので笑顔でうなずいた。

やっぱり、はっきりとは言ってくれないかあ。

伊折くんから〝かわいい〟なんて言ってもらえたら私、どうにかなっちゃいそう。

さっきくれた〝好き〟っていう、私と同じ気持ちだけで、キャパシティーが軽くオーバーしてしまいそうなくらい幸せなんだから。

これから新しくはじまるのは、いままでとは違う関係なんだ。

心がぽわぽわと軽やかに踊《おど》って、口角《こうかく》が上がるのを抑えきれない。

『えへっ……好きだよ、伊折くん』

ねえ、どうかこれからも、たくさん好きって言わせてね。

君への想いはこれからもずっとずっと、果てしなく降り積もっていくものだから。

「伊折くん、本当に好きだよ〜っ」

屋上での幸せな時間を思い返しては、にへら〜と顔をほころばせてしまう私。

頬に両手をあてて夢心地な娘の様子に、シンクで手を洗うママは笑いながら肩をすくめた。

タオルで濡れた手を拭いて、それから私の頭を優しく撫でてくれる。

「よかったね、ひかり。ずっと好きだったんだもんね。ひかりの恋が叶って、ママもすっごく幸せだよ」

「うんっ。ありがとう、ママ」

真剣な表情で見つめるママは、私の手を握った。

さっき水に触れていたから少し冷たいけれど、それでもあたたかいママの手。

「これからはいままで以上に自分の気持ちも、彼の気持ちも大切にするんだよ。お付き合いするってとっても幸せなことだけど、その分大変なの。好きって気持ちが大きければ大きいほど、自分の気持ちでいっぱいいっぱいになっちゃうから」

柔らかな笑みを浮かべて、心を包むように言葉を紡いでいくママの話し方は、優しくてとても好きだ。

こくっとひとつ強くうなずいたら、ママは明るく笑ってくれた。

「伊折くんにはもう、話したの？　ひかりのいままでのこと」

「あ……ううん。まだ、話してない」

「そっか。勇気が出ないならいますぐじゃなくてもいいけど、いずれは話そうね」

私の、いままでのこと――心臓病をわずらっていたこと。

三年前のあの日、私を救ってくれた伊折くんは、いまでもそのことを知らない。

私のことをちゃんと知らない伊折くんだったから……あの日、私は救われて、恋に落ちたの。

だから、いつか勇気を出して、私の全部を伊折くんに打ち明ける日がきたら。

改めて伝えるんだ、〝あの日からずっと君が好きでした〟って。

そのときに君が笑ってくれたのなら、こんな幸せな未来はないね。

「ひかりが素直でいい子だから、きっと伊折くんも選んでくれたんだよ。これからもずっと、そのままのひかりでいてね」

「うんっ」

満面の笑みでもう一度うなずいた私を、ぎゅっと抱きしめてくれるママ。

どんなときだってこうして、パパといっしょにあたたかい気持ちで私を愛してくれた。

「伊折くんと付き合えることになったって、パパには言わないの？」

「言わない！　パパにはまだ、ないしょだよ」

「ふふ、そうだね。パパ、伊折くんの話してるとき、いっつもちょっと複雑そうな顔してるもんね」

ママとふたりして夕食中のパパの様子を思い出して、笑い合った。

どんなに苦しくても、どんなにつらくても。

私はふたりから与えてもらえる優しい愛に、何度も守られてきたんだよ。

ありがとう。

ずっとずっと、大好きだよ。

私ね、パパとママの子どもに生まれてきて、本当に幸せだよ。


土日を挟んで、待ちに待った週明けの月曜日。

朝の挨拶が飛び交う教室で、めずらしく遅い登校の伊折くんに、私はどきどきそわそわ。

「ひかり、おはよー」

「おはよう！」

「さっき伊折くん見たから、そろそろ来ると思うよ」

登校してきた女の子にそう教えてもらって、とたんに表情はゆるゆるにまにま。

クラスメイト、とくに女の子は、こうやってよく伊折くんのことを知らせてくれる。

もうすぐ伊折くんに逢えるんだ……。

ああ、どきどきするっ。

待ちきれない私の様子に、女の子は「なんかいつもよりさらに伊折くん好き好きオーラが出てるね」と笑いながら、自分の席へ歩いていった。

やっぱり、わかっちゃうんだ。

そりゃそうだよね。隠す気もないもん。

好きな人への気持ちを表に出さずしまっておくなんて、私にはできない。

早く逢いたいなあ、と教室の出入り口のほうをながめていたら、今度は和田くんが同じサッカー部の男の子たちと入ってきた。

近くにいたクラスメイトと挨拶をかわしている和田くん。

私を視界に認めると、今日もさわやかな笑顔でこちらへ歩いてくる。

「おはよ、ひかりちゃん」

「おはようっ。ね、伊折くん見た？」

「ふた言目には伊折かあ。見てないけど、まだ来てないの？」

「うん。いつもはとっくにいる時間なのに」

和田くんと話しながら、黒板の上に掲げられた丸い時計を見上げて時刻を確認した。

つられるようにそちらへ視線をすべらせた和田くんは、ふと黒板の右端の日付に焦点《しょうてん》を当てて。

「あ……」

小さく、なにかを悟《さと》ったかのような声を漏らした。

それに首をかしげると、和田くんは私のほうへ顔を戻して、にこっとほほ笑んでみせる。

「にしても、今日のひかりちゃん、周りに飛んでる花が多いね」

「えへ」

「さては金曜日、あれから伊折となんかあったな？」

さすがは和田くん、普段から私の伊折くん好き好きオーラ、もとい幸せオーラを誰よりも感知できる人物だ。

ついついにやけを抑えられない私に、ピンときたように和田くんは「ああ、わかった」とにっと笑い、右手で指鉄砲《ゆびでっぽう》をつくってこちらに向けてきた。

「伊折とひかりちゃん、ついに付き合いはじめたんだ？」

「へっ⁉」

「お。それは図星の反応だ」

う、うそっ！

どこまで洞察力《どうさつりょく》に長《た》けてるの、和田くん……！

まさか関係が進展したことまで的確に当てるなんて、思いもしなかった。

あまりの鋭《するど》さにびっくりして、目を丸くする。

けれどその視界の端に、想い人が映り込んできたから、すぐにそれどころではなくなった。

「伊折くんっ、おはよ！」

がたっと立ち上がって勢いよく挨拶したら、教室に入ってきた伊折くんは私を見たあと、顔をちょっとだけ斜め下に向けた。

目を合わせないまま、わずかに赤くなって「……おはよ」と声を落とす伊折くん。

かっ、かわいい。

ものすごくかわいい……っ。

照れたときに視線そらしちゃう癖《くせ》も、とてつもなく愛しい！

顔を隠すようにうつむいて、こちらに歩いてくる伊折くんにときめいていたら。

「伊折もわっかりやす……」

和田くんが口もとを覆い、笑いをこらえるような震え声でつぶやいた。

自分の机に鞄を置いた伊折くんは、そんな和田くんに気づいて訝《いぶか》しげな視線を寄せる。

「和田、いまなんか言った？」

「んーん、なんでも？　それより伊折、やっとひかりちゃんと付き合いはじめたんだって？」

「っ……なんでそれっ」

さっそく爆弾《ばくだん》を投下した和田くんに驚いたあと、すぐに私を見る伊折くん。

私は慌てて、ふるふるふるふると何度も首を振った。

「い、言ったんじゃないよっ。和田くんが勝手に当ててきたんだよっ」

「……当ててきたの」

私への疑いはあっけなく晴れたみたいだけど、伊折君はあきらかにいやそうな表情になって和田くんを横目で見た。

やっぱり、私との交際をおおっぴらにするのはいやだよね……。

こんなに整った顔をしているんだから、女の子が放っておくはずないのに、目立つのは苦手みたいだし。

私も再会して間もない頃はよく『声が大きい』とか『はしゃぐのやめて』とか、話しかけるたびに注意されてたし。

でも私の場合は、伊折くんを前にするとテンションがひとりでに急上昇して自分でコントロールできなくなっちゃうから、途中で注意するのもばからしくなったみたいで、最近はなにも言わなくなったけれど。

そう思うと、迷惑ばかりかけていたのに、それでも伊折くんは私の想いを受け取ってくれたんだね。

えへへ……。本当に優しいなあ。好き。

なんて、脳内でのんきにぽぽぽと花を咲かせたけれど、伊折くんはいま現在も迷惑をこうむってしまっているわけで。

「ご、ごめんねっ、伊折くん。私が幸せオーラを振りまいていたばっかりに……」

伊折くんがいやがるだろうと予想していたから、ママ以外には自分から話さないでおくつもりでいたのに。

和田くんが目ざといのもあるけど、私の態度がわかりやすすぎるせいだ。

伊折くんにいやな思いをさせてしまったことが申し訳なくて、肩を落としてうつむいたら、大きな手でぽんぽんと頭を撫でられた。

「ひかりちゃん。ひかりちゃんがわかりやすいのなんて、いまにはじまったことじゃないんだから、大丈夫だよ」

和田くんのなぐさめの声が頭上に降ってくる。

……いや、なぐさめなのかなあ、これ。

金曜日の放課後も同じような言い回しでさりげなくひどいこと言われた気がするし、

和田くんって意地悪だ。

いつだってそこに優しさが隠されていることは、なんとなくわかっているけれど。

「あのな、伊折。俺はうれしいんだよ。伊折がちゃんと自分の気持ちに素直になって、ひかりちゃんと結ばれたこと。だから、おめでとう」

「……それは、ありがとう」

「うん。ところで、いまの俺の手を見てもどうも思わねえの？」

顔を上げて伊折くんを見れば、とても面倒そうな表情を浮かべていた。

対して私のかたわらにいる和田くんは、挑戦的《ちょうせんてき》な笑顔で未だに私の頭をなでなでしている。

……って、なんでまだ撫でてるのっ！

おもしろがっているのがわかって、私は慌てて和田くんの手をはずした。

「ひかりちゃんの彼氏なら、俺がひかりちゃんの頭を撫でることとか、〝ひかりちゃん〟って呼んでることとか、たしなめる権利あるはずだけど」

「……、べつに」

そうそっけない声で言いかけた伊折くんと、ぱちっと目が合った。

まばたきを繰り返しながら見つめていると、伊折くんはなんだか不機嫌そうに眉根を寄せた。

「べつに、小倉さんをどう呼ぼうが和田の勝手だけど」

その言葉尻《ことばじり》に、すっと伸びてきた手が私の腕をとらえて。

決して強引ではなく、けれど簡単に体が移動する力で、引き寄せられた。

誰に、なんて見ていたからわかっているけれど、いまの状況をにわかに信じられるかと言われると……数秒を要してしまった。

「この子は俺の彼女だから、気安く触んないで」

間違いなく伊折くんの口から、伊折くんの声で、耳に届いた言葉。

その意味を理解した瞬間、体中の血液が沸騰するみたいに熱くなった。

い、息がっ……苦しい。幸せ、すぎて。

伊折くんが私のことを、そんなふうに言ってくれるなんて。

本当に、夢でもみてるんじゃないかって思っちゃうよ……っ。

「い、伊折くん……っ！」

伊折くんに腕をつかまれたまま見上げると、伊折くんはあからさまに私からぷいと顔をそむけてしまった。

でもちょっと見える頬と耳が真っ赤に色づいているのがわかって、それを目にした私の気持ちはどうしようもなく、とめどなくあふれ出す。

ああもう、本当に伊折くんは っ……。

どこまでも私を幸せにしちゃう、天才の中の天才だよ……！

「好き、好きっ。伊折くん、ほんとに好き！」

「っ、わかってる。知ってるから、ちゃんと」

「もっと、もっと知って！　まだぜんぜんたりない……！」

好き、好き、好き。

好き……大好き。

何度言葉にしたって、この大きすぎる気持ちは渡しきれそうにない。

だから何度だって、伝えるよ。

この心臓が叫び続けているかぎり、君への想いを。

「……付き合ったとたん人目もはばからずいちゃつき出すなんて、典型的なバカップルだなあ」

やれやれ、といったふうに笑ってひとりごちた和田くんの言葉は、伊折くんにはもしかしたら聞こえていたかもしれないけれど。

当然ながら伊折くんひとりしか見えていない私の耳には、入ってこなかった。

今朝の一件により、私たちが付き合いはじめたことは、その日のうちにクラスメイト全員に知られてしまった。

この調子だと学年中に広まるのもきっと時間の問題だ。

放課後、ふたりで帰る途中に公園に寄った。

春には桜がとてもきれいだった……伊折くんと入学式の日に再会した場所。

公園内のベンチに座った私は、となりに同じように腰かけた伊折くんを見上げた。

気づいて私と視線を交わす彼は、今日みんなからさんざん質問攻めにされていたから、心なしか疲れているように見える。

いっしょに帰れることになって心を弾ませていたけど、周りの視線を浴びることになって、ちょっと申し訳ない気持ちにもなってしまった。

「伊折くん。みんなにバレちゃって、ごめんね」

「いや、なんで謝ってんの。あのとき『彼女』ってはっきり言ったの、俺だよ」

伊折くんの言葉に、私を引き寄せる腕を思い出して、かあ、と頬が紅潮するのを自覚した。

気恥ずかしくなってしまって、「う、うん」とうなずいて顔を前に向ける。

視界におさまるすべり台、ブランコ、砂場。

あまり遊具のない公園だからか、子どもの姿はない。

こんなささやかで静かな場所に、伊折くんとふたりきり。

うれしさとくすぐったさが入り混じって、わずかな緊張が胸を締め付けて、でもそれとは裏腹《うらはら》の心地良さもあって……。

彼氏と彼女っていう関係がもたらしてくれる、そんな、不思議な感覚。

「でも伊折くん、和田くんに知られたとき、いやそうな顔してた」

「だっていちばんいじってきそうだと思ってたから。実際そうだったし……あいつ、小倉さんが絡《から》むとちょっと性格悪くなる」

「あ、それ、私も思ってたのっ。なんだかちょっぴり意地悪だよね。いや、優しい人だってことはわかってるんだけど」

「……基本的にはね。あいつは、優しいよ」

ちら、ととなりを盗み見ると、まつ毛を伏せて視線を下に落とした伊折くんはかすかにほほ笑んでいた。

そのあたたかい横顔に、心臓がとくんと波紋《はもん》を広げるように反応して、好きだなあ、って心の中でささやいた。

中学校時代から、仲が良かったというふたり。

伊折くんも和田くんと話しているときは笑っていることが多いし、女の子の私では考えの及ばない男の子同士の友情っていうのがあるんだろう。

いいなあ、そういうの。

「それより、小倉さんは変なとこで俺に気遣いすぎ。付き合ってたら周りに知られるの普通だから」

「う……だ、だって私、付き合うのはじめてなんだもん。どうしたらいいのかわかんなくて」

　だから私は伊折くんを中心にして周りを見るしかない。

　伊折くんは女の子と付き合った経験があるようだし……。

　たしか、先輩、なんだよね？

　その先輩とは、どんなふうにお付き合いしていたんだろう。

「べつにどうもしないよ。いままで通りでいいから」

「えへへ、うんっ。これからもたくさん好きって言うね」

「……百回に一度くらいは、俺も、って返してあげる」

「えっ！　百回に一度も⁉」

　思わず上体ごと伊折くんのほうを向いたら、「……じゃあ千回に一度にする」ってそっぽを向かれちゃったけど。

　あ……えへへ。赤くなってる。かわいい。

　好き、すごく。

　私、昨日からずーっと幸せで表情筋が緩みっぱなしだよ。

　伊折くんっていう不可抗力《ふかこうりょく》のせいだよ。なんてね。

「伊折くんは、いっつも私を幸せにしてくれるね。大好きだよ」

「……っ、うん」

「ふふ」

ただ小さな相づちで返すだけの伊折くんに、思わず笑い声がこぼれた。

いままでと同じ返事でもね、大丈夫だよ。

不安になんてならないよ。

伊折くんは好きな子としか付き合わないって、ちゃんと知ってる。

私を〝彼女〟っていう立場にいさせてくれて、伊折くんが〝彼氏〟でいてくれるなら、もうそれだけで気持ちが伝わってくる。

付き合いはじめたからって、私への対応を変えてほしいなんて絶対に言わないよ。

私もこれまで以上に調子に乗っちゃう気がするからね。

「そういえば伊折くん、今日はめずらしく学校に来るの遅かったね？　いっつも私より早く来てるのに」

ふと今朝のことを思い出して、なんの気なしに話を振った。

けれど伊折くんは私に一瞥《いちべつ》をくれたあと、遠くをながめるように視線を前のほうへ投げた。

表情にどことなく翳《かげ》りが射したように思えて、私はその横顔に目を奪われる。

「うん、ちょっと寄り道してただけ。……ごめん」

「え……？　ど、どうして謝るの？　私より先に来てなくちゃいけない決まりなんてないよ⁉」

「まあ、それはそうだけど」

遅刻したわけじゃないんだから、いつもより登校が遅くてもなにも悪くないのに。

ほんの少しだけ、様子がおかしい伊折くん。

そんな好きな人の心をへたに突いてしまわないように、なにか言おうと慎重に頭を回転させた私は、ベンチからすくっと立ち上がった。

「そ、そろそろ……帰りますか？」

伊折くんを振り返ってそう口にしてから、胸のあたりにくすぶりはじめる気持ち。

まだいっしょにいたいなあっていう、当たり前の欲。

それがひょこっと顔をのぞかせて、うまく伊折くんと目を合わせることができなくなる。

「ん……そうだね」

うつむいた私の提案に、伊折くんが同意した。

夏の日は長いから、太陽が世界に夕方を連れてくるにはまだ時間がある。

だけど、私から帰ることを切り出したくせに、すぐにそれを取り下げるのもおかしいよね。

……ああ、ほら。

さっそく調子に乗って、わがままなことを考えちゃってる。

そんな私の、地面を映す視界にふっと入り込んできたのは……シルバーのスマホ。

それを持つ手から腕をたどっていくと、ベンチに座ったまま私を見ている伊折くんと再び視線がぶつかる。

「じゃ、帰る前に連絡先教えて？」

「れんらく、さき？」

「電話番号とか知らないから。交換しとこっか」

今度は伊折くんからの提案に、ちょっと落ち込んでいた気持ちはとたんに頭を引っこめてしまった。

私って本当に単純。

でも伊折くんがこんなにうれしいこと言ってくれるんだもん、仕方ないよね。

「交換する！」

スカートのポケットからいそいそとスマホを取りだしながら、伊折くんに自分のスマホの電話番号を伝えた。

それを伊折くんがダイヤルして……そのまま、スマホを耳もとに近づけるから。

私も、伊折くんからかかってきた電話に出て、同じように耳にあててみた。

『もしもし。小倉さん？』

目の前にいる伊折くんからも、耳のすぐそばからも聞こえてくる声。

向かい合ったまま通話するなんて、なんだかくすぐったい。

にやけを抑えるなんて、もちろんできるわけがなかった。

「えへへっ。にやにやしちゃう」

『うん、にやにやしちゃってるね』

「伊折くんの声、好き。こんなに近いとどきどきするね」

「……っ、ばか。こっちまで、うつるんだけど」

思ったことをそのまま声にのせたら、伊折くんはスマホを耳から離して、もう片方の手の甲で口元を隠した。

うつる、って……どきどきが？

私のどきどきを、伊折くんもいっしょに感じてくれるの？

きゅうんって胸が甘く鳴いて、苦しくなるくらい鼓動が響いた。

「ねえ、伊折くんっ」

呼びかけると、伊折くんは顔を上げた。

そしてスマホを耳にあてたままの私を見て、再び自分もスマホを耳もとへ持っていく。

……えへへ。

伊折くんのそういう律儀《りちぎ》なとこに、私の胸も律儀に反応しちゃうんだよ。

『なに？』

「電話って、どういうときにするものなのかな？　いつしたらいい？」

『用事があるときかな』

「そっかあ……。そうだよね」

電話なんて、しょっちゅうかけるものじゃないよね。

ましてや毎日のように学校で顔を合わせてるんだから、緊急性のない限り次の日まで待てばいい話だし……。

残念だなあ、と心の中で惜《お》しがっていると、伊折くんにはそれがわかったみたいで。

『……べつにいいけど。〝声が聞きたい〟っていう用事でも』

「っそ、それは……っ！　どのくらいの頻度《ひんど》ならＯＫですか⁉」

すかさず前のめりになって質問してしまった。

まるで期待していたみたいだ……なんて、もちろん大いに期待していたんだけど。

『声が聞きたいと思ったら、かけてきていいよ』

「わ、私、家にいるときはいつも声が聞きたいって思っちゃってるよっ？　伊折くんのことばっかり考えてるよ！」

『……ん』

耳もとのスピーカーから小さくうなる声が聞こえてきて、目の前の伊折くんが悩むようにまぶたを閉じる。

私の強すぎる気持ちを訴えた上で、伊折くんが出してくれる折衷案《せっちゅうあん》なら、言う通りにしようと思った。

週一とか、月一とかでも。

せっかく想いが通じ合ったのに、私がさらにぐいぐいいきすぎて、伊折くんに面倒な思いをさせてしまうのもいやだから。

……なのに、伊折くんはしばし思案したあと。

『いいよ。声が聞きたいときに、かけてきて？』

目を開いて私を見上げて、さっきとまったく同じことを言った。

私の強すぎる気持ちを聞いた、その上で。

ねえ、伊折くん……。

それって、これでもかってくらい私を舞い上がらせちゃう発言だよ、わかってる？

『もしかしたら出られないときもあるかもしれないけど。基本スマホは持ってるし、気づいたらちゃんと出るから』

「い、伊折くん、私を甘やかしすぎじゃ……っ」

『……まあ、彼氏なら、彼女を甘やかしてもいいでしょ』

返ってきたのは、さらにこれでもかってくらい甘いひと言。

きゅん、どころか、ぎゅん、って胸がびっくりする音を上げた。

伊折くん、そのセリフ、イケメン彼氏が言っちゃう胸きゅんフレーズ選手権《せんしゅけん》があったら、きっとぶっちぎりの優勝だよ。

『小倉さん、わかってる？　いままで通りでいいとは言ったけど、これからは一方通行じゃないよ。彼氏なんだからちゃんと気持ち受けとめるし、俺も返すから』

「そ……そんなこと、言われたら、私もっと調子に乗っちゃうよ……っ？」

『普通、彼女になったら調子に乗るものじゃない？　大丈夫だよ、小倉さんのストレートすぎる愛情表現がいままでよりさらに剛速球《ごうそっきゅう》になることもわかった上で、付き合いたいと思ったんだから』

少し苦笑を交えながら、それでもまっすぐな声で、私を見つめてそう話す伊折くん。

わ、私の彼氏さまは……っ、とてつもなく、とんでもなく、すごい。

私と付き合ってるなんてもったいないくらいかっこよくて、かわいくて、優しくて、甘くて。

それに、器が大きすぎる。

まだ付き合いはじめて少ししか経っていないのに、伊折くんの知られざる一面をたくさん目にしちゃった。

そしてそのどれもが、私をさらに好きにさせてくれるんだ。

神さま、どうしてこんなにもすてきな人を地球上に生み出してしまったの？

これからももっともっと、好きになっちゃうに決まってるのに。

「じゃあっ……今日の夜、さっそく電話かけちゃっても、いいですか……？」

耳もとに添えたスマホをぎゅっと両手で握って、速くなる鼓動を感じながら尋ねた。

伊折くんを見つめる私の顔は、見なくたって真っ赤に染まっているのがわかる。

『ふ。いいですよ』

そんな私に、優しく返してくれた答え。

伊折くんがこぼした笑い声は私の鼓膜を柔らかくくすぐって、それにまたまた甘く締めつけられる胸。

敬語に、笑顔。かわいすぎる。好き。

好きすぎて、もうどうにかなっちゃいそうだよ。

ねえ、神さま。

心から想える人に、こうしてまた出逢えたんだから……彼はきっと、私の運命の相手なんだって。
そんなふうにうぬぼれちゃっても、仕方ないでしょ？
本当に彼が私の運命の人だったなら。
こんなにもすてきな奇跡は、ふたつとしてないよね。
……ねえ、神さま。

# まだ知らないこと

またたく間に月日は流れて、夏休み目前。

いつも通り家族三人で晩ごはんを食べたあと、「夏休みの課題をちょっとでも進めておくね」なんて言って、伊折くんに電話するために二階の自分の部屋に上がった。

ダイニングでビールを飲んでいたパパは「感心だなあ」とうんうんうなずいていたけど、ママはわかっていたようで、キッチンから意味ありげに目配《めくば》せしてきた。

ごめんね、パパ。本当のことを打ち明けるのは、もうちょっと待ってね。

伊折くんと電話で話すのは、いつもとりとめのないことばかり。

でもそんな何気ない会話が、ふわふわした幸せを運んでくれるんだ。

といっても、毎日欠かさず電話しているわけじゃない。

連絡先を交換した日の夜、約束通り電話したときに『ぎりぎりまで我慢して、声が聞きたいバロメーターの針が振り切れちゃったら電話かけるね』って言ったら、伊折くんは『なにそれ』って笑っていた。

だってこういう特別なことって、できるだけ辛抱《しんぼう》したほうが、電話できた日の幸せがその分、大きくなると思うの。

「明日は終業式だね。一学期、あっという間だったなあ」

一応机の上には、夏休みの課題として配布されたワークを広げている。

芯《しん》も出していないシャーペンを指先で挟んでゆらゆらと動かしながら、勉強机の横の壁にかけてあるカレンダーを見上げた。

七月が終わるまで、あと十日ほど。

「でも実を言うとね、夏休みはそんなに楽しみじゃないんだ。クラスの女の子たちと遊んだり、家族で旅行に出かけたり、わくわくする予定はあるけど……。伊折くんと逢えなくなっちゃうの、いやだもん」

『言うと思った』

スマホ越しに聞こえるいつも通りのあきれ声に、「えへへ」って照れ笑いを返した。

それからシャーペンをワークの上に転がして、相手には見えないのに改まって椅子の上で正座してみる。

行儀《ぎょうぎ》よくそろえた両膝に、ぎゅっと握った左手を置いた。

「あのねっ、私ね。一ヶ月まるまる逢えないなんて、伊折くん欠乏症《けつぼうしょう》になっちゃうと思うの。冗談じゃなくて」

『冗談じゃないなら大変だね』

「そう、大変なの！　だからね――」

『うん』

伊折くんのうなずく声は、それだけで、私の言いたいことをわかってくれてるんだって思える優しさを帯びていた。

きっとこういう声、無意識に出してるんだろうな。

すっごくきゅんとしちゃうよ。

でも教えたら照れちゃうと思うし、これからも聞いていたいから、ないしょにしておくね。

『夏休み、予定合わせて逢おっか』

「うんっ、逢うっ。逢いたい！」

願っていたことを伊折くんから言ってもらえて、夏休みが一気に私の中で輝き出した。

もう一度握ったシャーペンで、ワークのすみっこに小さく落書きをする。

それがハートマークだったのは、まぎれもない、いまの浮かれ気分の現れ。

心を弾ませながらカレンダーをぺらりとめくったら、ふと今日のお昼休みにクラスの女の子たちが教えてくれた日にちが目に飛びこんできた。

「伊折くんっ‼」

『っ、びっくりした。いきなり叫ぶのやめてよ』

「わ、ごめんっ」

謝りつつも、びっくりした伊折くんを想像してみた。うん、かわいいっ。

『で、なに？』

「あのね、お祭り！　夏祭りに行きたいっ」

『いつ？』

「えっとねっ、八月九日にあるんだって！　屋台がたくさんで、花火も上がるらしいの！」

『……八月、九日』

私が告げた日にちだけを、つぶやくように復誦《ふくしょう》する伊折くん。

なぜかそれ以上の言葉はいっこうに返ってこなくて、きょとんと首をかしげた。

こういうとき、いま好きな人がどんな表情をしているのか、やっぱり想像することしかできない。

声でしかつながれない電話の、もどかしいとこだ。

伊折くんはいつも私の気持ちをわかってくれるのに。

私は伊折くんの考えていることを、察することができないんだ。

「……も、もしかして、用事あるかな？」

しばらく待ってから尋ねてみたら、案外早く『いや』と否定の返事が飛んできた。

『いいよ。行こっか』

「ほ、本当に？　他の日にもお祭りはあるし、都合が悪かったらいいんだよっ？」

『大丈夫。曜日、確認してただけだから』

そ、そうだったの？

すでに予定が入っていたんじゃ、と不安に思っていた私は、拍子抜けしたと同時に歓喜《かんき》に胸を震わせた。

じゃあ……伊折くんと八月九日のお祭り、行けるんだ。

好きな人とお祭りデートなんて、きっと恋する乙女なら誰もが一度は夢みるときめきイベントだよ。

夏休みが待ち遠しすぎる、なんて、単純な私は打って変わって期待でいっぱいになる。

「えへへっ。早く八月にならないかなあ」

『ゲンキンだね』

「だって、伊折くんと逢えるんだもん！　最高の夏休みになるに決まってるよっ」

語調《ごちょう》を強めて言い切ったら、電話の向こうで伊折くんが小さな笑い声をこぼした。

とたんに私の心の中では、花びらが一帯に舞うお花畑の完成。

伊折くんが笑ってくれるたび、私は幸せな気持ちでいっぱいになる。

『小倉さんは、いつも思ったことそのまま口にしてる感じするね』

その優しい声から、スマホを耳に当てたままほほ笑む伊折くんが脳内に浮かんだ。

うん、その通りだよ。

素直な気持ちが、口をついて出てくるの。

伊折くんに想いを伝えなきゃって、私の中で誰かが叫んでるの。

……後悔なんて、絶対にしたくないから。

それにね、私がこうして伊折くんにありのままの気持ちを思うまま伝えられるのは、伊折くんが絶対に拒まないでいてくれることを知ってるからなんだよ。

「ふふ。伊折くんが私の好きな人で、本当によかったなぁ」

『どうしたの、急に』

「急じゃないよ？　いっつも思ってるの。伊折くんが私の気持ち受けとめてくれて……同じ気持ちでいてくれるなんて、奇跡みたいだなって！」

『…………』

なにも言わず、私の話を聞いてくれる伊折くん。

私がこの幸せを言葉に変えて紡ぐ、その向こう側で、君はいったいどんな表情をしているんだろう？

「伊折くんと出逢えたことが――奇跡みたいな運命だと、いいなって。そう思ってるんだ」

ほほ笑んでくれていたなら、うれしい。

同じ気持ちでいてくれたなら、いいな。

「……伊折くん？」

再びふたりの間に落ちてきた沈黙《ちんもく》。

あれ電波が悪くなったのかな、なんて首をかしげていたら、かすかに息を吸う音を耳がキャッチして。

『……二度と言わないで、それ』

鉛《なまり》のように、固く温度の低い声。

ほんの少し震えたそれが、右の鼓膜に突き刺さった。

その一瞬、呼吸の仕方を忘れて、心臓が凍《い》てつくような感覚に襲われた。

それ、って……どれ？

私、なにを言った？

私の発言のどれが、伊折くんを怒らせてしまったの？

口の中が急激に乾いて、ついさっきのこともすぐに思い出せない。

スマホが熱を持っている分、指先が冷たくなっているのがわかって、ぎゅっとスマホを持つ手に力を込めた。

「あの、ごめっ……」

『っ、ごめん！』

とにかく謝らなきゃ、とどうにか繰り出した声は、伊折くんの同じ言葉によってさえぎられた。

頭がついてこなくて、次から次へと疑問符《ぎもんふ》が湧いてきて、また言葉を失うしかない。

『いまのは、ごめん……。俺、すごい最悪なこと、言った』

「い、おり、くん……？」

『ほんとに、……ごめん』

何度も繰り返される伊折くんの謝罪が、私の心をきつくしぼり上げた。

「ううんっ！　大丈夫だよっ、伊折くん。ぜんぜん大丈夫だよ。謝らないで？」

意識して頬を上げながら、とても泣きそうになってしまって、頑張って抑えこんだ。

いままで聞いたことのなかった冷えきった声が、怖かったからじゃない。

はじめてはっきりと拒まれて、傷ついたからじゃない。

それよりも、伊折くんの悔やむ声が、私の心にはひどく痛くて。……痛すぎて。

ひたすら「大丈夫だよ」って言葉をかけて、私は平気だよって伝えて、伊折くんに安心してほしかった。

「あ……あっという間に、八時だね」

意識して明るい声を出して、話をそらしたけど。

今日はたぶんこれ以上は……楽しく笑い合う会話は続けられそうにないよね。

「明日の終業式、寝坊《ねぼう》しないようにしなきゃだし。そろそろ私、お風呂に入ってくるね」

名残惜《なごりお》しいけれど、今日はこれでおしまいにしよう。

電話の向こうで、きっともう笑ってはいないだろう伊折くんに、私はそれでも笑みを浮かべて言った。

「伊折くん、あのね。……今日もすごく好きだよ。本当に、好き」

『……うん』

「えへ。じゃあ……おやすみなさい」

ぎゅ、と目をつぶって、伊折くんの『おやすみ』を聞いてから、静かにスマホを耳から離した。

液晶に指を触れさせて通話を終了し、そのままスマホを胸に抱きしめる。

そのとき、ぶぶぶ、とスマホが震えて、メッセージを受信したことを知らせた。

画面を確認してみれば、伊折くんから【さっき本当にごめんね】というひと言が送られてきていた。

既読をつけて、返す文章を作成しようとしたら。

【夏祭りの日、朝から逢えないかな】

謝罪を追いかけるようにすぐに届いた、心躍るお誘い。

【だいじょ】まで打ち込んでいた文字は、すぐさま削除《さくじょ》していく。

その代わりにうさぎが目をハートにしてこくこくとうなずいている、お気に入りのスタンプを伊折くんに送った。


夏休みに突入して数日が経った、日曜日の午後。

私はひとり、ショッピングモール一階の食品売り場にいた。

陽気なBGMがゆるやかに流れる店内の青果《せいか》コーナーで、パック入りのいちごを手に取る。

うーん、やっぱり夏場のいちごは高いなあ。

でも、ご機嫌なパパに『ママに喜んでもらうためだから、うんと豪華《ごうか》なケーキにしてね』ってこそっと耳打ちされて、『まかせて！』って気合いを込めて返したし。

特別な日なんだから、いいよね！

うん、とひとつうなずいて、持っていたパックをそのまま買いものかごの中に入れた。

「ひーかりちゃん」

ほかにどんなフルーツを盛りつけようかなあ、とケーキの完成図を思い描いていたとき、となりから聞き慣れた声が降ってきた。

そちらに視線を移すと、大きなスポーツバッグを肩から提げた、サッカー部指定のユニフォーム姿の和田くんが立っていた。

「和田くん！　久しぶりだね、部活帰り？」

「そ。部活のやつらとフードコートに寄る途中、ひかりちゃん見つけたから」

「部活お疲れさま」と声をかけると「うん、ありがと」と笑った和田くんは、私が持つ買いものかごの中に興味を示した。

入っているのは卵に牛乳、薄力粉、ベーキングパウダー。

そして、ついさっき追加したいちご。

「なんか作んの？」

「うんっ、今日はママの誕生日なの。いま、ママはパパとデート中だから、その間に私がバースデーケーキ作るんだ」

張り切って答えると、和田くんは目を細めた。

「相変わらず、ひかりちゃんの家族は仲いいね」

「え？　どうして知ってるの？」

「小学生んとき、授業参観とかの行事は必ず両親そろって来てたじゃん。三人で楽しそうに話してるの見てたら、いい家庭なんだなってすぐにわかったよ」

人からそんなふうに言われると、なんだか照れくさくなってしまう。

でも、それ以上にうれしい。

両親と仲がいいのは本当だし、この家に生まれて幸せだなあってよく思ってるもん。

それにしても、和田くんって本当に記憶力がいいんだなあ。

入学式の日もすぐに私が小学校時代の同級生だって気づいてくれたんだし。

「バースデーケーキって、いちごのショート？」

「いちごだけじゃないよ。フルーツたくさんのせたいんだけど、ほかになにがいいかなっていま考えてたの」

和田くんは「そっか」と青果コーナーをぐるりと見渡し、となりの棚の果物に目を止めた。

視線の先をたどって見てみれば、そのスペースにはばら売りのグレープフルーツがたくさん積まれていた。

私のほうへと顔を戻した和田くんは、にっこりと笑う。

「ひかりちゃん、グレープフルーツは使っちゃだめだよ？」

「わ、わかってるよ！」

私はいまでも免疫抑制剤《めんえきよくせいざい》という薬を飲み続けなきゃいけなくて、その効能を阻害《そがい》してしまうグレープフルーツは食べちゃいけないことになっているから。

わざわざケーキにのせるはずがないってことをわかってる上で、和田くんはこうやってからかってくるんだ。

「和田くんって、少しだけ意地悪だよねっ」

「え？　いまの忠告のどこが意地悪だったの？」

「うーん、なんか……言い方とか？　伊折くんも、和田くんは私のことが絡むとちょっと性格が悪くなるって言ってたもん」

もちろん、本気で怒ってるわけじゃないんだけど。

唇をとがらせる私の文句を、和田くんはぜんぜん反省してない様子で「あはは」と軽く笑い飛ばした。

「だって、ひかりちゃん優しくされんの嫌いじゃん」

「き、嫌い……？　私、そんなこと言ったことないよね？　優しくされたらうれしいよ！」

「あー、いや、ちょっと違うか。少なくともいまのクラスで俺にだけは、優しくされたくないんじゃない？」

な、なにそれ、なぞなぞみたい。

よくわかんないよ。

和田くんに優しくされたくない、なんてそんなこと考えた覚えもないのに。

理解しかねる、眉をひそめて和田くんを見ると、和田くんは苦笑をこぼした。

「ひかりちゃんさ、覚えてる？　小学生んとき、みんながひかりちゃんに優しかったの。同い年なのにまるで妹みたいに、壊《こわ》れものを扱うみたいに接して」

突然懐かしい思い出話をされて、ぱちぱちと目をしばたかせた。

そのあとで小学校時代を改めて思い返した私は、自然とうつむきながら「……うん」と小さく首を縦に振った。

たしかに、すっごく優しくされてた。

端的《たんてき》に言えば、特別扱いだった。

同級生だけじゃなくて、先生たちからも。

……だって私は、心臓病をわずらっていたから。

体の弱い私を、周りの子たちはいつも過保護なくらい気遣ってくれていたんだ。

いま考えても、本当に恵まれた環境だったと思う。

重い病気のクラスメイトをつまはじきにせず、理解して受け入れてくれる子たちばかりで、実際にとても助けられていたし。

入院したときだって、担任の先生がお見舞いで持ってきてくれたクラスのみんなからの寄せ書きには、【早く戻ってきてね】というようなあたたかい文章が散りばめられていた。

けれど、みんなから向けられる笑顔の中に見え隠れしていた同情は……私がどうあがいても、健康な子どもとして生きられないことを思い知らせるようで。

気遣われるたび、私も『ありがとう』って笑い返しながら、その表情に苦しみがにじまないように覆い隠すのが精いっぱいだった。

「よく笑うし、明るくて元気な子だなって思ってたんだよ。心臓が悪そうには見えないなって」

それは……いつだって笑っていれば、幸せを証明できると思っていたから。

「だけどひかりちゃんは、一度だって休み時間に校庭で俺らと遊んだりしたことはなくってさ。……だから俺、小四のとき『いっしょに外行かない？』って誘ったことあったんだよ」

「あっ、うん。覚えてるよ」

私はいつも、教室の窓から、校庭で元気に走り回る生徒をながめているだけだった。

それが寂しくなかったと言えば、もちろんうそになる。

だからはじめて和田くんに誘ってもらえたときは、とてもうれしかった。

でも、外に出ても同じように遊べないことはわかっていたし、みんなに合わせてもらうのも申し訳なかったから、断ったんだ。

それでもサッカーボールを小脇《こわき》に抱えた和田くんは、『教室でひとりでいるより、いっしょに外にいるほうがいいじゃん』って純粋に私を楽しませようとそう言ってくれて。

追随《ついずい》するように、ほかの子たちも『行こうよ！』って私を仲間に入れようとしてくれた。

そんな中、ひとりの女の子が和田くんの腕を引っぱって。

『そんなの、ひかりちゃんがかわいそうだよっ！』

和田くんを非難するみたいに、怒った顔で強く首を振ったんだ。

『どうせ見てることしかできないのに、外に行く意味ないし、危ないだけだよ！ちょっと走っただけで心臓が痛くなっちゃうんだから！』

悪意なんてどこにもなくて、ただ本当に心配してくれていただけ。

私の丈夫じゃない体を危険にさらさないように、善意で止めてくれたんだ。

それはわかっていた。……痛いほどに。

「ひかりちゃん、あの一瞬、すげー傷ついた顔したんだよ。傷つけたのはあの子じゃなくて、俺だった。結局ひかりちゃんは教室に残って……それからずっと、俺はひかりちゃんの表情が頭から消えなくてさ」

「えっ……⁉　わ、和田くんはぜんぜん悪くないのに？　私、誘ってもらえてすごくうれしかったよっ！」

もしかして和田くんは、あのときから自分を責めていたの？

私を傷つけたって、ずっと考えていたのかな。

そんなの……違うのに。

誰も悪くなんてなかったのに。

「ひかりちゃんはいっつも遠慮してたじゃん。それって、周りが必要以上に優しくしてたせいでしょ。……そういうのが、ひかりちゃんを遠回しに傷つけてるんだって思った」

遠慮は……そりゃあ、するよ。

するに決まってるよ。

だって私は、みんなと同じようにできっこなかったんだから。

そうやって遠慮するたびに、心臓病というハンディキャップを突きつけられていたのは事実だけれど。

でもそれを誰かにわかってほしいなんて思っていなかったし、むしろ悟られないように、いつも笑顔を絶やさなかったのに……。

「ひかりちゃんが心臓病だったこと知ってるのって、いまのうちのクラスでは俺ひとりだけだし。そんな俺から優しくされたら、それが特別扱いってわけじゃなくても、ひかりちゃんは小学生んときのこと思い出していやじゃないかなって思ったんだよ」

「和田くん、本当はいろいろ考えてくれてたんだ……」

「まあ、こうしてちょっと意地悪な俺のほうが、ひかりちゃんも気兼ねなくいろいろ話せてるじゃん？　病気のことは関係なくても、優しくない俺のがひかりちゃんには合ってるんだよ」

「そっ……そんな言い方は、ちょっといやだなあ」

自信ありげに笑った和田くんには、思わず眉を曲げたけれど。

たしかに言われてみれば、もし和田くんに小学生のときと同じように気を遣って優しくされていたら、私は少なからず複雑な気持ちになっていたかもしれない。

もしかしたら、苦手意識すら抱いていたかも。

でも実際のところ、高校に入ってからの私は、和田くん相手には遠慮するどころかたくさん甘えちゃってるんだ。

特に伊折くんのことに関しては、よく相談にのってもらったりしてるんだもん。

小学生のときは逆に、本音は見せちゃいけない、弱音は吐いちゃいけない、いつも元気で明るくいなきゃ……って考えていたはずなのに。

きっと和田くんが、私が遠慮しないようにって、遠回しに優しく接してくれていたおかげだね。

「和田くんはちょっぴり意地悪なとこも含めて、すっごく良い人なんだね」

「んー……。すっごく、っつーのは買いかぶりかもなあ。ひかりちゃんの反応おもしろいから、ついからかっちゃうのは事実だし」

「な……っ。じゃ、じゃあ、やっぱり意地悪な人だっ！」

「あはは」

……なんて、結局いつも通りの調子の会話になる。

「そういや、ひかりちゃん、このあいだ部活に入りたいって言ってたよね」

「あ、うんっ。運動部に入ってちゃんと体力つけたい！」

「俺の中でひかりちゃんは文化部っぽいイメージだけど。ひかりちゃん、意外と運動神経いいもんね」

意外とって失礼な……と思う反面、和田くんの言いたいこともわかる。

中学二年生くらいまでろくに運動できない生活を送っていたのに、私は不思議と体育が得意なんだ。

身体が弱いせいで発揮できなかっただけで、運動センスはもともと備わっていたのかもしれない。えへへ。

ただ、体力が本当にないので、持久戦《じきゅうせん》になるとすぐにへばってしまうのが難点だ。

「ちなみに何部がいいの？」

私は鮮やかな色のオレンジをひとつ手に取り、和田くんからの質問に視線を宙へ投げて考えてみた。

「うーん、そうだなあ。……バスケ部とか、かっこいいよねっ」

「バスケ部？　それなら、俺から女《じょ》バスの部長に話しておこうか？」

「いいの？　っていうか和田くん、女バスの部長さんと知り合いなの？」

「うん。あの人、うちの部長と付き合ってるから。試合とかよく差し入れ持ってきてくれるし、サッカー部の部員みんなと仲いいよ」

「えっ、そうなんだ……！」

部長さん同士で付き合ってるなんて知らなかった。

すごくお似合いなんだろうなあ、なんて、新たな世界を知って目を輝かせていたら。

「……バスケ部、ね」

和田くんはふと目を細め、困ったような笑みを見せた。

「え？」

「ところでひかりちゃん。伊折にはさ、病気のことなにも話してないんだよね？」

首をかしげたけれど、和田くんはすぐに話を変えて……というか戻して、とんとん、と自分の胸のちょっと左のあたりを人差し指で示した。

私は和田くんからの問いかけにうなずいて、そのまま少しうつむいた。

「……うん」

「心臓病、だったこと……打ち明けたら、伊折くん、どう思うかな」

実は付き合いはじめてから、何度か話そうとしたことはあった。

だけどそのたび、なぜか込み上げてくる苦しさに胸が詰まって、なかなか言葉にすることができないままで。

もう完治しているんだからためらう必要なんてないはずなのに……どうして、打ち明けられないんだろう。

「まあ、驚くだろうとは思うけどね。でも伊折がいいやつなの、ひかりちゃん知ってるでしょ？」

「うん。伊折くんはすっごく器が大きい。優しいし、しかもかっこいいし、なのにかわいいっ。私にはもったいないくらい、完璧《かんぺき》すぎる！」

顔を上げて、伊折くんのいいとこを思いつくままぽんぽんと挙げていったら、「俺はのろけが聞きたかったわけじゃないんだけど」って苦笑いされた。

「付き合うってさ、好きな人の全部を受けとめることなんだよ。気持ちも、性格も、好きなものも嫌いなものも、その人を構成してるもの全部。だからもちろん、その人の過去も」

「そう。伊折はひかりちゃんの全部を受けとめるつもりで、付き合ったんだよ。中学んときから仲のいい俺が言うんだから間違いない」

きっぱりと強い口調で言い切った和田くんは、それから優しくほほ笑んだ。

「だから、ひかりちゃんも……伊折の全部、受けとめてやって」

「過去……」

それは……伊折くんの元カノさんのことなのかな、とぼんやり考えた。

入学式の日に伊折くんは『誰とも付き合う気ない』って言っていたから、その時点ではもう、ふたりは彼氏と彼女の関係じゃなかったんだよね。

だけど伊折くんはそのときにはまだ、その人のことを忘れられていなくて……。

和田くんの口ぶりからしても、きっとふたりの別れにはなにかしらしこりが残ったままなんだと思う。

もちろん、気になる。

無関心でいられるはずない。

でも、過去に付き合っていた人のことなんて、私から聞いちゃいけないから。

伊折くんがいつか……自分から話してくれるかな。

そしてそのとき私は、ちゃんと過去のことを話せているかな。

その日が来ることを、私は伊折くんのとなりで願っていよう。

「もちろん私は、伊折くんのことなら、なんだって受けとめるよ！」

まっすぐな心で答えたら、和田くんは「ひかりちゃんならそう言ってくれると思ったよ」って、うれしそうに笑ってくれた。

なにがあったって、好きって気持ちは揺らがない。

伊折くんを好きじゃなくなるなんて、そんなのもう私じゃない。

だって私の心臓はいつだって、伊折くんに恋するために動いてる。

こんなこと聞いたら、きっと笑っちゃうでしょ？

でもね、本当のことなんだよ。

誰より強くて、どこまでも深くて、とっても大きな気持ち。

あの日からいままでも、これからもずっと。

君を好きでいることは、変わらず私の希望なの。

伊折くんは、そんな私の想いを受けとめてくれてるから。

だからね……私はいつだって世界でいちばんの、幸せ者なんだよ。

## その横顔が美しくて

おしゃれな外観の家が建ち並ぶ、住宅街の一角。

チャコールグレーとオフホワイトで分かれたツートンカラーの外壁がモダンな雰囲気の、大きな一軒家《いっけんや》。

車が三台ほど入るであろう広いお庭には、ラティスフェンスに沿って、ペチュニアやロベリアなど色とりどりのかわいらしい花たちがプランターの中で可憐《かれん》に咲いている。

お母さんが趣味でガーデニングやってる、ってこの間教えてくれたもんね。

今日、ご両親は外出するらしくて逢うことはできないそうだけど、いつかちゃんとご挨拶したいなあ。

「すう、はあ……」

どきどきを落ち着かせるために軽く深呼吸《しんこきゅう》してから、思いきってインターフォンを押した。

数秒後、玄関ドアががちゃっと開いて姿を現したのは、終業式ぶりに逢う伊折くん。

「わっ、伊折くん私服だっ。どきどきする……！」

袖をまくったデニムシャツに、白がベースのボーダーTシャツ、黒のクロップドパンツ。

制服のときとはがらりと雰囲気が変わって、男の子って感じのカジュアルな服装に思わず見惚《みと》れてしまった。

学校では絶対に見られない、伊折くんのオフ姿。

かっこいい。かっこよすぎるよ。

ど、どきどきが止まらない、どうしようっ。

挨拶も忘れて目をきらきらと輝かせるけど、伊折くんはいつも通り「それはどうも」と受け流して、こちらへ歩み寄ってきた。

「早かったね。迷わなかった？」

「あ、うんっ、大丈夫！　教えてもらった通りに来られたよ」

迷っちゃうかなと思って早く家を出たんだけど、案外すぐに『IORI』と書かれた表札は見つかった。

はじめて訪れた、伊折くんのおうち。

夏祭りの会場へはここから近いから、夕方までは課題でもしながらのんびり過ごそう、という流れになったのは、ママの誕生日の翌日に電話した夜のこと。

「入って」

伊折くんに促されて、「おじゃましますっ」と緊張しながら玄関ドアをくぐった。

外観と統一感のあるモノトーンの落ち着いた内装《ないそう》。

伊折くんと同じ、優しくて柔らかな香りがする。

なんだか包まれてるみたいで、どきどきしちゃう。

そして同じくらい、安心もする。

「あ、シフォンケーキ焼いてきたの！　一ヶ月記念に！」

靴を脱ぐ前に思い出して、手に持っていた真っ白なケーキ箱を差し出した。

厳密《げんみつ》には記念日は三日前だから、今日は付き合って一ヶ月と三日だけれど。

「一ヶ月記念、ありがとうございますっ」

三日前の夜も電話で告げたことを改めて口にしたら、伊折くんも「こちらこそ、ありがとうございます」ってケーキ箱を受け取ってくれた。

えへへ。このやりとりにも、にやけちゃう。

……本当に、幸せだなあ。

この一ヶ月のことを思い出して、再会できた入学式の日まで時間を遡《さかのぼ》ってみて、そして伊折くんとはじめて出逢ったあの日に思いを馳《は》せた。

こうして、好きな人のそばにいるいまがこんなにもきらめいているのは、これまでの時間があったからこそ。

「伊折くんっ！」

「うん？」

名前を呼んだら、優しく耳を傾けてくれる伊折くん。

「あのねっ、私の気持ちは一ヶ月経っても、相変わらずどんどんふくらみ続けています。際限《さいげん》が、ないのです」

「なんかポエムみたいだね」

「えへ。今日もとっても好きだよ、伊折くん」

「……ん。俺もだよ」

いつも通りありのままの想いを言葉にしたら、あたたかい声が返ってきて、はじめて頭をなでなでされた。

また……ほら。

恋に落ちる音がする。きゅん、って甘く響く。

伊折くんの言葉や行動ひとつで、気持ちはこんなにも大きくなっていっちゃう。

頭の上から、髪を伝って離れた、伊折くんの手。

残ったのは優しい感触と、どきどきどき、ってさっきより加速した鼓動。

好きな人から慈《いつく》しむように触れてもらえることが、こんなにも幸せな気持ちになるものだなんて、私は伊折くんに出逢ってはじめて知ったよ。

「うう……っ、好きっ！」

「はいはい。早く靴脱いで？」

ついさっき言ったとか関係なく、真っ赤な顔でこらえきれずに告白したら、伊折くんは苦笑しつつ私の足もとを指差した。

いそいそとおうちに上がらせてもらって、靴を揃《そろ》える。

手洗いうがいをさせてもらってから、案内されたのは二階に上がって右手奥にある伊折くんの部屋だった。

ベージュを基調としたナチュラルな色合いのインテリア。

ひんやりと冷房が効いていて気持ちいい。

雑誌やファイル、教科書なんかが並べられた本棚だったり、衣類が収納されているのであろうウォークインクローゼットだったり。

ヘッドフォンとパソコンの置かれた勉強机だったり、シーツのしわが伸ばされたベッドだったり。

なんだかとても、伊折くんのイメージそのもので、感動した。

それと同時に、普段この空間で伊折くんが過ごしているんだと思うと、足を踏み入れることがものすごくもったいないような気になってしまう。

「なんで入り口で立ち尽くしてんの」

「し、心臓が、すっごくどきどきしてて っ」

「……それは、どういう意味でのどきどき？」

「私が入ることで、好きな人の部屋の調和が乱れてしまったりしないか、などと……！」

手を動かしながら必死に説明していたら、ため息を吐きたげな表情で「なにそれ。いいから入ってよ」と手を引かれて、そろそろと聖域《せいいき》に踏みこんだ。

い、伊折くんの部屋に入ってしまった……とあたふたする私。

するとつながれたままだった手に、すり、と指先を軽く絡められて。

どきっとして、慌てて伊折くんへと視線を移した。

「調和がどうとかよりもっとほかに、どきどきするポイントあると思うよ」

私をまっすぐに見つめる瞳に、どことなく不満げな色が浮かんでいるのがわかる。

声もなんだか怒って……というか、拗ねているように聞こえた。

その姿が、まるで放っておかれるのが気に食わない子どもみたいで、とたんに私の意識は伊折くんにしか向かわなくなる。

かわいすぎるっ、本当に。

好き。……好き。

「それって、ふ、ふたりきりってこと、とか……？」

「……まあ、うん。家に入った時点でふたりきりだったんだけど、そういうこと」

ゆるく手を引き寄せられ、数歩ぶん距離が縮まった。

すぐそばに立つと身長差が際立って、私は伊折くんを見上げることしかできない。

「ここは好きな人の部屋じゃなくて、彼氏の部屋、だよ」

それは似ているようでいて、まったく意味の違う空間になるおまじない。

彼氏の部屋にふたりきり、なんて、クラスの女の子に借りて読んだ少女漫画の世界みたい。

至近距離《しきんきょり》からきれいな瞳につかまったまま、熱がじわじわと込み上げてくるのを感じた私は、どうにか心を落ち着かせようと伊折くんのシャツの裾《すそ》をきゅっとつかんだ。

「あ、あえて、だよっ……。そんなふうに考えちゃったら、課題も手につかないくらい、どきどきしちゃうから……」

「だめ」

ふ、と顔と顔の間がゼロになる寸前まで、近づいた。

鼻先が少しだけ触れ合って、伊折くんの瞳の中の赤い顔をした自分と目が合う。

「ちゃんと俺のこと彼氏として意識して、どきどきしてて。……俺も小倉さんのこと、好きなんだから」

プリンのカラメルソースみたいに甘く焦がれた声が、頭の中をとろかした。

めったに言われない〝好き〟の二文字が、こんなにも私の心を揺さぶって仕方ない。

言葉に形があったなら、宝物箱の中に大切にしまっておきたいくらいもったいないセリフ。

くらくらしちゃうよ、伊折くん……。

「はじめからはっきり言っとけばよかったね。課題なんかただのついでだって」

「つ、ついで、なの？」

「そりゃそうでしょ。わざわざ親がいないときに家に誘ったんだから。俺だって男だし、自分の部屋にいる彼女とただいっしょに課題するだけとか、やだよ」

胸をくすぐるささやきと、いたずらっぽいかすかな笑みに、苦しいくらいどきどきした。

そっか。一方通行じゃないって、両想いって、こういうこと。

ずっと好きだった人が、こうして私のことを望んでくれる。

私と同じように、私のことを女の子として求めてくれるんだ。

うれしさでにじみかけた涙をごまかすために目を閉じて、「うん」ってわずかに首を縦に振ったら、こつ、と軽く額が合わさってから伊折くんは離れた。

「俺が部屋に入れる女の子も、小倉さんひとりだけ。この意味わかっててね」

「はい……っ」

「じゃ、お茶用意してくる。あ、カフェラテのほうがいい？」

私の好きな飲みものだ。

伊折くん、覚えててくれたんだ。うれしい。

「うん！　私もお手伝いするよっ」

「いや、お客さんは座ってて。暇《ひま》だったら課題はじめててもいいけど」

ついさっき、勉強はただのついでだって言ってたのに。

せっかく伊折くんの部屋にいるんだし、課題をするのが目的じゃないなら、もうちょっとこの彼女としての特権《とっけん》を味わっていたいな。

テーブルのそばのクッションの上に座らせてもらって、なにげなく部屋を見渡した。

そしてふと視界に止まったのは、本棚の一段目に収まっている群青色《ぐんじょういろ》の背表紙。

「あ、じゃあ、中学校の卒業アルバム見せてもらっててもいい？」

期待を込めて指さすと、ドアのそばから振り返っている伊折くんは私が示した先をたどって。

「あー……ちょっと、待って」

歯切れの悪い返事をして、ローテーブルにそっとケーキ箱を置いた。

本棚から人差し指で群青色のそれを抜き取り、厚い表紙をめくる伊折くん。

そのときひらりと、手のひらサイズくらいの紙のようなものが、アルバムの隙間《すきま》から落ちた。

立ったまま、ぱたぱたとひと通りアルバムを見ていく伊折くんは、それに気づいていない。

ベッドの下へとすべり落ちたそれが、座っている私からはちょうど確認できる。

それは紙ではなくて、写真のようだった。

写っているのは……落ち着いた茶色の長い髪をポニーテールにした、きれいな女の子の、まっすぐに前を見つめる横顔。

直感、だった。

思い当たってしまった。

どうしようか思考をめぐらせるより先に、とっさに立ち上がった私は伊折くんのそばに歩み寄って、伊折くんからその写真が見えないように、隠していた。

「ん、いいよ」

最後まで目を通し終えたようで、アルバムを手渡される。

受け取った私は不自然にならないよう笑ったつもりだけれど、たぶんぎこちない表情になってしまった。

それに気づかれたくなくて、アルバムに視線を落とす。

「なんの、確認だったの？」

「……変なとこ写ってないかなと思って」

違う。本当は違うよね、伊折くん。

伊折くんが確認したかったのは、この中に並んだ思い出じゃなくて。

いまベッドの下に落ちている、アルバムに挟んでいた女の子の写真……だよね。

「じゃあそれ見て、待っててね」

伊折くんはケーキ箱を手に取り、そう言い残して部屋を出ていった。

ドアが閉まりかけの状態で止まったのを見届けてから、ゆっくりとベッドのそばにしゃがみこみ、きれいな女の子の横顔を拾い上げる。

写真に触れた指がうまく動かなくて、唇を小さく噛《か》みしめた。

写真の中にたたずむ女の子のセーラー服は半袖《はんそで》だから、きっと夏に撮ったものなんだろう。

お人形さんみたいに小さくて白い顔、意志の強そうな瞳、きれいな斜線《しゃせん》を描く高めの鼻、結ばれた赤みの強い唇。

中学生としての幼さは見てとれるけれど、表情はとても大人びている。

目を奪われるほどきれいで。

泣きたくなるくらい美しい、一枚だった。

「……っ、ふ」

本当に目のふちからあふれてきた涙が頬を濡らすのがわかって、私は驚いてシャツの袖でそれを拭った。

また、だ。

また、自分が自分でなくなるような、おかしな感覚にとらわれる。

和田くんの口から〝ミクル先輩〟という名前を聞かされた、はじめて伊折くんの元カノさんの存在を知らされた、あのときみたいに。

気づいたら涙が流れてるなんて、いったいどうしちゃったんだろう。

伊折くんが以前付き合っていた先輩なのであろう、この女の子の写真を見つけてしまって、私はいま傷ついているの？

……ううん。

そうだと断言できるほど、明瞭《めいりょう》な痛みは感じていない。

ただ心臓の音が狂って、頭の中が真っ白で、目がくらんで。

そんな不可解な感覚に陥るのが怖いのに、アルバムの間に戻すこともできずに、写真の中の女の子を見つめてしまうのは……。

「う、……っ」

だめ……。だめだよ。

涙、早く止まって。

伊折くんが戻ってきたときに泣いていたら、きっと心配させちゃう。

かすかに震える指先で、アルバムの表紙を開いて写真をしまった。

ぱたんとアルバムを閉じたあと、手のひらを目元に押し当てて、はあ、と短く息を吐きだした。

脳裏《のうり》に鮮烈《せんれつ》に刻まれた、〝ミクル先輩〟の横顔。

あんなにもきれいな人を、伊折くんは見つめていたんだ。

伊折くんをひとつずつ知っていくたびに、中学時代の彼のことも気になっていた。

いまだけじゃない……過去の伊折くんのことも、なんだって知りたいって。

だけど私に、そんな権利があるのかはわからない。

伊折くんがきっと隠そうとした、元カノさんの思い出に、私が触れてしまっていいのか。

そんなことが許されるのか、それは、伊折くんにしかわからないから。

アルバムはふたたび開くことなく、涙が落ち着いてから本棚へと直した。

代わりにリュックから夏休みの課題と筆記用具を取り出して、ローテーブルの上に広げる。

かち、とシャーペンをノックして芯を出してみたけれど、ワークに羅列《られつ》された文章はちっとも頭に入ってきやしない。

そうしているうちに少し開いたままだったドアが動いて、シフォンケーキの甘い香りと、カフェラテの優しくてちょっぴり苦い香りをつれて伊折くんが戻ってきた。

私はすぐに立ち上がって、木製のトレイを持った伊折くんが通れるようにドアをさらに大きく開ける。

「ありがと」

「ううんっ」

部屋に入ってきた伊折くんに、いつも通り明るくほほ笑んだ。

つもりだったけれど、伊折くんは勉強机のほうにトレイを置いてから、ドアを閉めた私を不思議そうに振り返ってくる。

「なんか、ちょっと目元赤くなってない？」

「えっ!?　い、いや泣いてな……っあ、赤く、なってない、よ……」

せっかく言い直した語尾をすぼませてしまった私に、伊折くんは若干戸惑ったように「……うん」と相づちを返してきた。

「聞いて悪いけど……。いま、ちゃんとごまかせたと思った？」

「お、思って、ない……」

とっさにつくろうどころか、きれいに墓穴《ぼけつ》を掘り上げてしまった自分にあきれた。

伊折くんに対して常に正直に生きてきたせいか、我ながらうそや隠しごとがへたすぎる……。

私をしばし見つめていた伊折くんは、ローテーブルに広げられた課題へ視線を移し、それから本棚にしまった群青色の背表紙を見つけた。

そして、また私へと顔を向けて、小首をかしげた。

「小倉さんは泣いた理由、隠したいの？」

隠したいわけじゃ……ない。

元カノさんのこと、知りたい。

けれど、私がそう包み隠さず打ち明けた先に、きっと伊折くんが隠したい宝物があるんだろうってことが、わかってるから。

素直に言いたくても、ためらって黙り込んでしまう。

そんな私の様子に伊折くんは、考えるようにまばたきを数回してから、ベッドの端に座った。

「ね、小倉さん。……こっち来て？」

「……っ」

ぽんぽん、と自分のとなりを叩く伊折くんが奏《かな》でたのは、私をめいっぱい甘やかすための声。

ず、るいっ……。ずるいよ。

こんなときでも、きゅんってしちゃう。苦しいくらいに。

伊折くんから差し出される甘い蜜《みつ》に私がそっぽを向くことなんて、天地がひっくり返ってもあり得るはずなくて。

そろ、と歩み寄り、伊折くんのとなりに腰を下ろした。

「俺に聞きたいこととか、ある？　もし小倉さんがなにか知りたいんだったら、俺はちゃんと答えるよ」

伊折くんが体をこちらへ少し傾けてきて、お互いの肩と肩が触れ合った。

そのまま軽く私にもたれかかり、伊折くんは「小倉さんが、さ」とうつむきがちに目を閉じながらつぶやく。

「いつだって思ったことそのまま口にしちゃう小倉さんが、気持ちを抑えて言葉をしまいこんじゃうのって。いつも、誰かのためってときでしょ？」

語りかけるような口調で言葉を紡ぐ伊折くんに、私はまた胸が締めつけられるのを感じた。

その言い回しが、あまりに優しくて。

伊折くんは私の臆病《おくびょう》な面を、そんなふうに思ってくれていたの？

「その誰かが俺なら、俺は全部聞かせてほしい。……だめ？」

「っ、だめじゃ、ない……っ」

すごい。伊折くんって、本当に本当にすごい。

本棚にしまわれたアルバムを見つけた時点で、もしかしたらだいたいの見当がついたのかもしれない。

伊折くんって、そういう人だ。

いつだって私の気持ちを汲《く》んでくれる。

私のぐらついた心を見抜いたら、すかさず優しく支えてくれる。

「わたしっ……、伊折くんのこと、もっともっと……知りたい」

だからきっと、伊折くんについて知らなければよかったと後悔することなんて、ただのひとつもない。

それがたとえ……別れたあともなお、心にその人の居場所を残していたほどに、伊折くんが想いを捧げた〝ミクル先輩〟との恋のお話だって。

「伊折くんの全部が、知りたい……」

たとえ手には入らなくても、つかむことすら叶わなくても。

それでも、せめて触れさせてほしいんだ。

私がそう心から望むのは……ほかでもない、君のことだからだよ。

君が愛おしむ傷跡

伊折くんがアルバムを開いたときに写真が落ちたことも、その写真がきっと以前付き合っていた〝ミクル先輩〟なんだろうと悟って、思わず伊折くんから見えないように隠してしまったことも、正直に打ち明けた。

本棚からもう一度アルバムを引っ張りだした伊折くんは、私のとなりに座り直して表紙を開く。

そこにはさっき私が戻した状態のまま、きれいな横顔の写真が挟まっていた。

伊折くんはそれを確認したあと、ろくに見ないまま、それでも大切にしまうようにゆっくりとアルバムを閉じた。

少しざらついた群青色の表紙をそっと撫でてから、私を見る。

「付き合ってた人との話とか、複雑だと思うんだけど。……もう聞きたくないと思ったら、ちゃんと言ってね」

私を気遣う伊折くんにこくっとうなずいたものの、どんな気持ちになっても中断してほしくはない。

伊折くんの言葉で教えてもらえることに、耳をふさぎたくない。

「ミクルっていうのは中学のときの、ひとつ上の先輩。バスケがうまくて、明るくて……ちょっと男まさりなとこもある人だった」

あんなにきれいな人なのに？と意外に思ったけれど、意志の強そうな瞳を思い出して納得した。

バスケがうまくて、という言葉に、和田くんに部活の話をしたときの不自然な表情が頭によぎる。

あの理由はきっと、ミクルさんがバスケ部だったからだったんだ。

「小倉さんとは正反対のタイプだったな」

「正反対？」

「うん。少なくとも小倉さんみたいに、何度注意しても大声で告白してくるような人じゃなかった」

「そ、そっか……」

たしかになりふりかまわず何度も告白する子なんて、そういないよね……。

先輩と付き合っていた伊折くんからすれば、私ってすごく子どもっぽいのかもしれない。

「落ち着きのない彼女でごめんなさい……」

思わずうなだれて謝ったら、伊折くんは私の頭にぽんと手を置いた。

「そのままでいてよ。小倉さんはそうやって元気に笑ってるほうがいいって、言ったでしょ」

それ……私のことを思い出してくれたときに、言ってくれた言葉だ。

いまでも変わらず、そう思ってくれてたんだ……。

うれしくて、きゅん、といつもの調子で胸を高鳴らせたら、伊折くんはふと前を向いて、どこか遠くを見つめるような表情を浮かべた。

それが、写真に写っていた横顔となんだかリンクする。

「ミクルとはじめて逢ったのは、中学に入学してすぐの部活動見学で……。放課後、同じクラスのやつらとバスケ部に行ったとき。男バスの見学してたら、いっしょにいた友だちが女バスのほうを見て『すごい美人がいる』って騒いでて、それがミクルだったんだ。ゲーム中、誰よりも声出して走ってて、シュートフォームがきれいで、存在感があって。キャプテンかなと思ったら、二年生でびっくりしたよ。たぶん部内でいちばんバスケうまいんじゃないかなってくらい」

「へえ……。じゃあ、ミクルさんはきっとキャプテンになったんだね」

頭の中で想像しながら、なにげなくそう口にしたら、伊折くんはなにも言わずに私を見つめた。

イエスなのかノーなのか、その表情だけでは判断がつかなくて、きょとんと首をかしげる。

「……伊折くん？　続きは？」

「ん……。まあそのときは、べつに知り合ったわけじゃなくて。俺も結局部活には入らなかったし、接点はなかったんだけど」

そこまで話して、伊折くんは私に視線を向けた。

「通学路の途中に、公園あるでしょ」

「あ、桜がすごくきれいだったとこだよね？」

「そう。ミクルとは夜中に偶然そこで逢ったんだよ。桜がまだ咲いてた頃だった」

私が入学式の日、伊折くんと再会した場所であり……付き合いはじめて、連絡先を交換した場所。

私にとって、あそこは伊折くんとの思い出の場所と言っても過言《かごん》じゃない。

でも伊折くんにとっては……ミクルさんとの、思い出の場所なのかもしれない。

だから入学式の日、伊折くんはあの場所で立ち止まって、桜を見上げていたのかな。

「俺はコンビニに寄ったあとだったんだけど、ミクルはすぐ近くの進学塾に通ってて、その帰りだったらしくて。こっちが一方的に知ってるだけだと思ったら、相手も俺のことわかってて、気さくに話しかけられた」

「あ。伊折くんかっこいいから、きっと噂になってたんだね？」

ぴんときて満面の笑みで言ったら、伊折くんは「……さあね」なんてつれない返事をした。

でも否定はしてないから、きっとミクルさんに話しかけられたとき、そのようなことを言われたんだろう。

「それから、学校でたまに声かけられたり、ミクルの塾のあとに話したりして、だんだん仲良くなっていった。ミクルは学校ではいつも明るく振る舞ってたけど……いろいろ抱えてたみたいで」

「いろいろ……って？」

「ミクルの家は代々医者の家系で、身内からの期待が重圧《じゅうあつ》になってたんだって。ミクルの将来のために、私立中学をやめさせてわざわざ医大付属高校に近いこの辺りに引っ越してきたらしいし……中二になってからは、もっと勉強を強いられるようにもなって。ミクル自身にも医者になりたい気持ちはあったけど、プレッシャーを強く感じてたんだよ。……そういう悩みを、俺にだけは打ち明けられる、ってくらいの距離になって、それからそのうち付き合いはじめた」

他人の家庭なのだから当然だけれど、うちとはまるでちがう環境だな、とぼう然とした。

それと同時に、ミクルさんにとって伊折くんの存在は、なにより心の支えになっていたんだろうなとも思った。

きっと押しつぶされそうな心に優しく寄り添ってくれる、大切な存在だったんだ。

……あの日、私にそうしてくれたように。

「でも……いま思い返せば、あんまり付き合ってる感じはなかったのかも」

思い出話を語る伊折くんが、ベッドに後ろ手をついて小さくつぶやく。

その声はなんだか少し、切なげに聞こえた。

「どういうこと？」

「学年が違う上に、あっちは塾や部活で忙しくて、逢うこと自体少なかったから。まだ中学生だったし、ふたりとも慣れてなかったっていうのもあるかもしれないけど……。『もっといっしょにいたい』とか、そういうことは一度も言えなかったし、ミクルも言わなかった」

そっか……。

私はいま伊折くんと同じクラスだから、毎日のように顔を合わせられるけど。

年上のミクルさんとは、そういうわけにもいかなかったよね。

「ミクルは弱音を吐くのが苦手で、ひとりで我慢しちゃう性格だったし……俺も、そこまで素直じゃないから。もしかしたら、不安にさせたりしたかもしれない」

「え？　伊折くんって、素直じゃないの？」

目をぱちぱちとしばたかせると、伊折くんも同じように目を見開いて私を見た。

それから、「……そりゃ、小倉さんほどじゃないでしょ」ってほんの少し笑う。

なんだか、安心したみたいな声だった。

「あんまり言葉にして伝えることはできなかったけど、俺もミクルのこと本当に好きだったし、ミクルが俺をちゃんと想ってくれてるのもわかってた。一度、『俺と付き合ってること、どう思ってる？』って聞いたときも、ミクルは……」

言葉の途中で、ふと逡巡するように口をつぐんだ伊折くん。

私に話すのをためらっているんだ、って気づいたから、「ミクルさんは？」と促した。

すると、伊折くんは、少しの間黙り込んだのちに、続きを話した。

夏休みに入ってもなかなかふたりで逢う時間がなく、それをよく謝ってきていたミクルさんに、自分が重荷になっているんじゃないかと感じていた伊折くん。

だから逢ったときに、『俺と付き合ってること、どう思ってる？』って聞いてみたらしい。

そしたら、ミクルさんは……。

『運命とか奇跡とか信じたことなかったけど、結良と逢えたことが、そういうのだったらいいなって……思ってるよ』

真っ赤になった顔をうつむかせて、とても小さな声で、だけどはっきりと、そう言ったんだって。

「………」

いま、伊折くんの考えていることが、さすがの私でもわかった。

そして私の考えていることも、伊折くんには当然わかっているだろう。

〝運命〟と〝奇跡〟。

それはきっと彼女にとって、〝好き〟というたった二文字に込めるにはあまりに深い、ありのままの気持ちを注いだ言葉。

そして――このあいだ私が電話で伊折くんに告げたそれと、かぎりなく同じ意味を持つ想い。

なにを言えばいいのか、なにを言うべきなのか、わからなかった。

『伊折くんと出逢えたことが――奇跡みたいな運命だと、いいなって。そう思ってるんだ』

あのときの、私は……伊折くんをどんな気持ちにさせてしまったのか。

『……二度と言わないで、それ』

伊折くんから放たれた冷たい声が、答えが、右耳のすぐそばで聞こえた気がした。

過去にミクルさんから伝えられた、深い想い。

同じような私のセリフを拒否したのは、伊折くんの中でミクルさんのその言葉が、
ミクルさんの存在が……ずっと大切だったから。

だからミクルさんが伝えた想いを、私が伝えることは、許されなかった。

どくん、どくん、と強く鼓動が響いて、ぎゅうっと膝の上で両手を握った。

〝ごめんね〟って謝ろうと口を開いてしまって、けれど、思い止まる。

いまこのタイミングで私が謝罪したら、私の想いを受けとめてくれている伊折くんを、きっと傷つけることになると思った。

私が知りたいと願ったから……伊折くんはこうして、話してくれてるんだから。

「……そんなふうに、お互い想い合ってたのに。どうして伊折くんとミクルさんは、別れることになってしまったの？」

大丈夫だよ。平気だよ。傷ついてないよ。

たとえ傷ついたとしても、それでも知りたいから、聞かせてほしい。

そんな思いを込めて、暗い表情は見せずに、伊折くんの顔をのぞき込んでみた。

けれどそれに呼応《こおう》して伊折くんの表情が浮かぶことは、なくて。

「——……亡くなったから、ミクルは」

感情を意識して閉じ込めた声音で、伊折くんはそう答えた。

「え……」

動揺を隠せない乾いた声が、唇からこぼれた。

そんな私の反応に、静かに目を閉じた伊折くんの心に、かすかなひびが刻まれる音が、した。

「ミクルは三年前の、十月九日、交通事故に遭って……亡くなったんだよ」

噛みしめるように落とされる言葉が、私の喉をぐっとつかんで圧迫する。

私は……なんてわがままで、傲慢《ごうまん》だったんだろう。

彼女だから、伊折くんのすべてに触れたいと望んだ。

彼女だから、伊折くんの過去をも欲しいと欲ばった。

当然のようにその権利があるんだって……私はいつだって、そうなんだ。

ただあふれる自分の想いを思うまま押しつけるだけで、伊折くんから与えてもらえる甘い幸せに浸るだけで、伊折くんの心に無遠慮に踏み込んでしまう。

そこに傷跡が残っていることなんて、考えもせずに。

「交通事故に遭った日、ミクルは俺と逢う約束してた。たぶん……別れ話。お互い想い合えてるのはわかってたけど、すれちがいが続くにつれて、やっぱりミクルにとって俺は重荷になってたんだと思う」

頭を鈍器《どんき》で殴られたみたいな、衝撃に襲われた。

伊折くんは私が傷つかないように、その過去を隠してくれていたのに。

私は伊折くんを傷つける可能性も考えず、その過去に手を伸ばした。

「……ごめん。ずっと小倉さんの告白に返事できずにいたのは、ミクルが死んじゃったこと、引きずってたから。和田も言ってたでしょ。『いつまでおまえは、ミクル先輩にとらわれたままでいるつもりなの?』って……ほんと、その通りだよね。だってミクルがいなくなってもう、三年になるのに」

涙がじわりと浮かんだ。

だけどここで泣くのはずるい。

泣きたくなんか、ない。

伊折くんじゃなくて私が泣くなんて、そんなずるいこと、絶対したくない。

「けど……それでも、俺は小倉さんにこうして惹かれたんだよ。ミクルがいなくなってからずっと、誰からの気持ちにも応えられなかったのに、小倉さんだけは俺の心を揺らしてくれたから。時間はかかったけど……小倉さんになら俺もちゃんと素直になりたいって思えた」

うん。ちゃんと、知ってるよ。

伊折くんがね、私のことを本当に大切に想ってくれてるんだってこと、わかるよ。

私のことを心から好きでいてくれてるんだって、すっごく伝わってるよ。

伊折くんは私の気持ちを、抱えるには大きすぎる想いを、受けとめてくれるから。

受けとめて、そして返してくれるから。

私、もうそれだけで十分。

涙があふれちゃいそうなくらい。

世界でいちばん、幸せなんだよ。

「なのに……本当に、ごめん。まだミクルのこと、完全に忘れられてなくて」

……だからお願い、謝らないで。

アルバムを持つ伊折くんの手に力が入って、小さく震えている。

手を添えたいけれど、私が触れることで伊折くんが傷ついてしまわないか、とても怖くて手を伸ばせない。

「ミクルの両親は、お葬式の日に、泣きながら『あなたにつらい思いはさせたくないから、ミクルのことは忘れてくれていいんだよ』って言ってくれた。ミクルを心から大切に想ってたのが伝わってきたし、優しい人たちだったけど、でも……言われた通りに忘れるなんて、できるわけなくて。ミクルが亡くなってからは、月命日《つきめいにち》は欠かさず朝早くに墓参《はかまい》りに行くようにしてた。小倉さんと付き合いはじめたときも、登校が遅い日……あったでしょ」

金曜日に付き合うことになって、伊折くんがいつもより少し遅れて教室に入ってきた、週明けの月曜日……七月九日。

あの日、伊折くんの登校が少し遅かった理由。

そして放課後、伊折くんが『……ごめん』と謝っていた理由。

……ミクルさんに逢いに行っていたから、だったんだ。

「ちゃんと断ち切れてなくて……ごめん。忘れなくちゃいけないってわかってるのに、ぜんぜん、うまくいかない」

涙を我慢していると苦しくて、首を振るのも弱々しくなった。

悪いと思う理由なんてないよ。

自分を責める必要なんてないよ。

だって私は幸せばかりをもらって、傷つけられてなんてない。

むしろ私のほうが、いまこうして伊折くんを傷つけてしまってるんだ。

「小倉さんにそんな顔……させたくなかった」

思いつめた表情の伊折くんが、私をまっすぐに見つめた。

必死でこらえているつもりなのに、涙はどんどんたまって、伊折くんの顔がぼやけていく。

そんなおぼろげな視界の中で、伊折くんが手を伸ばしてくるのがわかった。

大切なものを扱うみたいに指先が私の頬を撫でて、その拍子に大粒の涙がこぼれ落ちる。

ひとつまばたきをしたら、とたんにいくつもの線になって、頬を流れていった。

「っごめん、なんて……言わないで……っ」

わからない。ねえ、わからないよ。

どうしたら伊折くんを傷つけずにいられるんだろう。

こんなにも好きな人のことを、傷つけない言葉、どこにあるんだろう。

見つけられない私は、伊折くんの彼女なんて立場、ふさわしくないのかな。

「わたしは……っ、幸せだよ。伊折くんに、幸せしかもらってないよっ」

ただ私の想いを、伊折くんに伝えることしか、できない。

それでも伊折くんは両手を伸ばして、涙を、心を、泣きじゃくる私ごと優しく抱き寄せてくれた。

「私ね、伊折くんの全部が好きなの。どんなとこも、全部、大好きなの……っ」

ねえ、伊折くん。

許してもらえるなら、もう少しだけ、あと少しだけ、わがままいいかな。

こんな私が、いまからつたない言葉で君の心に触れるけど、それもいっしょに優しく抱きしめてもらっても、いいかな……。

「あのね……っ、私ね、ちゃんと伝わってるよ。伊折くんが大切にしてくれてること。

私が伝える〝好き〟を、ちゃんと大切に受けとめてくれてること。好きな人に想いを大切にしてもらえることって、ほんとにほんとに、幸せなんだよっ」

伝わってほしい。

伝わるといい。

私はそんなに頭が良くないから、ひと言で簡潔に済ませることはできないけれど。

「だから……ミクルさんもっ、すごくすごく幸せなの。絶対、幸せなの！」

その代わり、しっかり君の心に届くように、何度だって言葉にして伝えるよ。

「〝運命〟とか〝奇跡〟とか、伊折くんへの想いを伝えるためにそんな言葉を選んだミクルさんが、別れなんて考えるわけないっ。だって、伊折くんは唯一なんだよ。伊折くんにだけは悩みを話せるくらい、特別だったんだよ。だったら絶対っ、ミクルさんは絶対、さいごまで伊折くんを必要としてた……！」

実際に逢ったこともない、言葉を交わしたこともない。

だけど私と同じように伊折くんを好きになったミクルさんは、いまでもずっと、声にならない声で想いを叫び続けてる。

理由はわからない。

説明なんてできない。

だけど私はたしかに——ミクルさんの想いの強さを、知っている。

だから伊折くんに伝えるのはきっと、私の役目なんだ。

「伊折くんは、ミクルさんにとらわれてるんじゃないよ。大切に大切に、抱きしめてるんだよっ。ミクルさんからしたら、こんなに幸せなことって、ないよ。伊折くんが、ミクルさんからの想いを、ミクルさんへの想いを、ミクルさんが残した傷跡すらもっ、ミクルさんがいなくなったいまでもちゃんと大切にしてくれてるから……。だから、忘れようとしないで。断ち切ろうとしないで……！」

私に申し訳ないなんて、絶対に思ってほしくないよ。

私がいるからって、無理に自分からミクルさんを切り離そうとしないでほしいよ。

だって、誰にでも大切だと思える宝物を持ち続ける権利があるんだ。

無理に切り捨てることなんて、私は絶対に望んでないから。

込み上げる気持ちがどうか伝わってほしくて、ぎゅ、と伊折くんのシャツをつかんだ。

「私はどんな伊折くんだって、好き。私と向き合おうとしてくれる伊折くんが、好き。ミクルさんを大切にしてる伊折くんが、好きっ」

全部全部、好きなの。

大好きなの。

あきれ顔ばかりで、でもとっても優しくて、照れ屋さんで、心の中にミクルさんの居場所を残してる、そんな伊折くんがこんなにも——大好きなの。

たとえ一生、ミクルさんの存在が過去にならなくても、私はどうしたって伊折くんが大好きだよ。

「私だって伊折くんのこと、全部大切にしていたいっ。ミクルさんへの想いも、癒《い》えない傷跡だって、全部伊折くんごと抱きしめていたいよ……っ!」

ぎゅっと目をつぶって泣きながら叫んだら、伊折くんはもっと強く強く、私を抱きしめてくれた。

きゅう、って心臓が締めつけられて、どきどき、って鼓動が鳴り響く。

私の心臓がこんな音を奏でるのは、ずっとずっと、君にだけ。

だけど、想いが強すぎるあまりに——伊折くんを苦しめてしまうのは、絶対にいやだよ。

「伊折くんのこと全部知りたいなんて、言って、ごめんね。無遠慮に踏み込んで、ごめんね。私、伊折くんを傷つけてばっかりだっ……」

「……っ、違うよ。なに言ってんの」

私の肩口《かたぐち》にそっと顔をうずめた伊折くんの声。

かすかに震えていて、涙に濡れているみたいだった。

「傷ついてなんかない。……ずっと救われてるんだよ、俺は」

想いをぶつけるしかできない私を、それでも伊折くんは、抱きしめていてくれる。

抱きしめて、離さないでいてくれる。

ミクルさんへの想いといっしょに、こうして私のことも大切にしてくれるなら。

……私もう、望むことなんてなにもない。

「小倉さんが思ってるより、小倉さんは俺のこと何度も、何度も救ってくれてるんだよ。小倉さんじゃないと……俺、絶対こんなに好きになんかなれなかった」

優しい声に、涙がぼろぼろとこぼれてきて、止まらない。

それでもまた、ほら。

きゅんって、心臓は苦しいくらい甘い音を立てる。

私は君に恋に落ちる心臓の音を、これから何度だって聞いていくんだ。

いつだって絶え間なく、私にもったいないほどの幸せを与えてくれる——君だから。

「……ありがとう。俺がまた好きになれた相手が、小倉さんでよかった。俺をここまで好きになってくれる小倉さんに、……また逢えて、よかった」

この瞬間——生きていてよかった、って、心の底から思えた。

「っ、伊折くん……っ」

伊折くんが心から思ってくれてることが伝わってくるから、こんなにも愛おしい気持ちが込み上げてくる。

息もできないくらいの幸せに、呑み込まれる。

こんなに幸せで、いいのかな。

こんなに好きになって、いいのかな。

もういまさら歯止めもきかないくらい、後戻りなんてできないくらい、大きくなってしまって、自分じゃどうしようもないよ……。

伊折くんは私を抱きしめながら、私の涙が引いて嗚咽がおさまるまで、頭を撫でてくれていた。

私が泣くべきじゃなかったのに。

私の好きな人はそんな私をなぐさめて、「ありがとう」なんてお礼を言ってしまうくらい、優しい人なんだ。

「伊折、くん。私ね、ほんとに……伊折くんへの好きが、っ際限ないの」

「ふ……。それ、さっきも言ってたね」

好きがあふれすぎてどうしようもなくて、抑えられずに声にして吐き出したら、伊折くんは息を吐くように笑ってくれた。

それからゆっくりと私を離して、私と目線を合わせる。

少しだけ涙でにじんだその瞳は、表情は、とてもきれいで。

「……俺も。なんかもう、好きすぎて、怖いくらい……」

降ってきた目もくらむほど幸せな想いのお返しに、また涙が込み上げた。

「まだ、過去を忘れられたわけじゃないけど……。いま俺が好きなのも、触れたいって思うのも、全部……小倉さんひとりだけだよ」

ねえ伊折くん、それって。

私にとって、極上《ごくじょう》の愛の言葉だよ。

「だからちゃんと、責任とってね」

「うんっ、とります……っ。ずっと、伊折くんのこと想ってますっ」

「うん。お願いします」

ほほ笑んでうなずいた伊折くんに、そっと優しく、頬に手を添えられた。

鼓動がゆるやかに勢いを増して、すぐそばで視線が絡むとじんわりと顔が熱くなった。

私をとらえた瞳にも熱が浮かんでいて、ずっと見つめていてほしくなる。

「小倉さん」

「は、はいっ……」

「……キスしても、いいですか？」

心を甘くくすぐるようにささやかれた、なんだか改まった口調の言葉。

冗談じゃなく、伊折くんに聞こえちゃってるんじゃないかって思うくらい、心臓のどきどきが最高潮を迎えた。

こくんっと精いっぱいの返事をすれば、目もとをゆるめた伊折くんがほんの少し顔を傾ける。

目を閉じるのももったいなくて見入っているうちに、ゆっくりと距離が縮まって、吐息《といき》が唇を撫でて。

追うように、柔らかな幸せが訪れた。

「ん……っ」

唇が触れて離れるまでのたったの数秒間は、魔法みたいに長くて、うそみたいに短かくて。

キスのあとに優しい視線にぶつかったら、ふにゃっと溶けてしまいそうになった。

一生忘れられない……ファーストキス。

伊折くんの唇の感触を知った自分の唇に、指を這《は》わせようとして、だけど上書きしちゃうのはいやでやめた。

うれしくて、泣けてきて、そして恥ずかしくて。

照れをまぎらわせるために、目の前の好きな人にぎゅって抱きついてみる。

にやにやが止まらないから、きゅーっと顔を押しつけたら、背中に腕が回って抱きしめ返された。

「えへへっ。どうしよう、うれしいっ……。大人の階段のぼっちゃった」

「っ、なにそれ。ほんとかわいすぎ……」

「えっ？　い、いま伊折くんなんて……んっ」

一ヶ月前は言ってもらえなかったことを、思いのほかさらりと言われたことにびっくりして顔を上げたら、ちゅ、ってすかさずまたキスが落ちてきた。

胸がぴょっと跳ねる。

こ、こんな不意打ち、ずるい……！

「……愛しすぎ、って言ったの」

「いっ、伊折くん！」

それは付き合いはじめた日に私が言った、〝かわいい〟の同義語。

覚えていて、くれたんだ。

うれしすぎる。なんだか感動しちゃう。

けれど耳まで赤くなった伊折くんはまつ毛を伏せ、これ以上は無理、というように口もとを手で覆って顔を背けた。

「っだめだ、すっごい恥ずかしい……。相手が小倉さんじゃなかったら、こんなこと絶対言わないからね。っていうか、言えない」

「き、きゅんきゅんがっ、止まりません……」

「うん……それはよかった。いまさらだけど、カフェラテ冷めちゃってるね」

あ……ほ、本当だっ。

完全に頭から抜けてた！

勉強机に置いたままだった、持ってきてくれた頃は湯気が立ち上っていたふたつのカフェラテは、もうすっかり冷たくなってしまっているのがわかる。

残っていた涙を拭ってベッドから降りた私は、結局手つかずのワークを閉じてリュックへ戻した。

本来の目的ではなかったんだし、伊折くんと過ごす今日一日は、課題は後回しにしちゃおう。

「淹《い》れ直してこよっか？」

「ううんっ、大丈夫。あのね伊折くん、ケーキ食べ終わったら、お祭りに行く前に早めに寄ろう？」

ケーキとカフェラテを載せたトレイをローテーブルに置き直した伊折くんは、「どこに？」と尋ねた。

「今日は八月九日でしょ？　伊折くんまだ、ミクルさんに逢いに行ってないよね」

今日は月命日に当たるはずだ。

電話で夏祭りの話をしたときに、伊折くんが日付だけつぶやいてすぐに返事をしなかったのも、ただ曜日の確認をしていたからじゃなかったんだっていまならわかる。

だけど伊折くんは、私と夏祭りに行くことをOKしてくれて、その上、こうして朝から逢おうって誘ってくれた。

それはきっと……ミクルさんのことを忘れなくちゃいけないって、そう思っていたからでしょう?

「私もミクルさんに、逢いたいから……。今日だけ、いっしょに行ってもいい?」

忘れられないなら、忘れないままでいて。

いままでと変わらず、ミクルさんのことを大切にしていてほしいんだよ。

そんな気持ちを込めて伊折くんを見つめたら、伊折くんは驚いたような……そしてどこか心配げな表情を浮かべた。

「……小倉さんは、俺にはもったいない気がする」

「ど、どうして?」

「だって小倉さんみたいな彼女、そうそういないよ」

ほ、褒められてる……と受け取って、いいのかな?

好きな人の彼女になるなんてはじめてだから、普通の彼女っていうのがどんな感じなのかはわからない。

ただ私は、自分がそうでありたいと思う彼女でいたい。

「違うよっ、もったいなくないよ。私は伊折くんの彼女だから、こんな彼女なんだよ！」

そう首を振ったけど、いまいち意味の伝わりづらい言葉になってしまった気がする。

「す……すっごく好きな人だからね、伊折くんだから、私は私みたいな彼女になってるのっ。ええっと、私みたいな彼女は伊折くん専用っていうか、伊折くん限定っていうか……」

「う、うん。もうわかった。じゃあこれからも、俺の彼女でいてください」

繰り返し説明しても、なかなかしっくりくる言い回しが思いつかなかったけど。

伊折くんは理解してくれたようで、少し眉を下げて優しく笑った。

「けど、嫉妬《しっと》とか……そういうのもない？」

「嫉妬……うーん。だって伊折くん、嫉妬できる余裕もないくらい、私にずーっと幸せな気持ちくれるんだもん。ちゃんと私のこと見てくれてるの、わかるから！」

告白のお手伝いをしたときみたいな、もやっとした気持ちになったりはしない。

伊折くんが私をいちばんに大切にしようとしてくれてることが、はっきり伝わってくるから。

大丈夫だよって安心させるために笑顔で言った私に、伊折くんは「……そっか」と小さな声でつぶやいた。

「あっ。でも、ひとつだけ！」

「なに？」

「嫉妬っていうか……。さっきの話を聞いてて、伊折くんに名前で呼ばれてるのはうらやましいなあって、ちょこっと思っちゃった。えへへ」

今日はじめて伊折くんの口からミクルさんの名前を聞いてから、じつはずっと頭のすみっこで考えていたこと。

思いきって話したけれど、気恥ずかしくなって照れ笑いを浮かべた。

「ミクルさんのことは、付き合ってから呼び捨てで呼びはじめたの？」

「ああ……。まあ、名前はそうだけど。でもミクルはもともと敬語使われるの苦手だったから、部活の後輩にもため口で話させてたよ。和田もそうしてたし」

「へぇ……」

ミクルさんは学年関係なく、人付き合いができる人だったんだ。

そんなことを考えながら感心していたら、伊折くんはふと黙り込んで、私の顔をじっと見つめて。

「……ひかり」

音を確かめるように優しげな声で奏でられたのは、たった三文字の私の名前。

一瞬だけ息が止まって、そのあと遅れて、鼓動がいっきにフル稼働しはじめた。

……っよ、呼んで、もらえた。

私の名前、はじめて。

耳になじんだ三文字のはずなのに、好きな人の声で呼ばれるとこんなにも特別な響きに聞こえるんだ。

「すっ、すごいっ。いま、自分の名前が、きらっきらに輝いた……っ！」

「独特の表現だね。じゃあ小倉さんも、俺のこと名前で呼んでみて？」

返ってきた伊折くんからのお願いに、ぼっ、と顔が真っ赤になる。

私も呼びたいなって思ってたの、伝わったのかな。

それとも、呼んでほしいって思ってくれたのかな。

……どっちもだったらうれしいな、とどきどきしながら、そうっと口を開いた。

「ゆっ、結良……くん」

「ん、もう一回。今度は呼び捨てで」

「えっ？　ゆ、結良……？」

「もう一回」

「……っ、結良っ」

ぜんぜん、慣れない。

くすぐったいっ。

こんなふうに好きな人の名前を呼び捨てする日が来るなんて、思わなかった。

私がぎこちない声で何度か名前を呼んだら、それをいつになく楽しそうに聞いていた私の好きな人は、小さく笑って。

「ほんとだ。なんか、きらきらしてる」

「っ！　す、好き……！」

もはや条件反射のように、込み上げた気持ちをそのまま告白した。

そんな私の想いを、「はいはい」ってあきれつつ、ちゃんと受けとめてくれる君のことが。

私はこんなにも、こんなにも――大好きなんだよ。

これからも君のそばで笑っていたいから
募り続けるこの想いを伝えたいから
いますぐ、君に逢いに行くよ。

# ＊3＊ いま逢いに行くよ

# 奇跡はまたたいて

……あのね、結良。

運命のように君と出逢って、恋に落ちたことは、ふたつとしてない奇跡なんだと。

私は心から、そう思ってたんだよ。


二度目の夏休みが明けてしばらく経った、二年の二学期。

部屋に立てかけている姿見《すがたみ》が、完全に体になじんだ制服を身にまとう私の姿を映しこんだ。

にこ、とほほ笑みかけてみれば、鏡の中に佇《たたず》んでいる私もまったく同じように笑い返してくる。

去年と比べると身長はぐんと伸びて、一年だと見間違われることはまずないくらいの高さになった。

去年同じクラスだった友だちと夏休み明けに偶然顔を合わせたら、『ちょっと逢わないうちに、なんかすごく大人っぽくなったね？』と驚いたように言われたくらい。

「大人っぽくなった……かあ」

自分と見つめ合いながらぽつりとつぶやきを落としたら、下のリビングから「なにしてるのー？　もう朝ごはんできてるよー」という声が駆け上がってくる。

「はーい」

慌てて返事をして、鏡を確認しながら胸もとのえんじ色《いろ》のリボンの位置をちょいと直す。

それから横たえていた鞄を拾い上げ、自分の部屋をあとにした。

リビングへ向かうと、ダイニングテーブルにはクロワッサンやスクランブルエッグののったお皿と、私の大好きなカフェラテが置いてあった。

「ほら、早く食べちゃって」

洗いものの音といっしょに飛んでくる声に促され、テーブルについた私はさっそく「いただきます」と手を合わせる。

お母さんは私が家を出たあとすぐパートに行かなくちゃいけないから、いつも朝は慌ただしげだ。

「今日も帰りは遅いの？」

さくさくのクロワッサンにかぶりついたタイミングで、最近では毎朝のお決まりになっている質問を投げかけられた。

「うん。帰るのは七時くらいかな」

「そう……。部活が楽しいのはわかるけど、勉強のほうを疎《おろそ》かにしちゃだめだからね？　いまのうちからきちんと対策しておくべきだって、パパもこのあいだ言ってたでしょ？　志望校の偏差値、すっごく高いんだから……」

ああ……また、はじまった。

朝食くらい、さわやかな気持ちで食べさせてくれればいいのに……。

二年に進級して真っ先に抱えることになった問題……将来を見据《みす》えた受験勉強。

私は当然のように、ずっと、小児科医《しょうにかい》になりたいと思っていた。

それを両親も賛成してくれていたから、進路のことも娘の私以上に真剣に考えてくれて、早い段階で決まった第一志望。

現時点の偏差値でも一応合格圏内ではあるものの、これからずっと成績を落とさずにいられる保証はないし、かなり努力しなければ安全圏には届かない。

受験勉強をはじめるのは早いに越したことはないから、学校の予習復習と並行してちゃんと取り組んでもいる。

でも、周囲がまったく受験モードに染まっていないから、いまいち実感がわかないのも事実なんだ。

しょうがないよ。

だってまだ、二年の夏が終わったばかりなんだから。友だちと進路について話すことがあっても、毎回『まだ考えたくないよね』という結論に至ってすぐに次の話題へ移る。

それに、一年の二学期から入った部活もすごく楽しいから、いまはそっちに熱中していたいという気持ちもある。

両親が私の将来のために言ってくれていることは痛いほど伝わっているけれど、こうして幾度となく釘《くぎ》を刺されると、気が早すぎるんじゃないかと思ってしまう。

その後も絶えない小言に、私はもぐもぐと口を動かしながらげんなりとした。

「もう……わかってるってば。お母さんは心配しすぎなんだよ。ちゃんとやってるって、いつも言ってるでしょ」

「まったく、憎まれ口たたくようになっちゃって。ちょっと前まではママ～って天真《てんしん》らんまんでかわいかったのに」

いつの話をしてるんだ。

ことあるごとに昔の私を引き合いに出してくるお母さんにとって、いまの私なんて、反発ばかりでまるでかわいげのない娘なんだろうな。

だったらいっそ、放っといてくれたほうがましだ……。

お母さんの言う〝ちょっと前まで〟は毎日のように笑い合いながら会話していたの

に、最近では顔を合わせるのがとても憂鬱《ゆううつ》に感じてしまっている。

そんな私のことをきっとお母さんは、反抗期は大変だ、なんて思ってるんだろう。

「……ごちそうさま」

滅入った気分で口にする朝食は味気なくて、お皿の上にまだスクランブルエッグを残したまま、静かにフォークを置いた。

まだなにか言いたげな表情でこちらを見ているであろうお母さんのことは、あえて視界に入れずに席を立ち、さっさと身支度《みじたく》を済ませて家を出る。

あーあ……。

いつから、こんな感じになっちゃったんだっけ。

家に居づらいと感じるなんて、これまで私をずっと支えてきてくれた両親に失礼なのかな。

こんなこと考えてるなんて、親不孝者なのかな。

だからって圧《の》しかかってくるプレッシャーに耐えられるほど、私の心はロボットみたいに無機質《むきしつ》にはできていない。

見慣れた通学路の光景をながめながら薄く吐いたため息は、もともと沈んでいた気分も道連れにして地面に落ちていった。

「あ、いたいた！」

お昼休み。

中庭の木陰《こかげ》で部活の友だちといっしょにお弁当を食べていたら、三年の部長が小走りで駆け寄ってきた。

「先輩、どうしたんですか？」

お弁当箱のふたにお箸《はし》を置いて尋ねると、片手を顔の前に立てて謝るポーズを見せる部長。

「今日、顧問《こもん》が午後から出張入っちゃってるらしくてさ。急なんだけど、部活は休みね」

「えぇーっ、マジですか。ほんと急ですね」

「それは先に言っとくべきでしょ、先生〜」

部長からの連絡、もとい顧問の先生からの伝言に、いっしょにいる友だちが冗談まじりにブーイングする。

ふたりの横で苦笑しつつ、たしかに前もって話しておいてほしかったな、と心の中でぼやいた。

今朝お母さんには遅くなるって言っちゃったし、放課後すぐに帰宅するのも気が進まない。

家に帰ったら、本来は部活で楽しく過ごすはずの時間を、受験勉強に拘束《こうそく》されてしまうから。

部長が校舎のほうへ引き返すのを見送ると、私はお箸を持ち直して、半分以上残ったお弁当の中身をながめた。

「放課後、どうしよっかな……」

気づけば落胆した声で、ぽつりとひとりごとをこぼしていた。

そんな私の様子に、友だちふたりは私の両どなりから顔を見合わせた。

「ちょっと、めちゃくちゃ落ち込んでるじゃん。部活が休みになったの、そんなにショックなの?」

「まあ、この子はほんと、いつも楽しそうに練習やってるもんねえ。一年の途中から入ったのに、すぐスタメンに抜擢《ばってき》されたくらい実力もあるし」

どうやら私のテンションが低いのは、部活ができないことが原因だと思っているみたいだ。

たしかに、バスケできないのは悲しいけど。

そんな友だちふたりに、家に帰るのがいやで、なんていきなり打ち明けられるはずもなくて、「あはは……」とあいまいに笑って返した。

けれど私の空元気《からげんき》なんてふたりにはお見通しのようで、友だちのひとりが悩むような顔でじっと私を見つめた。

「うーん……。あっ！　せっかく部活休みになったんだしさ、彼氏と放課後デートでもすれば？」

考え込んでいたかと思うと、ぱっと表情を明るくさせて手を打った彼女から飛び出した提案。

「おっ、名案。最近、伊折くんといっしょに過ごせてないいんじゃない？　いい機会じゃん！」

不意打ちで登場した彼氏の名前に、どきっ、と心臓が大きく脈打った。

夏休みが明けてからここ最近、結良とは学校でしか逢うことがない。

夏休みの間も私が部活に勉強にてんてこ舞いだったせいで、いっしょに過ごせた時間はとても短かかった。

それでも結良はいつも『いいよ』って許してくれるんだ。

すごく優しくて、心が広い。そんなところも……好き。

結良はどんな私でも絶対に受けとめてくれるから、そんな彼氏に甘えてしまっている自覚はある。

だけど……結良が私の想いを受けとめてくれる形で、私たちは付き合いはじめたのに。

私だって結良と過ごす時間が、もっと長くほしいのに。

部活に入ったことはまったく後悔していないけれど、いつだって私の都合のせいで幸せの表面がすり減っていっているのは、ずっと感じていた。

それはきっと……結良のほうも同じ。

「……うん、そうだね。誘ってみよっかな」

今日部活が休みになったのは、もしかしたら神さまが結良とデートしろって言ってくれてるからなのかもしれない。

なんてゲンキンなことを考えてみたら、とたんに心が浮かび上がってきた。

ようやくいつものように笑った私に、ふたりはほっとした笑顔で「それがいいよ！」とうなずいてくれた。


二年に進級して、私の教室は二階になった。

でも結良の教室は三階にあるから、廊下でばったり逢える、というようなこともぜんぜんない。

ちなみに和田くんも結良といっしょの教室だ。

たまに結良を見かけるときは必ず和田くんがそばにいるから、そのたびに同じクラスだと毎日逢えていいな、といつもうらやましくなる。

放課後になってすぐ三階に上がった私は、結良の教室の入口の近くから中の様子をうかがった。

教室から出てくる結良のクラスメイトたちは、めったにこの階に現れない私の姿にものめずらしそうな視線を寄越しつつ通り過ぎていく。

教室内を見渡せば、好きな人の姿はすぐに見つかった。

夏休みが明けてから席替えをしたらしく廊下側の真ん中あたりの席で、結良は帰る支度をしているようだった。

彼の名前を呼ぼうと、口を開いたとき。

「伊折くん！　よかったらこれから、数学教えてくれない⁉」

となりの席から、数学の教科書を両手で持った女の子がなにやら必死な様子で結良に話しかけた。

「ああ……。明日実力テストの追試だっけ」

「そうなんだよ！　伊折くん、数学得意だったよね？」

「苦手ではないけど。俺より得意なやつに教われば？」

「そこをなんとか……！　お願い！　となりの席のよしみでさ！」

教科書を脇に挟み、ぱん、と両手を合わせて頼みこむ女の子。

そんな彼女に結良がなにか言おうとしたタイミングで、「伊折」と和田くんが結良のそばに立った。

和田くんは気づいた結良に、親指をこちらのほうに向けて示す。

おまえの彼女が来てるぞ、ってわざわざ伝えに行ってくれたんだろう。

こちらに顔を向けた結良は、私を見ると驚いた表情を浮かべた。

女の子のことも放って、こちらへ歩み寄ってくる。

私を優先してくれた、なんて、ささいなことに安堵《あんど》を覚えて。

そしてそんな自分の考えに、なんだか悲しくなる。

「どしたの。なにか用事？」

「あ、ううん。ぜんぜんたいした用じゃない、んだけど……」

結良を追いかけて女の子までこちらにやってくるのが見えて、つい思ってもいないことを言ってしまった。

歯切れの悪い私の言葉に、結良は不思議そうに小首をかしげてから、思い出したように「あ」と声を漏らした。

「そういや今日、部活ないんだっけ」

「えっ、なんで知ってるの？」

「昼休みの終わり頃に部長さんが通りかかって、教えてくれた。今日ってなんか予定ある？」

私から誘おうと思っていたのに、先回りされてしまった。

きっとここで私が首を横に振れば、結良は久々にいっしょに過ごそうと、自分から言ってくれる。

私の好きな、私だけに向けてくれる優しい表情で。

だけど……結良の斜め後ろに立った、教科書を持ったままの女の子がどうしても、視界に入って。

私のことをじっと見つめてくる彼女の視線に、居心地《いごこち》の悪さを感じた。

まるで、〝あなたより私のほうが伊折くんとずっと近い距離にいるんだ〟と言われているように思えてしまって。

ただ彼のとなりの席ってだけなのに、どうしてそんなふうに考えちゃうんだろう。

「その子に……数学、教えてあげるんじゃないの？」

結良に答える代わりにそう聞いてみたら、彼は目を丸くして女の子に振り返った。

「伊折くん、ほんとにお願いします！」

「いや……悪いけど、違うやつに教えてもらって」

「え〜っ。だって伊折くん、教え方うまいじゃん！　授業中も、たまに教えてくれるしさあ」

女の子と結良のやりとりを聞きながら、元クラスメイトから言われた『大人っぽくなったね？』という言葉が、なぜかいまよみがえってきた。

私は、本当に大人っぽく、なっているんだろうか。

……それとも、大人にならなくちゃいけない、ってことなんだろうか。

自分の感情は抑えて、我慢をして、それを平気なふりで覆い隠していればいいんだろうか。

両親からの干渉にも……思うように近づけない結良との距離にも。

「……結良じゃないとだめみたいだし、教えてあげたら？」

諦める気配のない女の子に、私はちょっと困ったように口角を上げて、そう告げていた。

結良はそんなことを言われるのは予想外だったみたいで、かすかに眉根を寄せた。

「なんで？　いっしょに帰ろうと思ってたんだけど」

結良の言葉に、ぎゅ、と心臓がつかまれるような感覚がした。

うれしさに心が震えて、私もだよ、って伝えたかったけど……抑えこんだ。

そしたら、仮面みたいな笑みが私の顔に貼りついて、取れなくなった。

「だってクラスメイトなら助けてあげなきゃ。私も急いで家に帰って勉強しなきゃいけないし」

「じゃあ、なんでわざわざ俺のクラス来たの？」

「それは……っ。和田くんにちょっと、話があって」

とっさにひどい言い訳をしてしまった。

スポーツバッグを肩にかけて、これから部活へ行こうとしていたはずの和田くんは、突然私の口から名前が出てきたことに驚いて「え、俺？」と立ち止まった。

それでも、結良と私を交互に見てから、仕方ないなって感じでため息を吐く。

「んー、なんの話か見当もつかねえなあ。とりあえず結良、じゃあな？」

ぽん、と結良の肩に手を置いて、先に教室を出ていく和田くん。

「……ごめんね、結良。また今度、いっしょに帰ろう」

その苦しまぎれの口約束がいつになるか、私にすらわかっていないくせに。

今度じゃなくて、〝いまいっしょに帰りたい〟って、そう言えばよかった。

私も結良と同じ気持ちでいるんだよって、そう伝えられたらよかった。

……どうして、こんなふうになっちゃったんだろう。

「……わかった。気をつけて。勉強も、頑張って」

けれど結良は怒ることもなく、私にはもったいないくらい優しい言葉で見送ってくれた。

こんなだめな彼女を、結良はいつだって許してくれる。

自業自得《じごうじとく》なのに泣きたくなるくらい心臓が苦しくて、私はそれを振り払うように和田くんの背中を追いかけた。

和田くんはゆっくり歩いてくれているけれど、こちらを振り返ることはない。

私がとなりに並んでも、ずっと前だけを向いていた。

「いくらなんでも、あれはないんじゃない？」

「ごめん。和田くんを言い訳に使って……」

「いや。謝る相手、俺じゃないでしょ」

いつも気さくに話してくれる和田くんが、今日ばかりは固い声をぶつけてくる。

その理由はあきらかなのだけれど、思わず口ごもってしまった。

「俺が口出すことじゃないかもしれないけど。そうやってひとりで気持ちこじらせて、伊折の優しさに甘えすぎぎんの、よくねえと思うよ」

階段を下りながらの和田くんの忠告に「うん……」とうなずいた私の声は、あまりに小さく頼りなかった。

物理的に距離があると、どうしても、そばにあるはずの相手の心がかすんで見えてしまう。

いっしょにいられないのに、心だけが近くにいていいのかなって、心も離していたほうが相手の負担にならないかなって、逃げそうになってしまうんだ。

嫌われてるわけじゃないこと、わかってるのに。

いまでも好きでいてくれてること、伝わってるのに。

なのに、この先も消えない想いを相手に期待するのが、怖くなる。

両想いの幸せを知っているからこそ、自分の気持ちを相手に伝えることすら……怖くなる。

今度もちゃんと受けとめてもらえるか、これからもこの想いを結良が大切にしてくれるか、確信《かくしん》が持てないから。

こんなふうにうじうじ悩むなんて、ぜんぜん私らしくないのに……。

「前までの自分を取り戻すの……むずかしい」

「むずかしい？　絶対うそだよ。ややこしいこと考えずに、気持ちを素直に伝えたほうがお互い幸せになれること、知ってるでしょ」

当事者じゃないからって、ずいぶん簡単に言ってのけてくれる。

そんな卑屈《ひくつ》な考えが一瞬よぎったけれど、違うな、とすぐに思い直した。

わざわざむずかしくしているのはほかでもない自分自身で、和田くんの言う通り、本当はすごく簡単なこと……なんだよね、きっと。

だって以前までの私は、結良を好きだってまっすぐに想えていたはずなんだ。

「無理しないペースで逢って話せばいいじゃん。昼休みまで勉強やら部活やらあるわけじゃないなら、いっしょに昼飯食うとかすれば？」

「……そ、っか。そうだよね」

「はは、思いつかなかったって顔。どんだけ視野狭くなってんの」

本当にその通りだ。

そんなことにも思いが至らないくらい、余裕なくなっていた。

結良は意識してか否か、いつだって優しく私の不安を取り除こうとしてくれるのに、私は消えそこねた不安の残骸《ざんがい》を抱きしめて、ただ閉じこもってただけだから。

将来を考えなくちゃいけない状況に強引に突き落とされてから、大人にならなくちゃ、って思いが、頭の片隅にずっとこびりついていた。

でも……こんなの、大人でもなんでもない。

好きな人への素直な想いを塗りつぶしてまで、背伸びする必要なんかなかった。

どうして、忘れかけてしまっていたんだろう。

ごめんね、結良。

ちゃんと今度こそ、私から……伝えにいかなきゃ。

「ごちゃごちゃ悩まずにさ、ちゃんと好きって伝えてやってよ。純度百パーセントの気持ちで」

「あはっ、うん。純度百パーセントの気持ちで。……ありがとう、和田くん」

「どういたしまして。やっと、らしい笑顔になったなあ」

和田くんは両手を頭の後ろで組んで、さわやかにほほ笑んだ。

それから立ち止まって「ほら」と、下りたばかりの階段のほうをくいっとあごでさした。

いますぐ結良のもとへ戻れと、促すように。

「善は急げ、でしょ？」

「和田くん、本当にいいやつだね」

「そりゃあ、けなげな友だちのためだからね」

冗談まじりに言い、ひらひらと手を振りながら生徒玄関のほうへ歩き出す和田くん。

そんな彼に心の中でもう一度お礼を繰り返してから、私は階段を引き返した。

一階から三階まで、いっきに駆け上がる。

つらくない。部活で体力をつけていたことが功《こう》を奏《そう》した。

帰っていく生徒たちの流れに逆らって、結良の教室へ向かう。

息を切らしてたどり着いた教室のドアから、中を見渡したけれど。

……彼氏の姿は、そこに見当たらなかった。

「あの……っ、結良、帰っちゃった⁉」

教室に残っていた男の子に、息を整えるより先に尋ねた。

「え、いや、帰ってはないかと……。でもさっき、女子に『静かなところで教わりたい』って、連れてかれてましたけど」

男の子は私の気迫《きはく》にちょっと引いたのか、よそよそしい敬語で教えてくれた。

誰に連れていかれたかなんて、考えなくたってわかる。

「ちなみに……どこに行ったかは、わかる？」

「いや、それは……」

申し訳なさそうに首をかしげる彼に、「そっか……。ありがとう！」と笑い、廊下を引き返した。

静かなところって言ったら、図書室とか……空き教室、とか？

「…………」

頭に浮かんだ場所へ向かおうとしていた足が、ぴたりと止まる。

いまさら行ったら……あの女の子の勉強の邪魔《じゃま》になっちゃう、よね。

結良に好意を持っていそうだったとはいえ、困っていたのは事実だろうし。

決心が揺らぎそうになって、私は慌てて首を振った。

……大丈夫、大丈夫。

いますぐじゃなくたって、大丈夫だ。

そうだ。今夜、電話してみよう。

諦めずにちゃんと、君に伝えるよ。

だからお願い。待ってて、結良——。


その日の夜、お風呂に入ったあと自分の部屋に上がって結良に電話をかけた。

時刻は午後九時過ぎ。

いつもなら机に向かって勉強している時間だ。

ベッドの端に座ってどきどきしながらスマホを耳に当てていたけれど、いっこうに結良が電話に出てくれる気配はない。

あれ……。タイミング悪かったかな。

留守電に切り替わる前に一度切って、改めて電話をかけてみた。

繰り返される無機質なコール音に耳をそば立てていると、こんこんこん、とドアがノックされた。

慌ててスマホを耳から離すと同時に、がちゃっとドアが開かれる。

「……なにしてるの？」

私の洗濯物を抱えたお母さんが、ベッドに座っている私を見て静かに言った。

「返事、してないのに、開けないでよ……」

電話をキャンセルして、平静を装って注意した。

冷や汗が背中を駆けて、思わずお母さんから顔をそむける。

険しい表情というわけではないけれど、どことなく訝しむ視線を向けられているように感じたから。

「ごめんね。勉強はしてるの？」

「……これから、するから」

「そっか。……頑張ってね。服ここに置いておくからね」

クローゼットのそばに洗濯物を置いて、あっさりと部屋から出ていくお母さん。

それを見送った私は、ばたんとドアが閉まったあと重い息を吐きだした。

疑われた、かもしれない。

本当は勉強する気がないんじゃないかって。

なにも言われなかったけれど、だからこそお母さんの考えていることがわからなくて、心臓がいやな音を立てる。

私の言葉をちゃんと信じてくれたのかなって、不安がよぎる。

なんで……こんな気持ちに、ならなくちゃいけないんだろう。

なんだかとても泣きそうになって、ぎゅう、とひざの上で強くこぶしを握った。

そのとき手の中のスマホから着信音が流れだして、ぱっと結良の名前が画面に表示された。

すぐに折り返してくれてうれしいはずなのに、さっきお母さんに責められたように感じてしまったせいで、スマホを手に持っていることに罪悪感が湧いてきて。

けれど出ないわけにはいかないから、うまく動かない指で通話ボタンをタップしたあと、ゆっくりと、スマホを耳元に近づけた。

『もしもし?』

優しい声が鼓膜を揺らして、また涙が出そうになる。

なんて、弱いんだろう。

『ごめん、着信気づけなくて。どうしたの?』

「あの、ぇっと……。今日の放課後、あのあとまた結良の教室に行ったんだけど、結良いなくて……」

いや、こんなことは話さなくたっていいことだ。

結良と電話するのも久しぶりで、耳のすぐそばから聞こえてくる声がくすぐったく思える。

懐かしさすら覚えて、そっと目を閉じて結良の声に耳を澄ませた。

『ああ、ごめん。あのあとすぐ、静かなところに行こうって、図書室につれていかれたから』

「そう、だったんだ」

男の子から聞いたときはただ事実を伝えられた程度の認識だったけれど、実際に結良の口から知らされると、そのときのことを想像してしまって。

思わず返事が、固くなってしまった。

違う……。嫉妬したくて、勇気を出して電話したんじゃないのに。

「ねえ、結良」

これからお昼休み、いっしょに過ごしたい。

単刀直入にそう切り出すつもりでいたけど、声を聞いていたらやっぱり顔を見て言葉を交わしたいと思った。

だってきっと、私がそう言ったら……結良はうれしそうに笑ってくれるでしょ？

「明日、ちゃんと逢って話がしたい」

緊張をにじませた声で精いっぱい伝えたら、しばしの間沈黙が落ちてきて。

『明日の、いつ？』

「できるだけ、早く……っ、がいい」

お昼休み……なんて、待ちきれない。

絶対午前中の授業に身が入らなくなる。

会話を続けるたびにどんどん気持ちが込み上げてきて、早く逢いたくてたまらなくなった。

その優しい声を、直接、聞きたい。

私にだけ向けてくれる表情を、この目に映したい。

逢いたい、逢いたい。

……逢いたい、早く。

君に逢って、好きってちゃんと、伝えたい。

『明日……だったら、たしか朝練なかったよね』

「うん。毎週木曜日は、放課後練だけ」

『じゃあ、いつも通り、朝練のある時間に待ち合わせる？』

……好き。

どうしようもなく、好きだ、と思った。

できるだけ早く、と言ったら、本当に朝早くに逢おうって返してくれる。

そんな結良が……好き。

誰より、なにより、好きだよ……。

『俺も早起き頑張るから』

電話越しにほほ笑んでくれているのがわかる、柔らかな声。

心臓が、きゅう、と強く締めつけられて、涙まで浮かんできた。

欠けていくばかりだった幸せの表面が、結良と話すことによってゆっくりと修復《しゅうふく》されていくのを感じる。

なんでだろう。

どうして結良はいつもいつも、こんな私に幸せをくれるの?

私の都合で振り回してばかりなのに、それでも変わらずにいてくれる。

こんなにも優しい人に、私はこれからちゃんとまた、返していけるだろうか。

『それでいい?』

「っ……うん」

『……泣いてるの?』

「ううん、大丈夫。ごめんね。……っじゃあ、明日の朝七時半に」

結良のことが心から好きだって改めて再認識して、思わず泣いちゃったんだよ。

なんて気はずかしくて言えないから、見えない相手に軽く首を振って笑った。

早朝の約束を交わしたあと、静かに終わった通話。

私はゆっくりと息を吐きだしてから、さっきまで結良とつなげてくれていたスマホをそっと胸に抱きしめた。

明日……優しい君にちゃんと、私のありのままの気持ちを伝えよう。


次の日の朝。

朝練のある日より心持ち早い時間に設定しておいた目覚まし時計が、六時十五分にアラームを奏でた。

普段から寝起きは悪くないほうだけど、今日はことさら目覚めがいい。

浮ついた気分で制服に腕を通し、鞄を持って一階に下りた。

リビングのドアを開けると、ソファーでコーヒーを飲んでいるお父さんと、キッチンで朝食の準備をしているお母さんがいた。

……あ。

心の中でそうつぶやくのと、お父さんが私に気づくのは同時だった。

「おはよう。今日は早いな」

「うん……おはよう」

出勤時間が日によって変わるお父さんとは、入れちがいになることのほうが多いから、こうして早朝に顔を合わせるのはめずらしい。

お父さんの言葉を聞いてか、お母さんが少し驚いたようにキッチンから顔をのぞかせた。

「あれ。今日は木曜日だから、朝練ないでしょ？」

「あっ……そう、だっけ」

失敗した。

朝練のない日なのに早い時間に家を出るうそを用意していなくて、とっさにとぼけてしまった。

とたんに、浮上していたはずの心がゆっくりと降下していく。

「せっかく早い時間に起きたんだから、勉強したらどうだ？」

ほら……言われると思った。

提案の形に化けた、当然のような命令だ。

コーヒーを飲み干しながら予想通りの言葉を吐いて、お父さんはお母さんに空になったマグカップを渡した。

「朝のほうが勉強ははかどるもんだよ。お父さんも朝型だったから」

「そうなんだ」

「朝は暗記ものがいいな。英単語でも覚えておきなさい。……じゃあ、行ってきます」

言いたいことだけ言うと、鞄をつかんでさっさとリビングを出ていったお父さん。

私はドアの近くで立ち尽くしたままうつむく。

お母さんがお父さんのあとを追いかけ、玄関先で「行ってらっしゃい」と見送る声が聞こえてきた。

玄関ドアが閉まる音のあと、戻ってきたお母さんはまたキッチンへ向かいながら。

「朝ごはん、どうする？　勉強してからにする？」

勉強すること前提の質問を、こともなげに投げかけてきた。

揃いも揃って、まるで私の心を叩き落とそうとしてるみたい。

お父さんもお母さんもそんな自覚はないだろうから、余計に空しくなる。

吐き出しかけたため息を噛《か》み、ソファーのそばに鞄を放った。

思いのほか乱暴な音がして、お母さんがこちらを振り返った。

「朝ごはん、食べる」

「そう……わかった。そのあとでちゃんと勉強するのよ？」

「………」

私の意思と関係なく勉強が確定事項となったことに嫌気が差した。

返事はせずに黙ってリビングを出て、洗面所へと向かった。

鏡に映る私の表情は、起きた直後の晴れやかさとは打って変わって曇天《どんてん》そのもの。

……こんな顔で、結良に逢いたくない。

そう思う反面、こんな顔を見たらきっと結良は『なにかあったの？』って私の心に優しく寄り添ってくれるんだろうな、と甘えた考えを抱いた。

やっぱり逢いたい。

早く、逢いたい。

結良、結良……結良。

いつだって私の心は、それぱっかり。

ぜんぜん時間がとれなくたって、ううん、逢えないからこそ、気持ちはもっと強くなっていく。

結良は友だちよりも親よりも、誰よりも……私の心の大部分を占める存在だから。

「……結良」

いまではもう唇になじんだ名前をぽつりとつぶやいて、気分を切り替えるように冷たい水で顔を洗った。

朝ごはんを食べ終えて身支度を完全に済ませた私は、鞄を持って玄関へと急いだ。

すると案の定、それに気づいたお母さんが追いかけてくる。

「もう出るの？　勉強は？」

「学校でやる」

「受験勉強は家でやるほうが集中できるって言ってたよね？」

背中に投げられる言葉たちに、ローファーを履きながら、おなかのあたりで渦巻《うずま》いていたものがゆっくりと喉もとまでせり上がってくるのを感じた。

ああもう、本当に。

……うるさいなあ。

口を開けば勉強勉強って、将来のためなら学校生活はないがしろにしたっていいってこと？

私にだって、いま、やりたいことがたくさんあるのに。

「……お父さんもお母さんも、私の気持ちなんか、ぜんぜんわかってくれないよね」

ぽとっ、と小さな声で吐露《とろ》した不満は、自分で思うよりも低く震えていた。

大切に育ててきてくれたことはわかってる。

与えてもらった恩なんて数えきれないことも、わかってる。

勉強しろって口酸っぱく言うのも、私自身が志した夢を実現させることを心から願っているからこその、優しさなんだってことも。

でも私にとっては将来と同じくらい……ううん将来以上に、いまを大切にしていたい気持ちだってあるんだよ。

二年に上がって間もない頃は、『受験勉強しなさい』って言われても不快に感じることなんてなかった。

日頃から勉強を習慣づけていれば、受験以前にいまの成績だって上がっていくと思っていたし、事実そうだった。

だけどその結果、両親の期待は大きくなって。

つねにさらに上を望むことが、当たり前になっていって。

私が家の中で少しでも自由な時間を過ごしていると、必ず勉強をせっついてくるようになった。

それが娘の負担になっているなんて……夢にも思わずに。

「ふたりは、どれだけ私を苦しめてるか、気づいてくれない……」

私を想ってくれているお母さんをきっと傷つけることになると知っていて、わざと選んだ、少しだけ大げさな表現。

「やりたいことやる権利くらい、私にだってあるんだよ……！」

お母さんの顔は見ずに吐き捨てて、がちゃっと玄関ドアを開けた。

私の名前を呼ぶ声が背中に飛んできたけれど、構わず家を出た。

ポケットの中から鍵を取り出して、自転車の鍵穴《かぎあな》に差し込むと、鞄をかごに入れる。

むしゃくしゃした気分を振り切るように自転車に飛び乗って、力いっぱいこぎだした。

心臓が、どくどくと怯えるように早鐘を打っている。

気持ちが落ち着かなくて、ハンドルをぐっと強く握りしめた。

親に対してあんなふうにはっきりと不満をぶつけたのは、はじめてだった。

感情的になってしまったけれど、怒り一色であんなことを言ったわけじゃない。

勉強がいやになって、放りだそうとしているわけでもない。

ただ少しだけでもいいから、言葉で伝えて、お母さんに私の気持ちを理解してほしかった。

帰ったら……ちゃんと謝るから。

勉強だって今夜ちゃんとやるから。

でもそれまでは、わがままな子どもでいさせてほしい。

まだ朝の七時前というのもあって、行《ゆ》き交《か》う車はないに等しい。

もともと交通量の少ない車道を、風を切って走る。

家の近くの交差点まであと十数メートルというところで、タイミングよく、信号機が青から黄色に切り替わるのが見えた。

このままのスピードで進んでいけば、交差点に差しかかる手前で歩行者用の信号は青になる。

そう判断した私は、速度をゆるめることなく自転車をこいだ。

いつもとなんら、変わりなかった。

判断だって間違っていなかった。

ただタイミングは、いいどころか最悪だった。

たった、それだけ。

交差点を突っ切ろうとしたとき、住宅で死角になっていた右側から、急激にエンジンの轟《とどろ》く音が接近して。

そちらに顔を向けた次の瞬間——あきらかに制限速度をオーバーした車が、自転車に乗った私を勢いよく跳ね上げた。

容赦《ようしゃ》なく全身を襲った衝撃に、呼吸の仕方を忘れる。

脳の情報処理がまるで間に合わないまま、ハンドルから手が離れ、体は鞄といっしょに宙を舞っていた。

ただの一瞬が、限りなくスローモーションになる。

静かな区道に響き渡る甲高《かんだか》いブレーキ音が、鼓膜を裂《さ》く。

水風船が破裂したかのように、記憶は洪水《こうずい》を起こす。

走馬灯《そうまとう》のごとく脳内を駆けめぐる思い出たちの向こうには、いま誰より求めている人との、幸せな未来があった。

あと数十分後には実現するはずだった、ほんの少しだけ先の夢。

叶えたくて、手を伸ばした。

つかんで、離したくなかった。

せめて指先だけでもいいから、触れたかった。

けれど激痛で力の入らない手はあまりにも、頼りなくて。

心の底から望んだ未来に届くことはなかった。
誰より大切な君との約束を果たせなかった、早朝のこと。

# 運命にとらわれる

「起きて、ひかり。今日から新学期だよ」

大好きな優しい声が、私の意識を引き上げる。

前髪を撫でられる感触にゆっくりとまぶたを開くと、自分の部屋の天井が視界に映りこんだ。

木目調のそれをただぼう然とながめながら、はあ……っ、と吐き出した息の荒さに、自分が苦しさを感じていたことを自覚した。

ずっと喉もとを圧迫されていたかのような……ひどい気分。

「うなされてたけど、大丈夫？　……あ、ちょっと熱もあるみたいだね」

気遣わしげに私の額から手を離し、顔をのぞき込んできたのは……。

「おかあ、さん……っ？」

「え？　お母さん？」

かすかに震えた声で呼ぶと、少しおかしそうに笑って聞き返された。

あれ……。お母さん？　お母さん、じゃない？

そうだよ、違うよ。

〝お母さん〟じゃなくて、私はずっと〝ママ〟って呼んでいたんだ。

じゃあ、それじゃあ、ママのことを〝お母さん〟と呼んでいた〝私〟は、誰？

あの痛くて苦しい出来事は全部……夢だったの？

寝起きのせいもあって混乱がおさまらず、起き上がった私は枕もとに置いてあったスマホをつかんだ。

ロック画面には、見慣れた西暦と日付が表示されていた。

「まあたしかに、高一にもなって〝ママ〟はもう幼いかもしれないね」

そっか。私……いま、高校一年生なんだ。

二年生じゃない。まだ一年、経ってない。

そうだよね、思い返してみても二年生に進級した記憶なんてない。

じゃあやっぱりあれは……ただの夢？

「これからはお母さん、お父さんって呼ぶ？」

笑いを含んだ口調で提案するママにはっとして、とっさに首を振った。

「や、やだ……っ」

「あれ、いやなの？　もう、いつまでも子どもじゃないんだよ？」

ママは眉を下げて困ったようにほほ笑んだけれど、私は頭の中を支配する夢に、いまにも意識を引きずり込まれそうで。

そんなことっ、言わないで。子どもじゃないなんて、言わないで。

大人にならなきゃ、なんて……思わせないで。

現実と夢の境目《さかいめ》があやふやで、はっきりと見えない。

夢なのに、ただの夢で終わったはずなのに、痛みや苦しみをすべて鮮明《せんめい》に思い出せてしまう。

二年生の二学期、将来を見据えた受験勉強、一年生の二学期から入った部活。

うんざりするような両親からの干渉、思うようにとれない好きな人との時間。

そして……。

果たせなかった、好きな人と電話で交わした早朝の約束。

思い返したとたん、ぞわっと身の毛がよだった。

恐怖に体がすくんで呼吸が浅くなって、布団の上に置いた指先が小刻みに震えだす。

そんな異変に「ひかり？」と目を見開いたママの姿が、あふれだした涙でみるみるにじんで。

私は思わずすがるように手を伸ばして、ママに抱きついていた。

「まま、ママっ……」

「どうしたの、ひかり」

びっくりしながらも私の背中に片腕を回して、頭を撫でてくれるママ。

優しくてあたたかい大好きなママの体温。

なのに、心の中はこんなにもぐちゃぐちゃに乱されたまま。

まぶたの裏でしつこく投影《とうえい》される夢の記憶をかき消したくて、ぎゅっと強く目をつぶった。

なにかを訴えるみたいに、がんがんと頭痛がする。

い、やだ……っ。あんなの、うそだ。

現実じゃない。ただの、夢だよ。

そう思ってるのに、そうわかってるのに、やけに生々しく脳裏に刻みつけられていて。

まるで、本当のことのような。

あれは現実に起こるとはじめから約束されたことなんだとでも、言うかのような。

――ただの、夢なんかじゃ、ないんだって。

そんな根拠のわからない気味の悪い確信が、心をさいなんでいる。

「怖い夢でもみた？」

「っ、うん……」

「ふふ、ちっちゃい子じゃないんだから。大丈夫だよ、ね。泣かないで、ひかり」

落ち着かせようとしてくれるママのなぐさめを、本当に信じられたらどんなにいいだろう。

いつもなら安心できる穏やかな声なのに、いまは近い未来が怖くて仕方がなくて。

もう二度と思い出したくないのに、絶対に忘れてはいけない気がして。

甘えるようにママにしがみつく腕の力を強めて、震えを必死に抑えた。


熱があったので始業式は欠席して、念のためかかりつけの病院で診《み》てもらった。

私の体は免疫抑制剤という薬を毎日服用しているせいで免疫機能《めんえききのう》がずっと低下した状態だから、風邪なんかの感染症には人よりも注意が必要だし、少しでも体に異常があれば病院に行くことになっている。

微熱《びねつ》でもすぐに診てもらうのは、ちゃんと安心したい、というママの気持ちもあるから。

診察をして発熱がウイルス性の症状ではないことがわかり、帰宅してから、伊折くんにメッセージを送った。

伊折くんには、朝のうちに休むことは伝えておいた。

送信して数分後、【お見舞い行こうか？】と、うれしすぎる返信が来たけれど。

どうしても夢のことを思い出してしまって……。

いま伊折くんと顔を合わせるのは、とてもじゃないけどためらわれた。

【ありがとう！　でも大丈夫。ごめんね】

【わかった。お大事に】

当たり障りない返信で終わったけど、きっと不思議がられたと思う。

だっていつもの私なら絶対に喜々として、来てほしい、と返していただろうから。

夏休み中は一週間に一、二回くらいのペースで伊折くんと逢っていたものの、私がそんな回数で足りるわけがない。

今日は金曜日だから、次に学校で逢えるとすれば来週の月曜日だ。

ようやく学校が始まったというのに、休まなくちゃいけないなんて。

……いつもの私だったらそう、間違いなく悲しみに暮れていた。

ううん……いまだって、悲しい。

逢いたくてたまらないよ。

声が聞きたいし、顔が見たいし、好きって伝えたいよ。

だけど、いま逢ったら……伊折くんを見た瞬間に、涙が止まらなくなってしまいそうで。

いろんな感情が一度に押し寄せて、呑まれて、つぶされてしまいそうで。

とても笑顔で想いを伝えられそうに、ない。

「結良……」

伊折くんのことを思い出しただけで、じわり、と涙が込み上げた。

小さくかすれた声で、夢の中で呼んでいた名前をぽつりと口にしてみる。

伊折くんから過去の話を聞いた日に、はじめて声にのせた名前。

けれど照れくささもあり、それからも〝伊折くん〟呼びからなかなか抜け出せず、ずっと名字で呼んでいる。

そのせいか、久々に紡いだ好きな人の名前は、やっぱり少しぎこちない響きだった。

……夢の〝私〟はあんなに、自然に呼べていたのに。

夢では……。

「……っ、いやだっ……」

また鮮明によみがえってきた苦しさに、声が震えた。

涙が目尻からこぼれて、両手で目もとを強く押さえつける。

予知夢《よちむ》だとか、正夢《まさゆめ》になるだとか、そんな非現実的な考えを本気で抱いているわけじゃない。

実際に現実で起こることだなんて、とうてい思えない。

一年後にあんな未来が待ってるなんて、絶対に思いたくない。

考えたくない。信じたくもない。……絶対に、いやだよ。

なのに、じゃあどうして私は、ただの夢だと割り切ることができないの？

どうしてだろう。

これじゃあまるで——夢に、心をとらわれてしまっているみたいだ。


体温はお昼を過ぎると平熱に戻っていた。

始業式も終わっている頃だろうし、伊折くんに電話したいな、と幾度となく思ったけれど、肝心《かんじん》の勇気が出なかった。

でも、来週にはきっと学校に行けるから。

伊折くんに逢える。……早く、逢いたい。

だけど、明るい気持ちで目を合わせられる気がしなくて、こんな精神状態のままで逢うのは、怖い。

そんな相反《あいはん》した気持ちに心を右往左往《うおうさおう》させながら日中を過ごして、パパが帰ってきた頃にようやく、リビングに下りた。

いつも通りに親子三人揃って夕食の席につく。

「ひかり、体調はもう大丈夫なのか？　パパ心配で気が気じゃなかったよ」

ママから連絡をもらっていたらしいパパは、卵とわかめのスープをひと口飲んだあと、不安そうに私を見つめた。

ママもそうだけれど、ひとり娘でしかも昔から心臓の弱かった私のことを、パパは過保護と言えるほど大切にしてくれている。

それは、同情や憐みなんてどこにも混じっていない、どこまでもあたたかな愛情。

だからこそこれ以上心配をかけてしまうのも忍びなくて、私はパパににこっと笑いかけた。

「もうすっかり元気だよ、パパ。月曜日はちゃんと学校に行くね」

「無理はしちゃだめだぞ？　ひかりは頑張り屋さんだからなあ」

こんなふうに甘やかすような言葉をかけてくれるパパの優しい笑顔に、あの夢の面影はない。

夢の中でのパパ……〝お父さん〟は、〝私〟の心情を気遣うそぶりなんてまるで見せなかった。

でもだからと言って冷たいだとか、そんなふうに感じたわけじゃなかった。

ちゃんと娘の将来を親として考えてくれていたことは、伝わって、いた。

「……ひかり？」

だめだ……。まただ。気がゆるむと、すぐ。

あの夢を思い出すたびに苦しくなって、じわじわと涙が浮かんできてしまう。

目ざとくそれに気づいたパパから涙を隠すように、私はぎゅっと目をつぶって笑った。

「パパは心配しすぎなのっ。私はもっと頑張らなきゃだもん」

「うん、その通り。ひかりさん、勉強はもうちょっと頑張りましょう」

ママの冗談めかして口にした〝勉強〟という言葉に、どくん、と心臓が大仰に脈打った。

とっさに「えへへ」って軽い調子で笑い返してみたけど、うまく笑顔をつくれていたかはわからない。

「ひかりの成績、平均くらいだもんなあ。でも偏差値の高い高校だし、しょうがないんじゃないか？」

「しょうがなくないよ、入学した頃からあきらかに点数が下がっちゃってるし。せっかくたくさん頑張って受験に合格したのに、このままどんどん落ちちゃったら、夢も遠ざかっちゃうよ？」

……ゆ、め。

意識して夢の記憶を頭から追い出そうとしているのに。

焦げ跡みたいに心の内側にこびりついて、ぜんぜん消えてくれない。

沈んだ表情で黙り込んでしまった私を不思議に思ったのか、ママは首をかしげた。

「ひかり、小児科のお医者さんになりたいって幼い頃からずっと言ってたでしょ？」

あ……そっか。将来の夢。

そっちの夢……。

「お医者さんになるなら、やっぱり学力は大事だしね」

「そうだなあ。志望校も早めに考えておくべきかな」

「もし勉強に身が入らないんなら、塾に通うのも……」

ぐるぐるとふたりの会話が脳内を駆け回って、だんだん夢の中で聞いた、おぼろげな両親の声と重なっていく。

どくどくと鼓動が速くなって、冷や汗が噴きだすような感覚に襲われた。

たぶん、いつもなら私も進んで会話に参加していた。

ふたりとも私の進路についていっしょに考えてくれてるんだって、素直にうれしい気持ちになっていた。

だってママの言う通り、私は幼い頃からずっと、医療系の——できれば小児科で働くお医者さんに、なりたいと思っていたから。

それを当時の担当医のサクラ先生に打ち明けたら、『もしひかりちゃんといっしょに働けたら、先生すごくうれしいよ』と笑顔で言ってくれたのを、いまでも覚えてる。

実現できる保証はなくても、自分にできる精いっぱいの努力をしようって、そう思っていたんだ。

そんな私の気持ちを知ってるからこそ、パパもママもこうして親身になって考えてくれている……のに。

「ごめ、……ん。やっぱりまだ、ちょっとしんどい……」

たった一度みただけの夢に、こんなにも心をかき乱されてる。

あの夢を思い出すたびに痛みや苦しみがよみがえってきて、自分が自分じゃなくなるような感覚にさいなまれる。

心から望んでいたはずの未来が——怖くなる。

「えっ、大丈夫？　ごはん、食べられない？」

「もしかしてまた熱が上がってきたんじゃ……」

純粋に心配してくれる両親に、泣きたい気持ちで「ごめんね、ごちそうさまでした。部屋に戻るね」と力なく笑い、席を立った。

逃げるように部屋に上がってから、ベッドの上に放置していたスマホの通知ランプが点滅していることに気づいた。

スマホを手に取った私はベッドの端っこに座り、通知をタップしてメッセージアプリを開く。

【ひかりちゃん、調子どう？】

十数分前に届いていたそのメッセージの送り主は、和田くんだった。

伊折くんからじゃなかったことに、寂しい気持ちとほっとする気持ちが半分ずつ、私の中を占領する。

複雑な心境のまま【もう熱も下がって、元気だよ】と、語尾に笑顔の絵文字を付けて送った。

すると二分後に既読がついて、返信が来る。

【よかった。月曜日は学力テストあるからね】

【あ、そっか、忘れてた！　夏休み明け早々テストとかやだなあ】

【でも、伊折には逢いたいでしょ？】

反射のように【逢いたい！】と入力して送信ボタンを押したあと、小さく唇を噛みしめた。

……逢いたいよ。逢いたいに、決まってるよ。

だけどいまは、伊折くんのことを考えるだけで、こんなにも苦しくなる。

【でも、逢うのがちょっと、怖いの】

少し迷ったけれど、指先はゆっくりと文字をつづり、本音を送信していた。

【なんで？　なにかあった？】

【うん……。ちょっと、聞いてもらってもいいかな？】

きっと打ち明けても、たかが夢で、なんて笑い飛ばしたりしない。

私が本当に悩んでいるとき、和田くんはいつも真剣に考えてくれるから。

【友だちの相談なら、いくらでも聞きますよ】

数秒後返ってきたのはやっぱり、いまの私にはありがたい、優しい言葉だった。


次の日の午後、学校近くにあるショッピングセンターのフードコートの一角。

カウンター席でカフェラテを飲みながら、和田くんがやってくるのを待った。

昨夜、夢の内容をおおまかに話していたら、途中で【待って。それ、逢ってちゃんと聞きたい】とすぐにさえぎられてしまって。

急きょ、和田くんの部活のあとに待ち合わせて話そう、ということになった。

カップを手にしながら、目の前に広がる外の様子をぼうっとながめていたら、横から声がかかった。

「ひかりちゃん、お待たせ」

そちらを見れば、部活の練習着姿で少しだけ息をあげている和田くんが立っていた。

もしかしたら走ってきてくれたのかな。

「ごめんね、ちょっと遅くなっちゃって」

「ううんっ。部活、お疲れさま」

サッカー部員らしき男の子たちが自転車で帰っていくのがここから見えたから、そろそろ来る頃かなと思っていた。

すぐ横の椅子に置いていた鞄をどけると、和田くんはスポーツバッグを下ろして「ありがとう」とそこに座った。

はあ、と呼吸をしっかり落ち着けたあと、和田くんはとなりからまっすぐな瞳をこちらに向けてそう言った。

「……それで、さっそくだけど。ひかりちゃんがみた夢、詳しく教えて」

私の抱えている悩みを、真剣に聞こうとしてくれている和田くん。

……でも、なんだか切羽詰まっているようにも見える。

そんな彼の様子にわずかに引っかかりながらも、私は夢の内容を詳しく教えた。

家で顔を合わせれば勉強をせっついてばかりの両親に、うんざりしていたこと。

放課後に〝結良〟を誘いに行ったけど、素直になれずに逃げてしまったこと。

和田くんから背中を押されて、〝結良〟と電話で早朝に逢う約束をしたこと。

次の日の朝、〝お母さん〟に思わず心ない言葉をぶつけて、自転車で学校に向かう途中……車に跳ねられてしまったこと。

思い出すたびに込み上げそうな涙を抑え、「そこで目が覚めたの」と最後まで伝えると、和田くんは眉をひそめて視線を落とした。

「それ、って……」

思いつめるような表情でつぶやくと、うつむいてしまった和田くん。

その横顔が少し青ざめている気がする。

どうして……そんなに、苦しげな顔をするんだろう。

和田くんがまるで自分のことのように表情を曇らせるから、なんだかこちらのほうが心配になってきてしまう。

「あの、和田くん……？」

「……ひかりちゃん」

顔を上げた和田くんはまた私を見据《みす》えて、けれどどこかためらっているみたいに瞳を揺らして。

「それは……違うよ」

「え？」

「それは絶対に、ひかりちゃんの未来じゃないよ」

震えを抑えるように強い声で、和田くんはきっぱりとそう断言した。

「ひかりちゃん、自転車通学じゃないし。それにひかりちゃんが伊折に、素直に自分の気持ち伝えられないとか、絶対ありえないでしょ」

この夢が現実になるなんて、私も本気で思っていたわけじゃない。

けれど迷わず言いきってくれた和田くんの言葉はたしかに心の支えになって、知らないうちに込めていた肩の力がすっと抜けて、うっかり涙が出てきそうになった。

そう……だよ。そうだよね。

いま思えば、夢の中での両親の顔も、私のママやパパとは違っていた気がする。

〝私〟はあまりふたりの顔を見ないように会話していたから、はっきり思い出せないけれど……。

ただの夢なんだから、私は未来を怖がる必要なんてないんだ。

……なのにどうして、和田くんの表情はずっと、固いままなの？

「……ほんとは、さ」

それから考え込むようにしばらくのあいだ黙りこんでいた和田くんが、再び口を開いてつぶやきを落とした。

「俺、ずっと前から考えてたんだ。でも、そんなことが都合よく起こるわけないよなって……確信までしてなかった」

「え……。なに、を？」

「……ひかりちゃんさ、夏休み、伊折と墓参りに行ったんだよな？」

突然脈絡《みやくらく》のない確認をされて、戸惑いながらもうなずいた。

伊折くんから聞いたんだろうけど、どうしていまそんな話をするんだろう。

「伊折、ミクル先輩の墓になに供えてた？」

不思議に思いながらも、和田くんの問いかけに夏休みのことを思い出す。

伊折くんの部屋でミクルさんとの過去を聞いて、お祭りの前に行ったミクルさんのお墓参り。

『毎月これだけはかかさず置いてるんだよ』って、そう教えてくれた伊折くんが、お花といっしょに途中のお店で買ったお供え物は……。

「——カフェラテ、だったよ」

ミクルさんが大好きだったらしくて、そのとき私は『私と同じなんだね』って返した。

中学生なのにやっぱり大人っぽい人だったんだなあ、なんて印象も強くなった。

「そうだよ。ミクル先輩はカフェラテが好きだった」

「それが、どうしたの……？」

「ミクル先輩については、ひかりちゃんもだいたい伊折から聞いてるよね。勉強のプレッシャーがあったこととか、バスケ部のエースだったこととか」

「え？　うん……。和田くんも知ってたの？」

「俺はミクル先輩が亡くなってから、伊折から聞いた。伊折もだいぶふさぎ込んでたから、ちゃんと吐きだしてほしくて。ずっとそばで見てたから……ふたりのことはたぶん、俺がいちばんよく知ってる」

テーブルの上で軽く指を組んだ両手に視線を向けているけれど、その横顔は途方もないほど遠くを見つめているように思えた。

きっといまの和田くんの瞳に映っているのは、伊折くんとミクル先輩の過去。

少しずつ距離を縮めて、付き合いはじめて、でもすれ違いが多くなって……そして。

——あ、れ？

どくんっ、と心臓が強く、訴えるように脈打った。

「ミクル先輩は、引っ越しで中一の夏休み明けに転入してきたらしくてさ。部活にも途中から入部したんだ」

そっと薄い息を吐くように、和田くんはミクルさんの話をする。

そういえば……伊折くんも、そのようなことを言っていたっけ。

ミクルさんのために、医大付属高校のそばに引っ越してきたんだって。

それって、中学一年生の夏休みのことだったんだ。

「なのに、二年ではもうバスケ部のエースになって。ミクル先輩は運動神経抜群《ばつぐん》だったんだよ。しかも成績も良くて、定期テストの順位は毎回一位だったんだって。両親から与えられるプレッシャーに不満はあったけど、反発したいわけじゃなくて、大きすぎる期待になんとか結果で応えなきゃって必死だったらしい。……小児科医になる夢を応援してくれてるから、って」

「小児科、医……」

ミクルさんも……私と同じ夢を、持っていたの？

目を見開いたのは、いくつもの偶然の一致に驚いたからじゃ、ない。

ずれていたピースが少しずつ重なっていくような、妙な感覚があったから。

「ミクル先輩が亡くなったことがはっきり〝判定された〟のは、十月九日だったけど。交通事故に遭ったのは……九月二十四日。ずっと昏睡状態《こんすいじょうたい》で、伊折は毎日放課後にミクル先輩のお見舞いに行ってた」

不思議なくらい、周りの喧噪《けんそう》が聞こえてこない。

ただ和田くんの声だけが私の耳に届いて、脳に沁《し》み込んでいく。

どうしてミクルさんの話をしはじめたの、なんて疑問は、もう口にはできない。

「ミクル先輩と接触した車の運転手はあの朝、会社に遅刻しそうで急いでたんだ。早朝だったから車の通りもぜんぜんなくて。赤信号に無駄な足止めをされたくなくて、前の信号が青から黄色になった瞬間、一気に速度を上げた。でも、ぎりぎりで赤信号を突っ切って——」

脳裏によみがえるのは、夢の中の光景。

〝私〟はあの朝、車道側の信号が黄に切り替わったのを確認して、自転車をこぐ速度をゆるめず走っていた。

このままのスピードで行けば、タイミングよく目の前の信号が青になると思って。

「……車はそのまま、信号が青になってすぐ交差点に出たミクル先輩を、自転車ごと跳ねた」

和田くんから聞かされる、三年前起こった交通事故の詳細。

それを確かになぞって映し出された、私がみた夢の内容。

呼吸の仕方を、忘れた。

そうまるで、夢の中で車に跳ねられた、あの瞬間のように。

あの鮮烈な傷のような夢は、予知夢でも、ましてや正夢でもなくて。

私の知らない過去に実際に起こっていた、ミクルさんの記憶だったってこと——。

「そんなっ、こ、と……」

そんなことが、ある？

私がミクルさんの記憶を夢にみるなんて、とても現実味のないことが、本当に？

そういえば、以前も不思議な夢をみたことがあったんだ。

伊折くんに元カノさんがいることを知り、ミクルさんの名前をはじめて耳にしたあの日の夜。

夢の中で、伊折くんは悲しげに〝私〟を呼んでいた。

〝私〟は目を開くことも、声を出すことも、体を動かすこともできずに、ただ苦しさにさいなまれながら、小さく震えた伊折くんの声を聞いているだけで……。

もしかしてあの夢も……昏睡《こんすい》状態に陥っていたミクルさんの、記憶だったの？

血の気が引いて、冷や汗が全身から噴き出す。

指先から心臓に向かって、どんどん体温が消え失《う》せていく。

自分が体験したわけじゃない、〝私〟の痛みや苦しみが、心臓を殴るように襲いかかってきて、ぎゅう、と胸元を強くつかんだ。

心臓が、握りつぶされそうで。

呼吸がうまくできなくなる。

これまでも何度か感じてきた、自分が自分ではなくなるような……そう、まるで。

――私の心が、ミクルさんのそれと、深くつながるかのような、感覚。

「わた、しっ……」

あのとき……自分の意と反して、勝手に涙が出てきたんだ。

伊折くんとお墓参りに行って、ミクルさんに逢ったあのとき。

ミクルさんの前で手を合わせて目を閉じた、あのとき。

〝――逢わなきゃ〟

って、伊折くんにいますぐ逢いにいかなきゃって、とっさに考えていた。

伊折くんはずっと、そばにいてくれていたのに。

私は怖くなって、とっさにとなりを確認して……そして、伊折くんの姿を見たとたん。

もっと、涙があふれてきたの。

『……どうしたの?』

驚いた伊折くんに、私は『わかんない』って涙を拭いながら首を振るしかなくて。

すると伊折くんは泣きじゃくる私に触れて、あやすように優しく抱きしめてくれた。

それが苦しくて切なくて、そして、うれしくて……。

ひとりでに涙があふれて止まらなくなるのはいつだって——〝ミクルさん〟に心が触れたときだった。

「どう、して私……ミクルさんの、夢なんて……」

ううん……っ。違う。

だってどうしてなんて、本当はもう、心の奥底ではもう、理解しかけてる。

「赤の他人の記憶を夢にみるなんて……普通なら、あるわけないよね」

諭《さと》すように言った和田くんは、決して私の予想を否定したわけではなくて。

「入学式の日、ひかりちゃん、俺に話してくれたじゃん。入院してたときのこととか、伊折を好きになったきっかけとか、……移植手術した時期とか、心臓病を克服《こくふく》したとたんカフェラテを好きになったこととか。それで俺、まさかと思って、臓器移植《ぞうきいしょく》についていろいろ調べてたんだ」

こんな現実、すんなりと受けとめられるはずがない。

それでもいまこの瞬間も痛いほどに、叫ぶように、鼓動を響かせる心臓が、なによりの真実の証明なんだと。

涙があふれるくらいに、嗚咽が止まらないくらいに、思い知らされた。

「……あのさ、ひかりちゃん」

伊折くんからミクルさんの話を聞いた、あの瞬間。

ミクルさんがいまでも伊折くんへの想いを叫び続けていると、どうしてはっきりとそう思えたのか。

どうしてそれを伝えることが、私の役目だと確信できたのか。

その答えが……わかったよ、伊折くん。

「——記憶転移《きおくてんい》って、知ってる？」

だってミクルさんは、ミクルさんの心臓は。

いまでもずっと、私の体の中で生き続けているんだ——。

# 運命と奇跡の意味

いま思えば、いちばんはじめにミクルさんの心とつながった感覚があったのは、入学式の日だったのかもしれない。

伊折くんの姿を見つけたとたん、電流が走ったみたいに心臓の鼓動が激しくなって、体中が熱くなった。

逢いたくて逢いたくて、仕方がなかった人。

ずっとずっと、恋い焦がれてやまなかった人。

そんな彼が目の前にいることが信じられなくて、どうしようもなく泣きそうになった。

いても立ってもいられなくて、いますぐこの想いを伝えなくちゃ、って彼のもとへ足が向かっていたんだ。

なにかに……誰かに突き動かされるように、〝伝えられなかった後悔をもう二度と味わわずに済むように〟、あのとき私は衝動的に伊折くんに告白していた。

そして……和田くんの口から、はじめてミクルさんの名前を聞いた、あの瞬間。

まるで握りつぶされそうな衝撃を受けて悲鳴を上げるみたいに、心臓の鼓動が耳もとでひどく大きく響いて。

はじめて聞くはずのその名前を耳にしただけで、一気に湧き上がった激情に呑み込まれて、私は気づけば泣いてしまっていた。

理由は、悲しかったから？

切なかったから？

つらかったから？

……ううん。

あのとき私の心を支配していたのは、そのいずれもが当てはまる感情のようで、そして、まったく逆のようにも思えて。

いまならわかる。

きっとあのとき涙があふれ出したいちばんの理由は――うれしさ、だった。

〝結良が私のことをいまでも想ってくれている〟ことを知って、それが、涙が止まらないほど……うれしくて。

『ゆ……』

だから無意識のうちに呼びそうになった。〝結良〟、って。

〝もう二度と自分の声では呼べない〟、心から好きだった人の名前を。

それから……伊折くんの部屋で、ミクルさんの写真を目にしたとき。

はじめてミクルさんの名前を聞いたときと同じ感覚が押し寄せて、知らず知らずのうちに涙がこぼれ落ちていた。

ショックを受けて傷ついたから、泣いたんじゃない。

すごく、うれしかったんだ。

〝結良の心の中にまだ私が残っていた〟から。

それが思い出という形に昇華《しょうか》されていたとしても、〝結良が私のことをいまでも忘れないでいてくれた〟ことが、本当にうれしかった。

だから私は……謝らないでほしかった。

抱きしめていてほしい、と願った。

ずっと大切に想ってきた人のことを、完全に忘れなくていい。

無理に断ち切ろうとしなくていい。

心の中にミクルさんの居場所を残していてほしいって、心からそう思えた。

だってミクルさんはいまでもずっと、私の中で、声にならない声で、伊折くんへの想いを叫び続けていたんだから。

私が笑顔で伊折くんに〝好き〟を伝えるたび、私の中で鼓動するミクルさんは、きっと泣きながら伊折くんの名前を呼び続けていたんだから――。

「記憶転移って、知ってる？」

和田くんの問いかけに、私はしぼり出すような涙声で「……うん」とうなずいた。

記憶転移。たしかに聞いたことがあった。

それはドナーの一部の記憶が、臓器移植を受けた患者であるレシピエントに宿ること。

科学的には証明されていないけれど、臓器提供を受けたあと、患者の性格や嗜好《しこう》が変わったり、実際に体験していないはずの記憶があったり。

そういう現象を、俗に記憶転移と呼ぶ。

想いを伝えられないまま後悔したくないっていう気持ちも、無意識に口にしかけた結良っていう呼び名も、死んでしまった自分をずっと大切に想ってくれていたことへの、息苦しいほどのうれしさも。

すべて……私の中で鼓動している心臓に刻まれた、ミクルさんの記憶であり、想いだったんだ。

どうしていままで忘れていたんだろう。

どうしてすぐに、気づけなかったんだろう。

伊折くんとはじめて出逢った日、彼がお見舞いすると言っていた〝大切な人〟はミクルさんだったんだ。

そして、ミクルさんが亡くなった——脳死判定された、三年前の十月九日は、私が心臓移植手術を受けた日。

偶然じゃない。偶然なはず、ない。

……ミクルさんは、私の中にいる。

私とミクルさんは苦しい運命の果てに、他の誰にも到達できないほど深くで、奇跡のように結びついていたんだ。

好きな人に逢って、想いを伝えたいと、まっすぐに同じ願いを抱えながら。

私はその真実を、どう受けとめればいい——？

「ひっく……うっ……」

貧血状態に陥ったときのように頭が真っ白で、ぎゅっと目をつぶったまま嗚咽を繰り返す。

私がこうして生きている時間は、誰かの大きすぎる犠牲《ぎせい》の上で成り立っていること、痛いほどわかっているつもりだった。

ドナーとレシピエントの個人情報は、お互いに明かされないようになっている。

絶対に知ってはいけないわけじゃない。

ただ……知らないほうが、希望を持ち続けられることだってある。

私は名前もわからない、きっと逢ったこともないドナーの相手に、ずっと感謝していた。

だからいままで通り、いままで以上に、幸せに生きて行こうって心に決めていたんだ。

生きるための心臓を、未来を譲っていただいたからには、私の身体の一部となったドナーといっしょに、絶対に幸せになりたいって。

入学式の日、伊折くんを見つけて真っ先に告白したのだって、後悔したくなかったから。

間違いなく私の意志で口にした、〝好き〟だった。

けれど、あのときミクルさんの想いと少しも重なっていなかったかと言われれば、きっとそうじゃない。

きっと、きっと。

ミクルさんだって同じように私の中で、叫んでいた。

生きている自分の姿で、生きている自分の声で、伝えたかったはずだった。

それが叶わなかったミクルさんの心臓をいただいた私が、なにも知らないまま、そして自分の思うまま、いつも伊折くんに〝好き〟を伝え続けていたこと。

……それは果たして、許されていいこと、なのか。

いまは亡くなっているけれど、確かに生きている彼女の心を、踏みにじる言動じゃ、ないのか。

ミクルさんの伊折くんへの深い想いを身をもって知って、そしてやるせない事故の記憶を夢で体験してしまったいま、私にはどうしても判りかねてしまって……。


「ひかりちゃん」

私の涙が少し落ち着いた頃、フードコートをあとにした。

帰り道を歩きながら、和田くんが静かな声で私を呼ぶ。

頬を濡らしたままゆっくりと顔を上げれば、涙でにじんだ視界に和田くんの真剣な表情が映りこんだ。

「……口出すことじゃ、ないかもしれないけどさ」

そっと、和田くんは切なげにほほ笑んだ。

「このことは伊折に話すべきだって、俺は思う」

心臓が、震えた。

その提案を聞いた瞬間に湧き上がったのは……隠しようもない、恐怖だった。

私の中にミクルさんがいることを伊折くんに正直に打ち明けるのは、怖い。

だってまだ、私はなにも話せていないんだ。

幼い頃から心臓に疾患《しっかん》を抱えていたことも、誰かの生きた心臓をいただいたおかげで、私はいまこうして生きられているんだということも。

まして、その心臓のかつての持ち主が、伊折くんが誰より大切に想い続けていた女の子だった、なんて。

すべてを伝えてしまったら、知ってしまったら。

そのとき伊折くんは、どう思う……？

考えるだけで身がすくんで、すぐに答えることもできず、うつむいて黙り込む私。

そのとき、おぼつかない足取りだったせいで、転がっていた小石に足を取られてしまった。

頼りなくふらついた私の体を、和田くんがとっさに抱きとめるように支えてくれる。

「大丈夫？」

「ご……ごめん。ありがとう……っ」

お礼を言いながら、また涙がしつこくにじみ出した。

そんな私を見かねてか、和田くんは軽く抱きしめたまま、なぐさめるようにぽんぽんと背中を撫でてくれた。

「……ごめん、こんなこと言って。ひかりちゃんだって、ただでさえ混乱してるはずなのに」

「っ、ううん……」

私の心情を気遣ってくれる和田くんに、弱く首を振って、彼から離れた。

私だって、伊折くんに隠しごとなんてしたくないよ。

こんな大切なこと、きっと、話さないでいるほうが苦しいに決まってる。

これからもずっといっしょにいたいから、伊折くんの前ではいつだって素直な気持ちで笑っていたいから、話さなくちゃいけないこと。

だけどいまはまだ……自分の中でも、しっかり整理がついていないままで。

「ちゃんと……考える、ね」

ぽつりとつぶやいた声は、小さかった。

私の中に……ミクルさんの想いをいっしょに抱えて、それでも笑って伊折くんのそばで生きていくための覚悟は、ある？

私だけじゃなくて、伊折くんのほうは――？

伊折くんのことが好きだから、そばにいたい、って。

そんな単純な気持ちだけじゃ、いままで通りのまっすぐな気持ちだけじゃ、私に伊折くんのそばにいる資格なんて与えられないんじゃないか。

底を知らない深い闇へと、思考がずぶずぶ沈んでいく。

和田くんと別れてからも……私の気持ちが晴れることはなかった。


週明けの月曜日、約一ヶ月ぶりの制服に腕を通す朝。

半袖のブラウスと夏用のスカート、くるぶしまでの白ソックスを身に着けた私が、部屋の姿見に映っている。

今日からやっと、伊折くんに逢える。

そして……向き合わなきゃ、いけない。

結局、週末の間に伊折くんにすべてを打ち明ける決心はつかなかった。

隠し続ける、なんていう選択肢があるわけじゃない。

だけど、自分自身が混乱したまま話したところで、きっと伊折くんをただ戸惑わせてしまうだけだから。

いつもなら休日も伊折くんとメッセージのやりとりをしているのに、この週末はなにも送ることができなくて。

私の体調を気遣ってくれたのか、伊折くんからも来なかったけれど、それにむしろほっとしてしまった。

……寂しさを感じたのも、事実だけど。

「……伊折くん」

鏡の中の私が唇を動かしてささやいたその名前に、切なさと愛しさがいっしょに込み上げた。

こうして自分の姿で、自分の声で、好きな人の名前を呼ぶことができる。

いつだって〝好き〟って、ありったけの想いを伝えることができる。

もしも――そんな日常が崩れ去って、そして私ではないほかの女の子が、伊折くんのそばですごすようになってしまったら。

そんなの、想像するだけで苦しい。

いやだって、ずるいって、絶対そう思ってしまう。

じゃあ私に心臓を渡してしまったミクルさんは、たしかに私の中で生きているミクルさんは、いまいったいどんな気持ちなの……？

ミクルさんから答えが返ってくるはずもないのに、だからと言って考えずにいることもできなくて。

何度もミクルさんの想いと記憶に思いを馳《は》せては、私は自分の立つべき場所を見失いかけている。

こんな状態じゃ、伊折くんの前で自分らしく振る舞うことなんてできない。

心配、させてしまうかもしれない。

……けれど。

今日も規則正しく脈打ち続ける心臓のあたりに手を置いて、深く息を吐き出した。

……今日、直接、伊折くんと顔を合わせて。

ちゃんと私の気持ちを見つめ直してから、この事実にどう向き合っていくか、自分自身の答えを出しておきたい。

これからも笑顔で、好きな人のそばにいるために……。


夏休みの間あれほど執拗《しつよう》に肌を焼いていた太陽の日射攻撃は、九月に入ったとたんに和らぎはじめ、ときおり涼しさを感じるようにもなった。

普段より少し早めに家をあとにした私は、久しぶりに通学路を歩いて学校へと向かった。

正門をくぐって生徒玄関に入れば、自分のクラスの靴箱に伊折くんの姿を見つけて。

視界に入った瞬間、きゅうっと強く締めつけられる胸。

いつも通り彼のもとへ駆け寄ろうと、自然と足が歩くスピードを上げる。

「いお……」

そしていつも通り名前を呼ぼうとしたけれど、すぐに、口を閉じてしまった。

どうしても、うまく笑顔をつくることができなくて。

……笑え、な、い。

好きな人にいつも見せていたはずの笑顔を、いまは、浮かべられない。

いままでのような素直な感情で向き合えていない現実を突きつけられて、思わず立ちすくんだ。

それでも中途半端な私の声が耳に届いたのか、ローファーを靴箱にしまった伊折くんがこちらを振り返った。

視線が交わって、息を呑む。

……笑わなきゃ。

駆け寄って、名前を呼んで、朝の挨拶しなきゃ。

「……おはよ、小倉さん」

笑顔を見せることも、名前を呼ぶこともできなかった。

止まった足が動き出すことはなく、ただ見つめるしかできない私に、伊折くんが自分から声をかけてくれた。

普段と変わらず不愛想で、でも、とても心地のいい声。

私の、好きな声。

……泣きそうに、なった。

「おは、よう」

無理に口角を上げたぎこちない表情で、少し固くなってしまった声で、挨拶を返す。

足が根を張る前にどうにか歩き出して、伊折くんのそばへ向かった。

自分の靴箱のふたを開けて、上履きを取り出していたら、伊折くんからの視線を感じて、全身が強張《こわば》る感覚がした。

息苦しくて、うまく体が動かせない。

「体調は、大丈夫？」

「う、ん……。もう平気だよ」

「……ならよかった」

こんな不自然な態度、絶対不審がられてる。

心配させるどころか、もしかしたらいやな気持ちにさせてしまうかもしれない。

そう思ったのに、ぱたんと靴箱のふたを閉めた伊折くんは、特に触れてこなかった。

どうして、だろう。

私の態度のおかしさに気づいてない、はずはない……よね？

尋ねられてもうまく答えられないくせに、なにも聞いてもらえないことが、まるで踏み込まないように一線を引かれているかのようで。

身勝手な寂しさを感じてしまって、そっと伊折くんを見上げた、とき。

「おっ。伊折、ひかりちゃん！　おはよー」

生徒玄関の入口のほうから明るくさわやかな声が飛んできて、そちらへ顔を向けた。

スポーツバッグを提げた和田くんが、笑顔で手を振っている。

サッカー部の朝練が終わったんだろう。

こちらへ歩み寄ってくる和田くんに、ふっと緊張が和らいだ私は自然と笑い返した。

笑い返せて、いた。

「おはよう、和田くん」

「ひかりちゃん、勉強してきた？」

「うーん、一応……？　夏休みの課題を見直しただけ、だけど」

「マジ？　俺それすらやってねぇわ」

軽く笑い飛ばす和田くんに、上履きに履き替えながらつい苦笑をこぼしてしまった。

それと同時に、さっきまでの胸を締めつけるような息苦しさが薄まって、ほっとする。

「伊折は……って、あれ」

伊折くんにも話しかけようと、私から視線をあげた和田くんが、不思議そうな声をもらした。

つられて私もとなりへと顔を戻したけれど……伊折くんの姿は、すでにそこにはなくて。

──どくん、と心臓が痛むように鳴り響いた。

とっさに見渡せば、伊折くんはひとり昇降口を過ぎて階段をのぼっているところだった。

「い、伊折くん、なんで……っ」

慌ててローファーをしまい、伊折くんの背中を追いかけた。

うしろから名前を呼んだら、ゆっくりと足を止めた伊折くんが私を振り返った。

そこで違和感を覚える。

私を見る伊折くんの顔には、表情がなかった。

無表情なのはいつものことだけれど……温度すら、感じられなかった。

見たことのない伊折くんを前に、私は言葉を失い、目を丸くして彼を見上げた。

「伊折っ、なんでさっさと行っちゃうんだよ」

同じように追いかけてきた和田くんが、ちょっと焦ったように伊折くんの腕をつかむ。

そんな和田くんにも、伊折くんの表情が動くことはなくて。

「……なんでって」

和田くんを見たまま小さくつぶやきを落とす伊折くん。

その声は突き放すものではなく、とても静かで、淡々としていて、まるで。

自分から一歩遠ざかっていこうとしているかのような、寂しい響きがあった。

「なんで、ふたりがそれを、俺に言わせようとしてんの」

普段通りの声なのに、確かに感じられた、壁。

腕をつかむ力が弱まったのか、伊折くんは簡単に和田くんの手を振りほどき、そのまま階段をのぼっていってしまった。

「え……？」

動揺の声を発した和田くんが、私と視線を合わせる。

そしてふと思いあたったように目を見開き、手で口もとを覆った。

「え、もしかして、伊折……」

……土曜日に私たちが逢っていたこと、知ってる？

たぶん和田くんも、私とまったく同じことを考えたんだろう。

伊折くんにあんな顔をさせてしまう理由が、私たちふたりにあるとすれば、それしか考えられない。

土曜日……和田くんが部活だったこともあり、私たちが待ち合わせたのは学校のそばのショッピングモールにあるフードコートだった。

同じ学校の生徒に見られた可能性は高いし、もしそのことが伊折くんの耳に入ったのだとしたら。

学校を休んだ彼女が男の子と休日にふたりで逢っていたなんて……そんなの、なにも思わないほうがおかしい。

どうして、いまになって、そんな当たり前のことに気づいたんだろう。

血液の循環《じゅんかん》がゆっくりになったような気持ちの悪さが込み上げて、私は顔を青くした。

「ごめん！」

顔をしかめて謝る和田くんに、なにも言えないままうつむいて強く首を振る。

どくん、どくん、と鳴り響く鼓動が、痛い。

「ほんとごめんっ、ひかりちゃん。夢の……ミクル先輩のことに気とられすぎて、俺、なにも考えられてなかった」

ちがう、和田くんのせいじゃない。

「わ、和田くんが、悪いんじゃないよ……」

伊折くんと付き合ってるんだから、当然、気をつけるべきことだったのに。

伊折くんの彼女として、ちゃんと考えなくちゃいけないことだったのに。

あのときは、伊折くんに誤解されてしまう状況になることにも気が回らないくらい、余裕がなくなってしまっていた。

こんなの……っ、本当に、彼女失格、だ……。

気を抜いたら震えそうになる、冷たい指先をぎゅっと握った。

「早く誤解、解かないと！」

強い声に顔を上げると、和田くんは悔やむように、でも真剣な表情で私を見ていた。

「俺じゃだめだ。ひかりちゃんから、伊折に話さないと」

「でもっ、私、まだ……」

伊折くんにすべてを打ち明ける覚悟を、持てていない。

弱々しい声でそう言いかけて、すぐにやめた。

……そんな自分の弱さのせいで、伊折くんを傷つけたまま、離れてしまうなんて絶対にいやだから。

伊折くんのそばにいたいからこんなに悩んでるのに、いま伊折くんのもとへ向かわなかったら……意味がない。

自分を叱咤《しった》した私は、思うように動いてくれない足を無理やり動かして、階段を駆けのぼった。

ちょっと走っただけで一気に呼吸が上がって、心臓が破裂しそうなくらい騒がしい。

それでも足を休めず向かうと、階段をのぼりきった先に伊折くんの背中を見つけた。

「い、おり、く……っ」

息も絶え絶えのまま、ぎゅっと伊折くんの手をつかんで引き止めた。

周りにいる生徒たちが不思議そうな目を向けてくる中、彼の手を強くにぎって顔を上げる。

振り向いた伊折くんの、感情の読めない瞳に、さらに胸が苦しくなった。

「い、伊折くんっ……あのね、聞いて、ほしいの！」

繰り出した声が震えて、喉が焼けるように熱くて、じわじわと涙が込み上げてくる。

だけどこんなとこで泣きたくはなくて、ぐっとこらえて口を開いた。

「土曜日、和田くんといっしょにいたの、は……っ」

なにから……どこから、話せばいい？

どう伝えたら、伊折くんは受けとめてくれる？

混乱した頭では考えてもわからなくて、次に出す言葉が見つからなくて、瞳に涙を溜めて伊折くんを見つめた。

するいと伊折くんは、静かに私から視線をそらして、顔をうつむかせた。

「……わかってるよ」

「っ、え……？」

「小倉さんと和田が、お互いのこと友人としてしか見てないって、ちゃんとわかってる。……でもだからって、ふたりきりで逢ってたり、和田が小倉さんに触れてたり、そういうの実際に見たら……簡単に割り切れないんだよ」

見た、って……あのとき、伊折くんも同じ場所にいたってこと？

自分の浅はかさを改めて痛感して、ずきんと胸が重く痛んだ。

もし伊折くんが、私以外の女の子とふたりきりでいたり、触れられたりしていたら、すごくすごく悲しくなるにちがいないのに。

自分のことしか考えずに、好きな人を傷つけてばかりで……私は本当に、なんてひどい彼女なんだろう……っ。

「ごめん。……小倉さんは、俺がミクルのこと忘れられなくても、受けとめてくれたのに」

やだよ……。どうして、伊折くんが謝るの？

謝らなきゃいけないのは、どう考えても伊折くんじゃなくて、私だよ。

だけど私が謝ったところで、きっと伊折くんの気持ちを少しも軽くすることはできない。

それどころかさらに負担を与えてしまいそうで、声が出せなかった。

「小倉さんが相手じゃなかったら……こんなこと、わざわざ言ったりしなかった」

それは確かに、うれしいことのはずなのに。

傷ついたことを隠してしまうより、気持ちを抑えこんでしまうより、正直に言ってくれるほうがいいはずなのに。

伊折くんの顔を見ると、そんなこと口にできるはずもなかった。

私に伝えたことを後悔するような……そんな表情をしていたから。

まるで、私や和田くんに怒っているんじゃなくて、気持ちを隠せない自分を責めているみたいに見えて……。

「ちょっと……頭冷やすから。しばらく、俺に話しかけないでほしい」

伊折くんはそう声を落としたあと、握っていた私の手を、もう一方の手でつかんで。

……そっと、離した。

私に背を向けて廊下を歩いていってしまう伊折くんを、今度こそ、追いかけることができなかった。

気を抜いたら泣き崩れてしまいそうで、唇を噛みしめて強く目をつぶる。

私が伊折くんだけを好きなこと、ちゃんと伝わってる。

そして伊折くんのほうも、私のことをちゃんと想ってくれてる。

なのにどうして、こんなふうに、お互い向かい合うことができないんだろう。

本当のことを打ち明けることを、怖がっている場合なんかじゃなかった。

好きな人を悲しませてしまうほうが、傷つけてしまうほうが、はるかに痛いに決まっているのに……。

今日一日行われた実力テストは、さんざんというわけではなかったものの、しっかり集中することができなかった。

目の前にある伊折くんの背中を見つめるたびに苦しくて、涙が出そうで。

四時間目が終わったお昼休みには、いつもいっしょにごはんを食べている友だちみんなが「伊折くんとなにかあった？」と心配してくれたけれど、うまく説明することはできなかった。

そして伊折くんに話しかけることもできないまま、ただ時間だけが刻々と流れていって……。

再会してからはじめて、伊折くんに〝好き〟と伝えずに、放課後を迎えてしまった。

挨拶を交わす間もなく教室を出て行ってしまった伊折くんに、私は重苦しい気持ちで鞄を肩にかけた。

がたんと立ち上がったとき、スカートのポケットに入っているスマホが振動した。

【ひかりちゃん、大丈夫？】

届いたメッセージを確認して、私は和田くんの席のほうを振り返った。

スポーツバッグを提げて、スマホを片手に持った和田くんが、心配そうに私を見ている。

和田くんはお昼休み、伊折くんを含めた男の子のグループでいつも通りいっしょに過ごしたはずだけど、たぶん私と同じでまともに会話できなかったんだと思う。

スマホの画面に顔を戻した私は、ゆっくりと指を動かして返信の文字を打った。

【ちゃんと、仲直りするよ。時間がかかっても】

ここでネガティブな言葉を綴るのは、どうしてもいやだった。

強がりだとか、そういうんじゃない。

ぜんぜん大丈夫じゃないし、悲しみで押しつぶされそう。

それでも、私がいつまでも暗い気持ちに支配されたままじゃ……だめだから。

伊折くんの言った〝しばらく〟がいつまでなのかわからないけど、私の気持ちはずっとずっと変わらず、ここにあるから。

だからいまは、伊折くんも同じ気持ちでいてくれていることを信じて、待っていたい。

またちゃんと……笑顔で、素直な想いを伝えられるように……。

「ひかり、最近ずっと元気ないね」

あれから数日が経った、帰宅後。

リビングでママといっしょに洗濯物をたたんでいると、向かいから気遣《きづか》わしげに声をかけられた。

パパの大きなTシャツをハンガーから取り外していた私は、その言葉に顔を上げてママを見た。

それから、つくろうことはせず素直に「……うん」とうなずく。

いままでなにも言わずにいてくれたけど、やっぱり気づいていたんだ。

「ひかりがなにか悩んでるなら、ママは力になりたいな」

となりに移動してきたママが、柔らかくほほ笑んでくれる。

私の心に寄り添ってくれる優しさに、私は膝に置いたTシャツを握りしめて。

少し黙り込んだあと、そっと口を開いた。

「わ、私……。自分のことばかり考えて、伊折くんを、傷つけちゃったの……」

言いながら、みるみるうちに涙があふれ出してきて、声が不安定に揺れた。

「伝えなきゃ、いけないことが……伝えたいことが、あるのに。伊折くんにどう思われるかっ、怖くて……、なにも言えなかった……っ」

瞳からとめどなくこぼれる涙たちが、Tシャツの上にぽたぽたと落ちていく。

私は三年前の移植手術で、ミクルさんから心臓をいただいたんだって。

ミクルさんの心臓は、いまも私の中で鼓動しているんだって。

そんなことを打ち明けたら、伊折くんは、すぐには受けとめられずに戸惑ってしまうだろう。

信じてもらえたとしても、きっとショックを受ける。

もしかしたら私のことを……いままでと同じようには、見てくれないかもしれない。

臆病《おくびょう》な私はそれが心底怖くて、伝えることをためらってしまったんだ。

泣きじゃくりながら、途切れ途切れに、ママに本当のことを全部打ち明けた。

心臓のドナーが、伊折くんが付き合っていた女の子だったということには、ママも言葉を失ったようだけれど……。

すべてを話し終える頃には、ママの胸に強く抱かれて、嗚咽を繰り返していた。

「大きなもの、たくさん抱え込んでたんだね。苦しかったよね……。それでも目を背けずに向き合おうとしてて、ひかりはすっごくえらいよ」

「ふうっ、うう……っ」

「和田くんとふたりで逢ったのは、伊折くんを悲しませちゃったと思うけど……。その、ミクルちゃんって子のこと、ひかりはちゃんと伊折くんにも話したいって思ってるんだよね？」

抱きしめてくれるママの言葉に、涙が止まらない私は、こくこくとうなずいた。

「だったら待っててちゃだめだよ、ひかり」

「え……っ？」

「これはすごく大切な、ふたりの問題だよ。伝えたいことは全部伝えて、いっしょに悩んで、いっしょに答えを出すの」

ママの優しくも芯の通った声が、私の心臓をぎゅっと締めつけた。

ふたりの……私と伊折くんの、問題。

そっか……。はじめから、私がひとりで悩むべきことじゃなかったんだ。

「だ、けど……伊折くんは……」

伊折くんは『しばらく、俺に話しかけないでほしい』って言っていた。

私が夢をみた直後、怖くて伊折くんに逢えなかったように……伊折くんも、自分の中で感情を落とし込めるまで、時間がほしいってことなんじゃないかと思う。

そんな伊折くんを待たずに、私が打ち明けてしまっても、いいの……？

「いままで何度も何度も想いを伝えて、その末に付き合えることになったんでしょ？ ひかりが本当に伝えたいことがあるとき、伊折くんはきっと背を向けたりしないと思うな。それに待ってるだけじゃきっと、伊折くんの素直な気持ちも、全部聞けないままだよ？」

私の頭を撫でたママが、そっと体を離して私の顔をのぞき込んだ。

「伊折くんがいまひとりで悩んでるなら、まずは伊折くんの話を聞いてあげて。ひかりだって伊折くんの気持ち、全部受けとめてあげたいんでしょう？」

「ふっ……うん……！」

また涙がじわっとあふれてきたけど、こぼれ落ちる前に袖で拭った。

そうだ……。そうだった。

伊折くんはいつだって、私が伝える言葉を受けとめてくれていた。

私だって、受けとめられるよって、全部受けとめたいよって、ちゃんと言えばよかったんだ。

素直に自分の気持ちを伝えることに、後悔なんて感じてほしくなかった。

素直な感情を見せることで、自分を責めたり、しないでほしかった。

伊折くんの気持ち……全部、ちゃんと知りたい。

嗚咽を落ち着かせて、呼吸を整えて、頬に残った涙のあとを拭いきった私は、ゆっくりと立ち上がった。

「ママっ。私、行ってくるね……！」

伊折くん、ごめんね。

私、やっぱり、待ってることなんてできないよ。

だっていますぐ、君に逢って伝えたいことがあるんだ。

ぎゅっと手を握りしめて、意を決した私に、ママは穏やかに笑ってくれた。

私の涙に濡れてしまったパパのTシャツは、「これはまた洗濯しよっか」と冗談まじりに言って回収して。

「伊折くんにも、ちゃんと伝えてあげてね。自分の気持ち、大切にしてほしいって。……あと、帰りはあんまり遅くなっちゃだめだからね？」

「うん……っ、わかった！　行ってきます！」

「行ってらっしゃい。気をつけてね」

手を振って見送ってくれるママにうなずいて、家を飛びだした。

夕日があたりをオレンジ色に照らす中、風を切って走りながら、スマホを取り出して伊折くんに電話をかける。

お願い……っ。伊折くん、出て……！

スマホを耳に当てて強く祈っていたら、数コールのあと、機械音が途切れて。

『……もしもし』

伊折くんの静かな声が耳に流れ込んできて、その一瞬で、一気に視界が涙でぼやけた。

よかったっ……。ちゃんと、出てくれた。

それだけで安堵が広がって、涙といっしょに気持ちがあふれる。

「伊折、くん……っ、いますぐ逢いたい！」

『え……』

「逢いに行く、からっ……お願い、待ってて！」

ねえ、もう絶対に迷わないよ。

伊折くんのことが、本当に本当に、心から好きだから。

これからもずっと、伊折くんのそばで笑っていたいから。

『これからはいままで以上に自分の気持ちも、彼の気持ちも大切にするんだよ。お付き合いするってとっても幸せなことだけど、その分大変なの。好きって気持ちが大きければ大きいほど、自分の気持ちでいっぱいいっぱいになっちゃうから』

伊折くんと付き合うことになった日、ママが言ってくれたセリフ。

本当にその通りだね、ママ。

私、ちゃんと、伊折くんの気持ちも大切にしていたいよ。

だから伊折くん自身にも……同じように、大切にしてほしい。

言いたくないことは、無理には言わなくていいの。

だけど傷ついたままひとりで、気持ちを抑えこんでしまうくらいなら、私に教えて。

全部全部、ひとつ残らず、大切に受けとめるから。

そのあとで……私がいままで言えずにいたことを、打ち明けさせてね。

〝ごめんね〟の気持ちも、〝ありがとう〟の気持ちも込めて。

ねえ、今度こそ――。

「っ……伊折、くん！」

伊折くんの家へ向かう途中の、通学路である公園のそばの道を走っていたとき。

目の前の交差点の先に、伊折くんが向かってくる姿が見えた。

思わず名前を叫んだら、気づいた伊折くんは、走るペースをゆるめてこちらへ歩いてくる。

――逢いたかった。

――話したかった。

――早く伝えたい。

気持ちが逸《はや》って、限界を迎えそうな足を奮い立たせて、一直線に彼のもとへと走った。

このときの私は、伊折くんのことで頭がいっぱいで、周りのことなんてまるで見えていなくて。

……左側から接近してくる轟音《ごうおん》が、耳に入ってこなかった。

あと数メートル先にいる伊折くんが、ふと目を見開き、表情に緊張を走らせる。

「待って！」

とっさに伊折くんが制止した、その意味に気づいたのは、ちょうど交差点に飛び出した直後。

そちらに顔を向ければ、バイクがすぐそばまで迫っていた。

「小倉さん‼」

手を伸ばす伊折くんの、私を呼ぶ声が――エンジン音に、かき消されそうだった。

――ねえ、今度こそ、すべてを君に伝えるよ。

私に光をくれた君のことが、あの日からずっと、どうしようもなく好きでした。

切ない真実を打ち明けた先でまた
いっしょに宝物を見つけてゆけるように
何度だって君にこの想いを伝えるから。

# ＊4＊ 未来は光の中に

# 宝物の見つけ方

伊折くんとはじめて出逢ったのは、中学一年生の九月下旬だった。

病院で日々を過ごすことが当たり前、になって、三年目の秋。

その頃は体の調子も安定していて、リハビリもかねて週三のペースでよく院内や庭を散歩していた。

体外式の補助人工心臓《ほじょじんこうしんぞう》は充電があまり保《も》たないから、一日二十分程度の気晴らしだけれど。

それでもICUに入れられていたときとは、比べものにならないほどの解放感があった。

「ひかり」

その日はどうしても病室から離れていたくて、ママに付き添いを頼んだ。

患者さんとその家族や友人が話すための談話スペース。

いつもここでは誰かの笑顔が咲いている。

ソファーに座り、ブランケットをお腹あたりまでかけた状態で、そばの窓から外の景色をながめていると、ママから声がかかった。

「あそこでお茶買ってくるから、ここで待っててね」

私がこくんとうなずくと笑みを見せ、近くにある院内のコンビニへ向かったママ。

ママの顔色も、ずいぶん回復してくれたように思う。

私の入院が決まるたび、『きっとすぐに退院できるよ』と明るい声で安心させてくれていたけど、ママ自身も数えきれないほど涙を流していたのを私は知ってる。

それに、パパだってお仕事で疲れているはずなのに、いつも笑顔でお見舞いに来てくれて……。

私を愛してくれるふたりの存在が、いつも、私に呼吸をさせてくれていた。

それでもやっぱり、希望には手が届くどころか、指先がかすることさえなくて。

その希望ですら、誰かの途方もない犠牲を伴《ともな》うものだから。

これ以上逃げ場のない暗闇で苦しみたくないって、これ以上大切な人まで苦しませたくないって、心が泣き叫ぶ日だって……ないわけじゃなかった。

カサ、と右手の中で乾いた音を立てた、二枚の便箋《びんせん》。

綴られた文字はあたたかさといっしょに、絶望を折りこんだ現実を私に突きつけてくる。

ガラス一枚で隔てられた、澄んだ秋空を見上げながら……明日が来るのが怖い、と。

決して誰にも吐き出してはいけない本音を、そっと心のうちに押し込もうとしたとき。

五、六歳くらいの男の子がタタッとすぐそばを走り抜けて、私の右手とぶつかってしまった。

突然のことに、持っていた便箋が手から離れ、ひらひらと落下していく。

それがまるで……たやすく途絶えてしまう命みたいに思えて、目を見開いた。

「ご、ごめんなさいっ……」

男の子はびっくりした顔で謝ると、急いで母親のもとへと駆けて行ってしまった。

わざとではないのはわかるし、きっと便箋が落ちたことには気づかなかったんだろう。

それでも心臓がぎゅっとしぼり上げられるのを感じて、私は少し離れた足もとに落ちたそれらを、ただ見つめるしかできなかった。

補助人工心臓を装着している私には、身をかがめて拾うことが、できなくて。

「……大丈夫？」

ふと、抑揚《よくよう》のない、けれど優しげな声が聞こえてきた。

そばにしゃがみこんで便箋を拾い上げてくれたのは、見覚えのある中学校の制服を着た、私と同い年らしき男の子。

「はい」

きっと誰かのお見舞いに来ているのであろう。彼は、落ちた便箋を差し出してくれた。

私が知る男の子よりも少し高めの柔らかな声。

真っ先にかっこいい人だと思ったけど、かわいいと形容しても違和感はない、中性的な顔立ち。

無表情なのに不思議と冷たげな印象はない。

ただ、憂うような瞳の色が外見より大人っぽく見せていた。

「あ……ありが、とう」

手が震えていることに気づかれないよう、すぐに受け取った。

涙がこぼれそうなことを知られないよう、ほほ笑んでお礼を返す。

……マスクをつけてくればよかったな。

はじめて逢った人に、悲しい顔なんて見せたくないのに。

かわいそうなんて、そんな感情を渡されるにはもう、すでに両手いっぱいに抱えすぎているのに……。

そんな意思と反して涙は目のふちににじみ、笑みをつくっていた唇がみっともなく震えた。

「いいよ、無理して笑わなくても……」

私の表情を見た彼から、静かに告げられた言葉は、痛くて。

私は唇を強く噛みしめて、なにも言えずにそっと彼から顔を背けた。

笑っていないと、苦しいんだな、って思われる。

笑っていても、無理してるんだな、って思われる。

この心臓がもし、目の前にいるこの男の子と同じくらい正常だったなら……。

笑顔の私を幸せだって、みんな、信じてくれるはずなのに。

「……ごめん。いまのは気遣いとかじゃなくて……。俺もいま、ちゃんと笑い返せないから」

ゆっくりと立ち上がった彼に謝られ、目を見開いて思わず顔を上げた。

その直後、かっと頬が熱を持つのを感じた。

私は自分がどう見られるかばかりに気を取られて、他人の心情になんて考えも及ばなかった。

お見舞いの立場だって、苦しい思いをしている人はたくさんいるのに。

『代わってあげられたら』と幾度となく口にしてきたママを、私は知っているのに。

彼がいまどんな思いでこの場所にいるのか……想像すらしていなかった。

「ち、違う……っ。ごめん、なさい」

「え？」

「卑屈《ひくつ》にっ、なるの。どうしても……」

手の中にある便箋を、しわになりそうなほどきつく握りしめた。

ここは、病院だから。

私のようにやるせない思いを抱えながら入院している患者さんは、大勢いる。

そしてそんな人たちを元気づけるために、お見舞いに来る人もたくさんいる。

ずっと入院していると、そこに、決定的な境界線を感じてしまうの。

「健康な人は、病の苦しみなんて知らずに、幸せな毎日を過ごしてるんだなって……。どうしても、そんなふうに考えちゃうの。そのたびに、そっち側じゃない自分が、惨めになる……っ」

こんなこと、逢ったばかりの彼に話すべきじゃないのに、わかってもらえるはずないのに、なぜだか口をついて出てくる。

どうしたって、普通の生活を送れる人たちは幸せなんだって。

どんなに苦しいことがあっても、健康だからこその痛みを感じられるなんて、恵まれてるって。

わざわざ自分の物差しで比べて、それでますます苦しくなって、逃げ場がなくなってしまうんだ。

そんな救いようのない自分が、私は、嫌い……。

「君は……命にかかわるような、病気なの？」

「……っ、ううん。そこまで重くは、ないんだけど」

そっと見せかけの笑みをつくって、とっさにうそをつく。

ブランケットで隠れた補助人工心臓の存在は、どう考えても私の命綱《いのちづな》なのに。

「そっか」

彼はそばにあるソファーに腰かけて、窓の外に視線を飛ばした。

ぶっきらぼうで短い返事なのに、柔らかな雰囲気をまとっているからか、突き放されているようには感じない。

なんだか不思議な空気感を持つ彼に、さっきから心臓がとくとくと小さく脈打っている。

そのきれいな横顔から目を離せずにいたら、彼はかすかに目を細めて。

「自分が惨めになるって、君は言うけど……。それはたぶん、病気とか関係ないと思う」

「関係、ない……？」

「だって、君の言う健康な人はみんな、毎日を特別〝幸せだ〟なんて思いもしないから」

私の考え方を否定するわけじゃなく、ただ事実を示しているだけ、というように淡々とした口調で話す彼。

「その上で、自分にないものとか、自分が失ったものとかを持ってる人のこと、うらやんだり……自分を惨めに思ったり、するんじゃないかな」

受け流されるものだと思っていた私は、少し面食らった。

大人だったら、いつもそれらしく同調したあと、なだめようとするから。

そんなふうに自分なりの考えを、自分の言葉で返してくれるなんて、思わなかった。

私にないもの――正常に働く、心臓。

けれど私が遠巻きにながめている健康な人たちの手にも、持っていないものは確かにあって。

「だから……健康な人は、健康に生きられているだけでは、〝幸せだ〟と思えないってこと？」

うかがうように小さな声でつぶやくと、彼はこちらに視線を移した。

「じゃあ、君にとって〝幸せだ〟と思うことって、なに？」

聞き返されて、ぱちぱちと目をしばたかせた。

それから私が幸せを感じることを考えてみて、手もとの便箋を見つめる。

私にとっての幸せ。

それは私の〝好き〟であって……。

私が心から笑う、理由。

「大切な、人が……ママとパパが、いてくれること」

「うん」

「ふたりが、笑ってくれること。ぎゅって、抱きしめてくれること。頭を撫でてくれること。手をつなげること。話ができること……」

本が読めること、音楽が聴けること、歌えること、歩けること。

花瓶《かびん》に飾られる花が変わったときの新しい香りとか、病院の庭を散歩したときに浴びる太陽の柔らかな光とか、空をあおいだときにちょうど見つけるハート型の雲だって。

みんなみんな、好き。大好き。

みんなみんな、私は幸せだって思うよ。

ひとつひとつ挙げだしたら、本当にきりがないくらい。

あっという間に、両手じゃ数えきれないほどの幸せが思いついた。

「でも、そういうのは全部、誰もが〝幸せだ〟って感じられることじゃないんだよ」

「……ささいなことだから？」

少し、卑屈な言い方になってしまったかもしれない。

けれど彼はそんな私に気分を害した様子もなく、軽く首を振った。

「当たり前、だから。でも他の人が気にもとめないことを、〝幸せだ〞って感じられるなら……それって、君のほうがたくさん、宝物を持ってるってことになるんじゃないかなって、俺は思うよ」

まぎれもなく、いまの私の支えになってくれている、幸せたち。

普通の人にとっては気づかないほどとりとめのないことでも、小さな、ただの石ころだとしても。

彼はそれを……宝物だと、称してくれた。

ふっ、と。

太陽に照らされたみたいに、日向《ひなた》に出たみたいに、目に映るものがなにもかも、明るくなった気がした。

「他人の幸せも、苦しみも、全部わかるわけじゃないから。だから人は、見える範囲で他人の心を想像するでしょ。でも、それで打ちのめされるくらいなら、他人とくらべて幸せだとか、そんなの知る必要なくて……。自分自身がいまどれだけ幸せを見つけられるか、だけで、生きていくには十分だと思う」

心臓が悪いせいで苦しい思いをしている私にとって、健康な身体があることは幸せなんだって、当然のように考えていた。

でもそれは私のただの想像で、健康だからって誰もが幸せを感じて生きられているとは限らない。

逆に言えば、同情されてしまう側の私だって……誰もが知ってるわけじゃない幸せを、こんなにもたくさん知ってる。

同情よりも数えきれないほどの宝物を、両手いっぱいに、抱えているんだ。

それは……私がいままで知らなかった、幸せの見方。

「……っ」

涙があふれそうになって、思わずうつむいたら、ずっと手に持っていた便箋が視界に入った。

便箋をぎゅっと胸に抱きしめて、込み上げる切なさに、唇を開く。

「じゃあ……もしも、救われるなら。想像しても、いい……？」

「え……？」

打ちのめされるんじゃなくて……もしも、救われることができるなら。

そんな気持ちが自然とこぼれて、顔を上げた私は涙目で彼を見つめた。

「この手紙を、くれた子……。私と同じ病室で、ずっと仲良くしてくれてたの。この手紙も、私の誕生日に書いてくれたもので。だけどその子が……今朝、っ……」

【ありがとう】とか【大好き】とか、あたたかくて優しいメッセージばかりが並んだ便箋。

この手紙の差出人は、いまはもう――この世に、いない。

彼女の『ひかりちゃん』って呼ぶ声を思い返しただけで、みるみる喉の奥が煮えてきて、熱くて、痛くて。

言葉を続けられずにいたら、彼は汲《く》み取ったように「……うん」と静かにうなずいた。

「だけど、あの子も……たくさん幸せ、っ……見つけてくれてたかなって……っ」

『苦しい』って、『痛い』って、声を荒げて泣き叫んでる夜もあった。

彼女の泣き顔も、幾度となく見てきた。

それでも……笑顔でいてくれたあの瞬間は、楽しそうに私と話してくれていたあの瞬間は。

私を『大好き』と言ってくれていたあの瞬間は、きっと幸せを感じていてくれたって。

もう答えを知ることが叶わなくても、彼女は幸せに生きた、って……。

そんな想像をしてみても……いいかな……っ。

「……うん」

涙がぼろぼろとこぼれて、彼の表情は見られなかったけれど。

繰り返された短い相づちは、とても優しく鼓膜を揺らした。

それだけでもう、心のたがを外すには十分だった。

いままでずっと隠して、我慢し続けていたの。

大人を困らせてしまうだけだから、口にしちゃいけないと思っていた。

私の心臓が新しく、生まれ変わる——ドナーが見つかる可能性なんて。

希望に満ちた奇跡が起こる未来なんて、私はきっと、はじめから信じられちゃいなかった。

いつかは私もあの子と同じように、っていう絶望も。

明日なんて来なければいいのに、っていう恐怖も。

死を想像するたびに、未来の閉ざされた現実に打ちのめされていた。

でもいま、私が想像するとしたら……。

「あの子にとって、きっと幸せな人生だったたってっ……」

いつ訪れるか知れない死に怯える毎日でも、死がこれまでの人生を、すべて壊してしまうなんて信じたくないから。

未来が途絶えても、過去は、いまこの瞬間は、ずっと変わらず私たちのものだから。

「信じても、いい、かなあ……っ」

いまはあの子がこれまで感じてきた幸せを信じて……。

救われて、いたい――……。

彼女を思って、彼女がくれた言葉たちを抱きしめて、こらえきれない涙を流した。

もう『大好き』と伝えてくれるあの声が、耳に届くことはない。

死って、こういうこと。

未来がないって、そういうこと。

だったら受けとめる側は、少しでも過去を愛おしく思っていたい。

ずっと変わらず在るものを、あたためるように抱きしめていたい。

それは、この世界に残っている私だからできること、だから……。

「……うん。きっとその子も、幸せだったと思う」

そう優しく言ってくれた彼が、すっとソファーから立ち上がったのがわかった。

私のそばにまたしゃがみこむと、自分のハンカチを差し出してくれる。

ありがたく受け取って、涙を拭いながら、「ありがとう」と涙声でつぶやいた。

「ほんとに、ありがとう……っ。君は、すごいね……」

「……すごい？」

「だって、私、こんな幸せの見方があるなんて、知らなかったから……！」

自分自身が感じられる幸せを、こんなふうに大切にする方法があった。

たったそれだけのことで、いままで打ちのめされていたことがうそに思えちゃうくらい、世界が明るくなったように思えたの。

出逢ったばかりの君が、他でもない君が、私の世界に光を与えてくれた。

けれど彼はそんな私とは相反した表情で、そっとまつ毛を伏せて。

「すごくなんか、ない。……ずるいんだよ、俺は」

「え……？」

「そう考えてないと……心が壊れそうだから」

ソファーに座り直した彼が、思いつめたように声を落とす。

その横顔が切なげで、私は胸のあたりが締めつけられるのを感じた。

「大切な人が、ここに、入院してるの……？」

そう声に出してから、尋ねてもよかったのかいまさらはっとした。

彼をじっと見つめることしかできずにいると、彼は静かに首を縦に振った。

「こんなことに、なるとか……。ちょっと前まで、考えもしなかった。逢おうと思えばいつでも逢えるし、手を伸ばせば、いつだって触れられる人だったのに……」

膝の上でぐっと強く握りしめられた手。

目を閉じた彼が紡ぎ出す言葉は落ち着いているようでいて、深い後悔をまとって沈んでいく。

しぼりだされた声はまるで、泣いているみたいに聞こえた。

「もう二度と意識が戻らなくても、返事してくれなくても、いま呼吸してくれてるだけで、幸せだって……。そんなふうに考える日が来るなんて、思わなかった」

閉じられているそのまぶたの裏には、誰が映っているんだろう。

声がうまく出てくれなかったのは、踏み込んでもいいのか、わからなかったから。

これ以上問いかけてしまったら、彼の心をきっと壊してしまいそうな気がして……。

彼が苦しそうな表情を浮かべているのを、もう、見ていられなかった。

「だ、大丈夫だよ……っ、きっと！」

いままで励まされるばかりだった私には、他人の励まし方がわからない。

無責任にもほどがある〝大丈夫〟だったかもしれない。

それでも、彼の心が壊れてほしくなくて、少しでも支えになりたくて、ハンカチを握りしめて伝えた。

「こ、これはただの、私の、勝手な想像だけど！　君からそうやって、生きることを望んでもらえて……その大切な人、すごくすごくっ、幸せだと思う……っ！」

こんな素敵な人に、大切に想ってもらえるなんて、とても幸せだ。

君の大切な人は、君に想われていることに、たしかに幸せを感じているはずだ。

きっと、いまに良くなる。

君にこれ以上苦しい思いをさせたくないって、その大切な人もきっと思ってる。

「だからっ、そんな悲しい顔、しないで……」

彼に元気になってほしかったのに、まるですがるみたいに彼を見つめていた。

瞳のふちにたまっていた涙が、ぽろっとひと粒こぼれ落ちる。

そんな私を黙って見ていた彼は……ふと目を細めて、眉を下げて。

「ありがとう……」

そうお礼を言って、ほんの少しだけ、笑ってくれた。

はじめて見せてくれたかすかな笑顔に、心臓がぎゅうっと苦しくなる。

だけどそれは、ぜんぜんつらくなくて、むしろ愛おしく思えるような痛みで。

ああ――この人が好きだ、って、私はすぐにこの気持ちに気がついたんだ。

彼の雰囲気に、言葉に、表情に……どうしようもなく心を奪われてしまった。

「……これは、ただの俺の、勝手な想像だけどね」

ほほ笑んだままそっと目を閉じて、さっきの私と同じ言い回しを口にした彼。

「昨日、病院の庭のすみに咲いた花を見つけて笑ってた君は、遠くから見ていても幸せそうに思えたよ」

「え……っ？」

「それに、自分の幸せがなにか考えたときにまっ先に挙げてもらえる、君の両親も。こうして手紙を大切に持ってもらえてる、君の友だちも。……きっとすごく幸せだろうなって」

そのあたたかすぎる言葉たちに、涙がどんどん込みあげて、頬を伝って。

止まる気配のないそれを、彼が渡してくれたハンカチでぬぐった。

悲しくて、つらくて、泣いているわけじゃない。

苦しいほどの幸せを感じたときにも涙があふれるってこと、君は教えてくれたから。

彼が話してくれた想像は間違いなく、私の――救いだった。

「君は、幸せを見つけるのがすごく上手だよ」

「ふ……っ、うんっ」

「君の友だちも、君の笑顔に救われてたと思う」

そんな私を救い出してくれたのは、君だよ。

大げさでもなんでもなく、底なしの暗闇に沈みきっていた私の心に、揺るがない光を与えてくれた。

奇跡よりもずっとずっと輝く、希望の光を。


その日、最後までお互いに名前も知らないまま、私たちは別れた。

お茶を買ってとっくに戻ってきていたママは、少し離れたところから私たちを見ていたらしいけれど。

はじめて恋に落ちた私は、それからというもの、ママやパパに彼のことを何度も話すようになった。

また逢えるかなんてわからないけれど……私はこの日、また新しい宝物を見つけることができたの。

だけど私は、この出逢いを奇跡とは呼びたくないんだ。

だって、あのとき便箋を拾ってくれた彼の優しさは、暗闇の中の私にまっすぐ希望をくれた彼のあたたかさは、絶対に不確かなものなんかじゃないから。


……でもね、もしも。

これから先、運命のめぐり合わせでドナーが見つかって、私の心臓が新しく生まれ変わる、そんな未来があったなら。

私はまたいつか君に出逢って、そして……〝好き〟って。

一回だけじゃぜんぜん足りないから、十回でも、百回でも、千回でも。

この生涯で、数えきれないくらい。

出逢えて幸せだよ、ってことを。

君は私の幸せだよ、ってことを。

たった二文字の、〝好き〟に込めて。

何度だって、君に伝えるよ。
そんな幸せな未来を、そんな運命こそを、私は……。
——奇跡だって、そう思いたいの。

# 何度だって伝えるよ

どくん、どくん、と怯えるように大きな音を響かせている心臓。

呼吸がままならなくて、体が強張って、頭の中が真っ白で。

全身から血が抜けていきそうな感覚に襲われながら……遠ざかっていくエンジン音を、伊折くんの腕の中で聞いた。

轢《ひ》かれそうになった恐怖で声も出せない私を、ぎゅう、と力まかせに抱きしめる伊折くん。

「ばか……っ」

少し震えている、背中に回された両腕と、しぼり出された声。

まるで存在を確かめるみたいに、苦しいほど強く抱きすくめられ、私は恐怖のなごりでうまく力の入らない手で伊折くんのシャツを握った。

心臓が熱くて、痛くて、騒がしい。

「ご……め、っなさ……」

かろうじて声を発したけれど、ちゃんと言葉になっていたかはわからない。

交差点に飛び出した私の、すぐそばまで接近していたバイク。

伊折くんが即座に私の手を引いて、抱き寄せてくれなかったら……私はバイクと、衝突してしまっていたかもしれない。

怖、かった。

すごくすごく、怖かった。

このまま、三年前のミクルさんの事故のときのように、想いを伝えることもできずに死んでしまうんじゃないかって。

あの一瞬のうちに、あらゆる感情やいままでの記憶が一気に脳内に押し寄せて、心臓が止まりそうになった。

だけど……伊折くんにも同じくらい、ううん、もしかしたら私以上に、怖い思いをさせてしまったんだ。

恋人がまた事故に遭う——しかも今度は、目の前でなんて。

よりによって伊折くんにそんな思いをさせてしまうなんて、本当に、最悪だ……っ。

「い、おりくんっ……ご、ごめんね……！」

どうして私は、どこまでも伊折くんの心を傷つけることしかできないんだろう。

救いたいのに、支えたいのに、どうして迷惑ばかりかけてしまうんだろう。

「ごめん、なさい……。本当に、ごめ……っ」

「……もう、黙って」

震える声で何度も謝っていたら、顔を胸に押しつけるようにして頭を抱き直された。

伊折くんの心音が、耳に触れる。

心を落ち着かせようとしているのか、伊折くんは浅く息を吐き出して。

「無事で……よかった」

ささやかれた声に切なげな安堵を感じて、喉もとが急激に熱くなった。

ゆっくり緊張が解けると同時に、堰を切ってあふれはじめる涙。

それは次から次へと頬を伝って、伊折くんのシャツを濡らしていった。

「う……っ、ぁあっ……」

やっと安心できたからなのか、ずっと話せずにいた伊折くんが、いまこうして抱きしめてくれているからなのか……こらえることができなくて。

泣き止みたいのに、そう思えば思うほど、嗚咽が止まらなくなってしまって。

まるで幼い子みたいに声を上げて泣く私を、伊折くんはずっとぎゅっと抱きしめたまま、離さないでいてくれた。

私の涙がようやくおさまった頃には、あたりはすでに薄暗くなりはじめていた。

公園のベンチに座った私に、伊折くんが自動販売機で買ったミネラルウォーターを渡してくれる。

「落ち着いた？」

「あ……ありが、とう」

うなずきながらお礼を言って、冷たいペットボトルを受け取った。

それから顔を下に向けて、おずおずと口を開く。

「伊折くん……あの、ごめんね」

「いいって、もう」

私のとなりに同じように腰かけた伊折くんが、繰り返し謝る私を見て静かに言った。

だけど私は、止まったはずの涙がまた込み上げそうで、ぎゅっと目をつぶって首を振る。

「だ、だって、私……。本当に、伊折くんに、迷惑かけてばっかだから……っ」

さっき轢かれかけたことや、和田くんとふたりで逢ってしまったことだって。

再会してから、私はずっと感情のまま突っ走って、そのたびに伊折くんにいやな思いをさせている気がしてしまって……。

「こっ、こんな彼女で、ごめんね……っ」

口から出てくるのは謝罪ばかりで、さらに申し訳なくなる。

すると伊折くんはとなりから手を伸ばして、落ち着かせるように、優しくぽんぽんと頭をなでてくれた。

「小倉さんはもう、謝るの禁止」

「……っでも」

「俺がずっと、思いつめさせてたんだよね。子どもっぽい嫉妬して、小倉さんのこと悲しませて、俺こそごめん」

「ち、違うよっ……！」

伊折くんの冷静な声をさえぎるように否定して、私はばっと顔を上げた。

突然のことに驚いた表情を浮かべる伊折くんを、至近距離から見つめながら、悔しさに唇を噛みしめる。

違う……っ、そうじゃ、ない。

伊折くんの、そういう優しくて器が大きいとこ、大好きだよ。

だけど私の気持ちを考えてばかりで、自分の気持ちはないがしろにしちゃうなんて、絶対やだよ……！

「私……っ、伊折くんの思ってることとっ、ちゃんと教えてほしいの……！」

「え？」

「し、嫉妬した、とか、私のここがやだ、とかも！　なんでもいいから、言いたいこと、隠さないでほしいっ。抑えこんで、なかったことにしないでほしいの！　私、伊折くんの気持ちなら、どんなことでも受けとめられるから……っ」

伊折くんはいままでずっと、私の想いを受けとめてくれていた。

たとえ言葉にできなくても、私の考えていること、わかってくれていた。

でも、じゃあ、私のほうは？

私は伊折くんの想い、すべてわかってあげられてた？

伊折くんが言葉にせずにしまっていた気持ち、ちゃんと見つけられてた？

伊折くんみたいに相手の心情を察する能力が、残念ながら私にはないから。

せめて私は、伊折くんが言いたいと思ってくれたことにはしっかり耳を傾けたい。

もう……素直に言葉にしたことで、伊折くんが後悔したり自分を責めたりするなんて、そんなのいやだから……。

「おね、がいっ……。私だって、伊折くんのありのままの気持ち、ちゃんと全部聞きたいよ……！」

すがるような声で、本音をそのまま伊折くんにぶつけた。

すると、目を見開いていた伊折くんは、なんだか複雑そうな表情になって。

「俺……そこまで素直な性格じゃないんだよ。知ってると思うけど」

ためらいがちに、ぽつりと落ちてきた伊折くんの声。

「感情表現とか得意じゃないし、まして小倉さんみたいに、自分の気持ちを積極的に伝えるとか、できない」

「うん……」

「……でも、高校に入学してちょっと経った頃、和田に言われたんだよね。『おまえの考えてることが前よりわかるようになった』って。中学からいっしょなのにいまさらかよ、って思ったけど……俺が言葉にしてこなかったせいで、和田にも苦労させてたのかも」

小学生の頃から人よりも周りを見て、そして気遣ってくれる男の子だった和田くん。きっと、心から想っていた恋人を亡くしてしまった伊折くんを、ずっとそばで見守っていたんだ。

友だちとして伊折くんの心を支えて、元気づけたくて。

感情を表に出すことが得意じゃない伊折くんの気持ちを、誰より強く、わかってあげたいと思っていたのかもしれない。

「俺が前よりわかりやすくなったのは、小倉さんの影響だろうなと思った」

「わ、私……？」

「小倉さんが素直すぎるせいだよ。いつの間にか感化《かんか》されて、自分らしくないことかも言っちゃうようになって……。ほんと、責任とってよ」

「も、もちろんだよっ！　ちゃんと、責任とるよ！」

なぜか意気込んで返したら、伊折くんは小さく息をつくようにふっと笑った。

お……おかしかった、かな。

ちょっと恥ずかしくなったけれど、私は真面目な顔で伊折くんをじっと見つめた。

「責任とる、から……。思ったこと全部、隠さずに正直に言って？　もっともっと伊折くんのこと知りたいから、たくさん話がしたいよ」

いつか、伊折くんの思ってることが言わなくてもわかる、ってなるくらい知りたい。

そしたらきっと、伊折くんの心を傷つけなくて済むはずだから。

私、伊折くんにも、笑っていてほしいんだもん……。

強く願いを込めて言うと、伊折くんは黙ったまま私から目をそらした。

そして……まるで見られたくないみたいに、私をぎゅっと腕の中に閉じ込めてから。

「ばか。……和田と、ふたりで逢わないでよ」

とっても小さな声で、そう気持ちを吐露した。

「俺以外の男に、気安く触らせないで」

「うん……っ」

「あと、教室でよく和田と小学校時代のこと話してんのも、名前で呼ばれてんのも、実はちょっと腹立つ」

「えっ」

「俺だって、昔の小倉さんのこと、知りたいし。名前で呼びたいし、呼ばれたいって……思ってるから」

心臓の鼓動が、ゆっくりと速く大きくなっていく。

伊折くんをいやな気持ちにさせちゃったってことなのに……どうして、私はこんなにうれしく思っちゃってるんだろう。

じわじわと顔が熱を帯びるのを感じながら、私は伊折くんに抱き着く腕をゆるめた。

「あ、あの。顔、見てもいい……?」

「っ、だめ……」

小さな声で拒否されたけど、どうしても確認したくて、ゆっくりと顔を上げてみた。

そこには真っ赤になって、私から視線をそらしている伊折くんが。

それを見た瞬間、愛おしさが心の中を満たして、あふれ返った。

胸がきゅうっと甘く締めつけられて、もっと体温が上がっていく。

「伊折、くん」

……違う。伊折くん、じゃなくて。

「ゆ、結良……っくん」

音の響きが優しくて柔らかくて、大切に呼びたくなる、好きな人の名前。

やっぱり呼び捨ては私にはハードルが高くて、思わずくん付けしてしまったけれど。

「まだ、ぎこちないけど……。慣れるように、たくさん呼ぶね」

「ん……」

「だから結良くんも……私のこと、名前で呼んでくれる？」

どきどきしながら小首をかしげれば、彼はちょっと間をあけてからこちらを向いて。

じっと見つめて待っている私を、「……ひかり」って呼んでくれた。

好きな人の声で呼ばれたとたん、きらきらに輝く私の名前に、思わず口もとがほころぶ。

「えへへっ。結良くん、結良くん。……結良くんっ」

噛みしめるように何度も名前を呼ぶ私を見て、伊折くん――結良くんも眉を下げて、ちょっとだけ笑ってくれた。

その照れくさそうな笑顔に、なんだか無性に、抱きしめたくなって。

「結良くんっ……」

思いきって彼の首に腕を回したら、結良くんも当然のように抱き寄せてくれた。

彼の体温に包まれる幸せに、また胸が高鳴る。

「結良くん……っ、ありがとうっ。思ってること話してもらえるの、本当に本当にうれしい。うれしすぎて……涙が出ちゃいそう」

「そんなことで嫉妬するとか子どもっぽい、って思わなかった？」

「思うわけないっ、絶対！　むしろ、大好きって気持ちが強くなった……！」

「……っ、その直球なとこ、ほんと見習いたい」

頭上に降ってくる、いつものあきれたような照れた声に、私は頬をゆるませた。

「私、これからちゃんと、気をつける。結良くんに嫉妬させちゃわないように！」

「うん……。ほどほどにお願い」

「……あとね、私も、知ってもらいたい。私の……過去のこと、とか」

いざその気持ちを口に出すと、声に緊張が混ざるのがわかった。

打ち明ける決心が揺らがないように、結良くんに回す腕の力を強める。

「ちょっとの、間だけ……抱きしめたまま、聞いてもらってもいい？」

「……うん。いいよ」

きっと不思議に思ったと思うけど、結良くんは問わずにうなずいてくれた。

小さく深呼吸をして、震える心臓の音を落ち着ける。

自分の気持ちはいつだって素直に口にしていたのに、本当に伝えなきゃいけないことは言えずにいた。

でも、もううそはつきたくない。

隠しごとも、したくない。

……知ってほしい。

「あのね……。私、三年前にはじめて逢ったとき、結良くんにうそをついたの」

「うそ？」

「重い病気じゃないって答えたけど……。本当は、違ったんだ」

きっとばれないうそだと、そう思っていた。

だってあのとき、彼は友だちでもなんでもない、赤の他人だったから。

こうしていま、三年越しに〝うそだった〟と伝えられることは……泣きたいくらいの、幸せだと思った。

「私、本当は——心臓病をわずらってた。ずいぶん前から、もう移植でしか……誰かの元気な心臓をもらうことでしか、助からないってとこまで、来てたの」

私が揺れそうな声で告げる真実に、結良くんの体が強張るのを感じた。

けれど、しばらくの沈黙のあと、ただ「……うん」と短く相づちを打ってくれる。

その声はやっぱり三年前と同じようにぶっきらぼうなのに、とても優しく、私の鼓膜を揺らして。

それが私の中で、たしかに勇気に変わってくれた。

「結良くんと出逢った、その少しあとにね。お医者さんから『適合《てきごう》するドナーが見つかった。君の体調も安定しているから、いますぐ手術できるよ。どうする？』って言われた。もちろんすぐにうなずいて、移植手術を受けて……。そのおかげで、私はいま、こうして生きられているの」

手術が行われたあとは、数日間ずっと眠り続けて。

ようやく目を覚ました私のそばには、パパとママがいた。

涙ぐむママから『成功したよ』って教えてもらった瞬間、私はベッドの上で、声を上げて子どもみたいに泣きじゃくっていた。

私の中でどくんどくんと規則正しく鼓動する、元気な心臓。

苦しむほどに望み続けて、やっと手に入った、健康な身体。

術後の傷の痛みですらも、愛おしくて……仕方なかった。

だけどそれは、計り知れないほどの代償と、奇跡のようなめぐり合わせによって実現した幸せ。

臓器提供は必ず、本人の意思、本人の脳死後には家族の意思によってなされる。

倫理的な問題で、脳死後とはいえ臓器提供に抵抗があってもおかしくない。

とくに心臓の場合……二度と目覚めなくても、しばらくは脈も打っている状態なのだから。

死の定義は人それぞれで異なっていて、正解も誤りもない。

心臓が動いているうちは生きている、と捉える人のほうがきっと多い。

そんな状態の身体にメスを入れて、生きた心臓は取り出された。

ドナーは、当然、心臓を失った状態で火葬されたはずだ。

私がいただいた心臓は……いったい残された家族のどれほどの感情を経て、私のもとへと届いたんだろう。

「私の中でいま動いてる心臓は、生きたかった人からいただいたもの。だから絶対に、幸せに生きようと思った。私の中にいる、生きたかった人と、いっしょに幸せになりたいと思った……っ」

絶対に後悔を残さないように、これからの人生を歩んでいこうって心に決めた。

そんな生き方ができる身体に、私は生まれ変わることができたから。

だから……後悔しないように、いま抱きしめてくれている結良くんに、すべてを打ち明けたい。

ミクルさんが伝えたかったことも……すべてを、伝えたい。

「――私が、移植手術を受けたのは……三年前の十月九日だったの」

どくん、と強く脈打ったのは、いったいどちらの心臓だったのか。

言葉にするのが精いっぱいで、声はいまにも消え入りそうだった。

「っえ……？」

きっとだれより、その日付を心に刻み込んでいるはずの結良くんは、小さく困惑の声を漏らした。

動揺しているのがわかって、体の中が熱いような冷たいような、おかしな感覚に陥る。

「私のっ、この心臓にはね。私のものじゃない、記憶が、刻まれてて……っ。夏休み最後の夜に、その記憶を、夢にみたの」

ゆっくりと体を離して、そして見上げた、結良くんの瞳。

そこに映っている私は……耐えきれず、大粒の涙をこぼしていた。

「好きな人──結良くんに逢いにいく途中で、事故に、遭ってしまう夢だった……っ」

信じられない、というように大きく目を見開く結良くん。

当たり前だよね。

こんな突拍子もない話、すぐに呑み込むなんて難しいに決まってる。

だけど、それでも……どうか結良くんには、受けとめてほしい。

「どうして、あんな夢をみたんだろうって、そのときはすごく怖くて……っ。それで土曜日に、和田くんに相談に乗ってもらって、……理由が、わかった」

結良くんの体に添えたままの手が、小刻みに震える。

いまでもはっきりと思い出せる、あの事故のときの痛みと、苦しみ。

少し先の未来に届かなかった手。

身を焦がすほどの、後悔。

実際に体験していないけれど、たしかに、知っているんだ。

だって――。


「私に、移植されたのは。――っミクルさんの、心臓だったの」


震えが止まらない。

怖くて仕方がない。

呼吸が整わなくて、声が出なくなりそうで、思わずうつむいてぎゅっと目をつぶった。

過呼吸《かこきゅう》になったみたいに息が上がって、冷静に考える余裕なんてけれど。

……自分が伝えるべきことは、見失ってない。

「結良くんは……三年前のあの夜、ミクルさんが電話で『ちゃんと逢って話がしたい』って言った理由が、別れ話をするためだったって……っ、そう思ってるんでしょ？」

嗚咽に邪魔されないように、声が消えないように、必死に言葉を紡いだ。

「違うんだよっ……。あのときミクルさんはっ、結良くんに〝好き〟って、〝これからもいっしょにいたい〟って、自分の気持ちを、素直に伝えようとしてたの……！」

ずっと抑えこんで、我慢をして、覆い隠していた自分の想いを、ちゃんと伝えようと決意して、君に逢いにいこうとしていたの。

私だけが知っている、あのときのミクルさんのまっすぐな気持ち。

結良くんには、それを誤解したままでいてほしくない。

ずっとミクルさんを忘れられずにいた結良くんには、どうしても伝えたかった。

「結良くんは絶対、ミクルさんにとって重荷だとか、そんなのじゃなくてっ……。いっしょに未来を生きたい、かけがえのない、大切な存在だったんだよ……っ」

ミクルさんはちゃんと、さいごまで幸せだったよ。

結良くんがいてくれたから、幸せだったんだよ。

誰よりも結良くんのことを、心の底から想っていた。

だけど——それを伝えるのがミクルさんじゃなく私であることを、結良くんは、いったいどう思うだろう。

結良くんの目に、いまの私は、どう映っているんだろう。

「……そん、な」

戸惑いを隠せない結良くんの声に、びく、と思わず肩が跳ねた。

受けとめてほしい。

きっと受けとめてくれる。

そう信じていたはずなのに、やっぱり結良くんの反応が、怖くてたまらなくて。

「ごめん、ねっ……」

気づけばまた、私の口をついて出てくるのは、謝罪の言葉。

「みっ、ミクルさんじゃなくて、私で、ごめんなさい……っ」

こんなこと言いたいわけじゃないのに、止まらなかった。

だって本当なら、ミクルさんが結良くんに伝えるはずだった。

ミクルさんの姿で、ミクルさんの声で、想いを伝えるはずだった。

そこにはミクルさんと結良くん、ふたりが心から望む、幸せな未来があるはずだった。

「いま、結良くんのそばにいるのがっ、私でごめんなさい……っ！」

結良くんが想い続けていたミクルさんはもう、この世にはいない。

でも確かにミクルさんの一部を身に宿して、私はいまここにいる。

込み上げてくる罪悪感に押しつぶされてしまいそうで、思わず胸元をぎゅっとつかんで謝罪をくり返した。

「……なに、それ」

落ちてくる、固い声。

それと同時に、うつむいて泣く私の頬に触れた、結良くんの両手。

ぐっと少し強引に顔を持ち上げられて、結良くんと視線がぶつかった。

涙でにじんで視界がぼやけているけれど、結良くんは真剣な表情を浮かべていて。

「ひかり。……ちゃんと俺を見てよ」

名前を呼ばれて、こつ、と額が合わさる。

「……っ、ひっ、う」

「俺は、ひかりしか見てない」

真剣で、それでいて優しい声。

止まる気配のない涙が、いくつもの線になって頬を伝っていく。

それを拭ってくれる結良くんの指は、とてもあたたかくて。

私は涙を流しながらも結良くんを見つめて、結良くんの手にそっと自分のそれを重ねた。

「俺が好きなのは、ひかりだけだよ」

「ゆ、ら、くんっ……」

「ひかりがちゃんと生きて、いまこうして俺のそばにいてくれて……本当によかったって思ってる」

「っふ、うう……っ」

「……それでもまだ、謝る？」

ふるふると首を振ったら、私の濡れた目もとに、そっと結良くんのシャツの袖があてがわれた。

じわ、と染み込んでいく私の涙。

「まだ……しっかり理解が追いついたわけじゃ、ないけど」

結良くんは優しさをにじませた瞳で、まっすぐに私を見つめ返して。

「ミクルの心臓が、ひかりの命を救ってくれた――ってこと、なんだよね？」

――ああ……。

どこまでこの人は、優しくて、あたたかいんだろう。

どこまでこの人は、私の心を救ってくれるんだろう……っ。

「ふえっ……うっ、うん……っ」

ミクルさんが犠牲《ぎせい》になった、とか。

私のせいでミクルさんの身体から心臓が失われた、とか。

そういった意味合いの言葉なんて使わずに、ただ、私が生きていることを、〝ミクルが救ってくれた〟と表現してくれた。

現実味のない話を聞かされて、すごく戸惑って、まだ呑み込めていない部分もあるはずなのに。

それでも、こんなにも優しい言いまわしを、きっと無意識にしてくれた。

私にとっても、きっとミクルさんにとっても……幸せな言い方を、選んでくれた。

「あ、あのね、私っ……」

泣きながら話そうとする私に、「うん」と優しく相づちを打ってくれる結良くん。

「ミクルさんのっ、心臓をいただいたんだってわかって、怖くなっちゃったの……っ。結良くん、がどう思うだろうって……、〝なんで〟って思われたら、どうしようって……っ」

嗚咽交じりに、言えなかった理由を、抱えていた不安を、正直に吐き出した。

ミクルさんに生きていてほしかった。

結良くんは当然、ずっとそう思いながら生きてきたはずだ。

それは裏を返せば、私が生きていることの否定にもなるんだって、一瞬でも考えてしまったの。

結良くんがミクルさんを忘れられなくてもいいと思っていた。

けれど、結良くんが私の心臓の、かつての持ち主を知ったら……私がミクルさんの命を奪ったんだと、どうしてミクルさんが死ななければならなかったんだと、結良くんも、一瞬でもそう考えるんじゃないかって……本当に怖かった。

途切れ途切れな私の言葉を、黙って聞いていてくれていた結良くん。

話し終えると、私の身体を引き寄せて、また抱きしめてくれた。

それはまるで……宝ものを大切に、両手で包みこむみたいに。

「ひかりがいなかったら、俺は……いまでもミクルの死を引きずったまま、誰のことも好きになれてなかったよ」

ささやかれる声に、私はぎゅっと目をつぶって結良くんの胸に顔を押しつけた。

「時間が経ってもぜんぜん忘れられなくて、ずっと苦しかった。生き返ってくれたらいいのにって、叶いもしないこと、本気で願ってた」

ぎゅ、と抱きしめる腕に力がこもって、「でも」と結良くんが続けた。

「──ひかりが、そんな俺を救ってくれたんでしょ？」

「……っ」

「俺のそばにいるのは、ひかりじゃなきゃだめだよ」

ああ……もう、どうして。

結良くんがくれるのは、いつだってもったいない幸せばかりだ。

「それにひかりは……ミクルの夢も叶えてくれたんだよ」

「っえ……？」

結良くんはふとまつ毛を伏せ、視線を落とした。

「ミクルは、小児科医を目指してたから。『子どもの未来を守りたいんだ』ってよく話してて……俺も、ミクルならなれるだろうって思ってた。……だから、叶えられずに亡くなったんだって、やるせない気持ちになってた」

静かに切なげに、言葉を紡ぐ結良くん。

けれど私を見ると、やわらかな微笑を浮かべてくれた。

「でも、ちがったね。ミクルはちゃんと、夢を叶えられてた」

「ふ……っ、ひっく、ううっ」

「命をかけて、ひかりの未来を守ってくれたってことだよね。だったらミクル、すっごい偉大な医者だと思うんだけど」

「うっ、ん……うん……っ！」

私は泣きじゃくりながら、何度もうなずいた。

こんなふうに優しく笑って、私が生きていることを肯定してくれる。

どうしようもないほどあたたかい気持ちで、この命を愛してくれる。

こんなにも私の心に、あたたかな光を与えてくれる人を、私はほかに知らない。

結良くんの見つける幸せの考え方が……私ははじめて出逢った日から、ずっとずっと大好きだ。

「ありがとう。ミクルの夢、叶えてくれて。……怖かったのに、俺にちゃんと全部話してくれて」

君に出逢えて——本当に本当に、よかったと思える。

もう、数えきれないほどにそう思ってる。

結良くんに出逢えたのも、再会できたのも、ミクルさんのおかげ。

私がいま感じている幸せはすべて、ミクルさんがいなければ叶わなかったこと。

素直に、そんなふうに考えていいんだって……君にそう言ってもらえて、はじめて許された気がしたの。

「っ、結良くん……っ、ほんとに好き、大好きっ……！」

込み上げてくる想いが止まらなくて、涙をこぼしながら告白した。

「……なんか、いつもの感じに戻ったね」

笑い混じりにそう言った結良くんに、私も涙ぐんだまま笑って、顔を上げたら。

……唇に柔らかな感触が訪れて、そっと、目を閉じた。

「俺も、好きだよ」

甘くて優しい声が、この心臓を高鳴らせてくれる。

これから先の未来もずっと、数えきれないくらいもっと、〝好き〟って言いたい。

君のそばにいられる幸せを——何度だって、君に伝えるよ。

# 光で結ばれた未来

＊伊折ＳＩＤＥ＊

——あれは三年前の、五月中旬のこと。

まだ俺とミクルは付き合っていなくて、でもミクルが俺を見かけるたび話しかけてくるくらいの距離だった頃。

その日は下校のタイミングがたまたま重なって、正門を出たところで声をかけてきたミクルといっしょに通学路を歩いていた。

ちょうど中間テストの準備期間だったから、ミクルの部活も休みで。

歩幅を合わせながらたわいもない話をしていたとき、そばの公園のほうから突然幼い泣き声が上がった。

そちらを見ると、砂場のところで小学校低学年くらいのひとりの女の子が座り込んで泣きじゃくっていて、その周囲に友だちらしき子どもたちが心配顔で集まっていた。

『どうしたの？』

ミクルと駆け寄って尋ねれば、鬼ごっこ中に女の子が転んで膝をすりむいてしまったらしく。

事情を把握したミクルは、すぐさま女の子を抱き上げて水道へと向かった。

傷口の汚れを落としたあと、鞄の中から小さな救急セットを出して、手早く怪我の処置を施す。

丁寧に絆創膏《ばんそうこう》を貼り終えたミクルは、『痛いの我慢してえらかったね』と女の子の小さな頭を撫でた。

『気をつけて遊ぶんだよ？』

『うんっ……。ありがとう、お姉ちゃん！』

泣き止んだ女の子は笑顔でお礼を言い、待っていた友だちの元へ向かっていった。

立ちあがりながらそれを見送るミクルの優しい横顔に、つい目を奪われる。

そんな俺の視線に気づいたミクルは、こちらを振り向くと、小首をかしげてにっこと笑ってみせた。

気恥ずかしくなった俺は、なんとなくごまかすように、ミクルの手にある携帯用の救急セットを見た。

『そんなの、持ち歩いてるんだ』

『ああ、これ？　持ってると便利だよ。いまみたいに、怪我人がいたらすぐに手当てできるし』

自分じゃなくて、誰かのための用心だったのか。

その頃はまだ出逢って間もなかったのに、彼女らしいな、なんて自然と思った。

ミクルは救急セットを鞄にしまい、『だから結良も、怪我したら私にまかせてね』と冗談まじりに俺の肩を叩く。

『手当てが必要になるほどの怪我とか、めったにしないよ』

『でも、いつなにが起こるかわかんないじゃん』

『……まあ、そうだけど』

俺の反応に肩をすくめて笑みを見せたあと、ミクルは元気に駆けまわる子どもたちに視線を向けた。

怪我をしていた女の子も、傷の痛みなんて忘れたかのように明るい笑顔を浮かべている。

『私ね。……将来、小児科のお医者さんになりたいんだ』

ほほ笑みながらそう言ったミクルの横顔を、きっと俺は一生忘れることはない。

『子どもにある未来を、私が守ってあげたい』

意志の強そうなその瞳が見すえていたのは、自分の未来よりも、もっと先だった。

そんな彼女をとなりで見ていた俺は、この人なら絶対なれるだろうと、不思議なほど強く確信できたんだ。

当然のように約束された未来を……強く強く、信じられた。

木々の葉が紅く色づきはじめ、すっかり秋めいてきた十月上旬。

「よっ、伊折！」

教室に向かう途中で、今日もさわやかな声が背中にかかり、ついでがしっと首に腕をまわされた。

突然のことに驚きながらも、その声の主が誰かは一瞬で理解する。

「和田……おはよ」

「めずらしいな。おまえが今日登校早いの」

「……今日は、放課後ひかりといっしょに行くから」

彼女の名前を出せば、和田は「そっか」とうれしそうに顔をほころばせた。

ひかりの過去や、記憶転移のことを聞いた次の日、和田ともちゃんと和解した。

といっても、仲違《たが》いをしたわけじゃなく、俺が一方的に嫉妬していただけなんだけど。

だから和田から『伊折の気持ち考えずに逢ったりしてごめん！』と謝られたときは、びっくりしてしまった。

だって、俺が先に謝るべきだったのに。

ひかりの心臓病のことも、ミクルが亡くなった当時のことも、どちらも知る和田のおかげで、ふたりのつながりに気づくことができたのに。

和田はいつだって人よりも周囲に気を配って、でもそれを悟らせたりしない。

俺たちが思うよりずっと、いろんなことを考えてる、器用に優しいやつ。

『伊折もひかりちゃんも、俺にはわかんねえくらい、苦しい思いたくさんしてきたんだからさ。俺、ふたりには絶対に幸せになってもらいたいんだよ』

そう言われたときは、いいやつすぎて思わず心配になったくらい。

ミクルを喪った三年前からずっと、俺はそんな和田に数えきれないほど支えられてきたんだと思う。

「ひかりちゃんがいてくれて、ほんとよかったよ。伊折、このまま一生独り身なんじゃないかって、マジで心配してたから」

となりを歩く和田が、ひかりと再会する以前の俺を思い出してか、眉をさげて苦笑する。

「……うん。心配させてごめん」

「ま、いまはまったく心配してないけど。俺から見てもふたりはさ、なんかこう、運命の糸で結ばれてる！っつー感じなんだよな。いろんな奇跡が重なっていまのふたりがあるわけだし、すげーことだなって」

「俺も、そう思うよ」

思ったことをそのまま返していたら、和田が意外そうに俺を見てきた。

「なんか今日すげー素直だな。どしたん？」

「いろいろ助けられてきたから、和田には。……いつもありがと」

「えっ……なに、泣かせる気⁉　伊折くん抱きしめちゃっていい？」

感動したように目をうるませる和田に、「ばーか」ってちょっと笑った。

素直じゃないせいで、いままでぜんぜん言葉にしてこれなかったけど。

いつも明るく励ましてくれる和田には、ずっと、感謝してるよ。

「うわー、もうマジで、ひかりちゃんがいてくれてよかった……‼」

「うん、あのさ」

「おう！」

「これからできるだけ、ひかりの名前呼ぶの控えてほしいんだけど。あとひかりに触るのもやめて」

さすがに恥ずかしさが込みあげたけど、もう無駄に嫉妬するのもいやだから。

恥をしのんではっきり頼んだら、和田は信じられないものでも見たかのように、目を丸くしたあと。

「……ったく、しょうがねえなあ！　わかったよ！」

なぜかさらにテンションを上げて、にやにや顔で俺の腕を軽く殴ってきた。

その日の放課後、俺はひかりと通学路ではない道を通って、とある場所へ向かった。

月に一度、俺が早朝に訪れている——ミクルが眠っている場所。

十月九日。……今日は、ミクルの命日だから。

「お墓、とってもきれいにされてるね」

【佐倉家之墓《さくらけのはか》】と彫られた墓石の前。

長い合掌《がっしょう》のあと目を開いたひかりが、うれしそうにほほ笑んだ。

きっと俺たちの前に来ただれかが丁寧に手入れをしてくれたんだろう。

四つある花立てには、俺たちが来た時点ですでに色とりどりの花がお供えされていて、いまでもミクルが愛されていることを知る。

「ひかり。前みたいに、泣いたりはしない？」

「うん……大丈夫。なんかね、この前とは正反対で、心がすごく凪《な》いでるよ。……ミクルさんの想いが、結良くんにちゃんと届いたからかな」

夏休み中にはじめてミクルの墓参りに来たときは、いきなり大粒の涙をこぼしはじめたから驚いたけれど。

今日は穏やかな表情でミクルの眠る場所を見つめているひかり。

落ち着いた様子の彼女の横顔をながめながら、ミクルの心とつながるというのはどういう感覚なんだろう、とふと思った。

いま彼女の中で動いている心臓は、もともとはミクルの中にあったもの。

記憶転移、なんて現実味のない話にはじめこそ動揺したものの、臓器移植によってそういう現象がまれに起こり得ることは調べてわかったし、ひかりは俺とミクルの記憶を確かに覚えていた。

生前、臓器提供意思登録《ぞうきていきょういしとうろく》――ドナー登録をしていたミクル。

代々医者の家系で、ミクル自身も小児科医を目指していたせいか、彼女は命についての話をよくしていた。

いま思えばあまり中学生らしくないけれど、俺は将来をまっすぐに見すえるミクルの姿がとても大人びて見えて、彼女のそんな話を聞くのもいやじゃなかった。

ドナー登録のことも、中学に上がってから両親と話し合って決めたと、いつか話してくれた覚えがある。

そんな彼女の決断が、三年前の今日、ひかりの命を救う未来につながった。

「……奇跡みたいだな」

思わず、ぽつりと小さな声でつぶやいていた。

がらにもないけれど、それでも、信じずにはいられない。

ミクルがいなければひかりはまだドナーを待ったまま、高校で再会することもなかっただろうし、ひかりと再会できなければ……俺もいまでもミクルの死を引きずったまま、救われずにいた。

「うん。――奇跡だよ」

こちらを見たひかりが、俺の脳内をのぞいたかのように無邪気に笑った。

「いま私がここに……結良くんのとなりにいられるのは、ミクルさんが奇跡をくれたおかげだから」

この運命は、奇跡なんだと。

ミクルと誰より結びついた彼女が、まぎれもなくそれを証明していた。

――三年前の九月二十四日、ミクルが事故に遭ってから。

彼女が昏睡状態に陥ってから、俺は自分を責めない日はなかった。

毎日お見舞いに行って、ミクルの名前を呼びかけては、目を覚まさない彼女に絶望して。

誰ひとりとして俺を責めなかったけれど、込み上げる後悔の念に、何度も押しつぶされそうだった。

あの夜……ミクルから電話で『ちゃんと逢って話がしたい』と言われたとき、真っ先に俺の頭をよぎったのは〝別れ話〟だったんだ。

ああ、やっぱりミクルにとって俺は重荷だったんだ、と思った。

彼女が最後に涙声だった理由も、きっと俺にうしろめたさを感じているからなんじゃないかって……。

だから俺は、ミクルの心にこれ以上の負担を与えたくなくて、できるだけ優しく、普段通りの口調を意識して話していた。

『じゃあ、いつも通り、朝練のある時間に待ち合わせる？』

平気なふりで、あんな提案をしなければ、きっとあの事故は防げたはずだった。

本当なら、少し遠回りしてでも、俺がミクルを迎えに行くべきだったのに。

怖かったんだ。

ミクルとの関係が終わる未来が。

逢えない日々を過ごすことで、俺もミクルも、お互いに相手の気持ちがしっかり見えなくなっていたから。

だけど……そうやってずっと、ミクルの想いに自信を持てずにいた俺に、ひかりは教えてくれた。

それでもミクルはあのとき勇気を出して、〝これからもいっしょにいたい〟と、俺に伝えようとしてくれていたんだって。

伝えることを恐れて、なにも言えないまま、ただ別れを受け入れる準備をしていた俺とは裏腹に。

ミクルは確かに俺との未来に、手を伸ばしてくれていたんだって。

〝言葉にしなければ相手に伝わらない〟なんて、そんなことはわかっていた。

わかっていても、伝えることをためらってしまう俺を、変えようとしてくれたのもひかりだった。

『子どもにある未来を、私が守ってあげたい』

そう言っていたミクルが、命をかけて未来を守った……たったひとりの女の子だった。


「……あら？」

ふいに後ろのほうから女性の声が届いて、ひかりといっしょに振り返った。

霊園の入り口のところに、見覚えのある、柔和《にゅうわ》な雰囲気の女性が立っていた。

三年前のお葬式のとき、『ミクルのことは忘れてくれていいんだよ』と泣きながら言ってくれた……ミクルのお母さん。

歩み寄ってくる彼女に小さく会釈をして、自己紹介しようと口を開いたとき。

「あなた、確か……伊折結良くん」

「え……」

まさか、俺のことを覚えてくれていたなんて思わなかった。

ついびっくりしてしまった俺に、ミクルのお母さんは柔らかく笑う。

「忘れるわけないでしょう？　あのとき娘のために『月命日も、お墓参りに来ていいですか』なんて言ってくれたの、本当にうれしかったんだから……。いまでも通ってくれていることも知っていたの。いつも花やカフェラテを置いてくれて……ありがとう、本当に」

深く頭を下げてそう告げた彼女は、それから俺のとなりに視線を移し、ほほ笑んだ。

ひかりは心なしか瞳をうるませて、ミクルのお母さんを見つめている。

「そちらの方は、彼女さんかしら？」

「あ……は、はいっ！　結良くんとお付き合いさせていただいてます……！」

緊張しているのか、元気よくあいさつするひかりに、ミクルのお母さんは「とてもかわいい方ね」とくすくす笑いをこぼした。

「余計なお世話かもしれないけれど、少し気がかりだったの。あなたがもしミクルを忘れられないままだったらどうしよう、って……。でも、よかった」

三年は決して短くはない期間だし、ずっと月命日にお墓に通っていたら、心配されてしまうのも当然かもしれない。

ミクルのお母さんは安堵をにじませた声で言ったあと、切なげな微笑を見せた。

「だけど……彼女さんがいるならもう、無理してここに来なくても、」

「ちっ、違います……！」

気遣わしげな彼女の声をさえぎって、となりのひかりが慌てて首を振ったとき。

「誰と話してるんだ？」

どこか堅物そうな男性が、続いてやってくるのが見えた。

ミクルのお母さんのそばに立ったその男性にも、もちろん見覚えがある。

彼――ミクルのお父さんはこちらを、というかひかりを視界に認めたとたん、目をみはった。

「サクラ先生っ？」

同じタイミングでひかりも驚きの声を上げ、目をぱちくりと丸くさせる。

「え……。ひかり、ミクルのお父さんと知り合い？」

「し、知り合いもなにも！　サクラ先生は、私の担当医だった先生だよっ」

尋ねた俺に、興奮気味にそう答えてくれるひかり。

「移植手術は違う先生が執刀《しっとう》してくれたけど……。サクラ先生は私が入院してるとき、すごく親身になってくれて、大好きな先生だったの」

当時のことを思い出しているのか、ひかりは懐かしむようにミクルのお父さんを見た。

じゃあ、ふたりはミクルのこととは関係なく、ずっと前から面識があったのか。

こんな思いがけない接点があったなんて……。

「そっか……。サクラ先生は、ミクルさんのお父さんだったんだ」

そう感慨深そうにつぶやたひかりは、なんだか少し、泣きそうに見えた。

「……ひかりちゃん。君がミクルを知っているということは……もしかして」

ためらいがちに、戸惑ったように口を開いたミクルのお父さん。

肝心な言葉は続かなかったけれど、ひかりは「……はい」と、笑みを浮かべながらも強い声でうなずいた。

「知ってます。……私は、三年前の今日、ミクルさんの心臓に救われたってこと」

心臓のあたりに手を置いて、涙をにじませて、ひかりはミクルのお父さんに笑顔を見せた。

それから、ミクルのお母さんにも顔を向けて。

「だからちゃんとお礼が言いたくて、今日、私も結良くんといっしょにミクルさんに逢いに来たんです」

ひかりの担当医だったミクルのお父さんは、当然、すべてを知っているんだろう。

ミクルのお母さんもひかりの言葉の意味を理解したようで、彼のとなりで口もとを覆って目を見開いている。

当時まだ中学生だった娘を亡くして、ミクルの両親もきっと想像もできないほどの絶望を味わったはずだ。

それでも、ミクルの心臓が、いまひかりの身体を動かしていること。

確かにミクルが残した未来が、いまここに存在していること。

「逢いに来てくれて、ありがとう。……幸せなことだ。すごく」

目を閉じてかすかな笑みを浮かべ、そう優しい声でささやいたミクルのお父さん。

そしてミクルのお母さんも、いまにもこぼれ落ちそうな涙を浮かべてうなずいた。

「あなたが、娘の命を引き継いでくれたのね……。その後、お身体に大事はない？」

「はい……っ。おかげさまで、健康に生きられてます」

「そう。本当によかった……」

心底ほっとした表情で、ひかりに優しくほほ笑みかけるミクルのお母さん。

「娘の名前はね、〝未来〟と書いて〝ミクル〟と読むの。……あなたが生きてくれる未来は、私たちにとっても、ミクルにとっても、なによりの救いです」

彼女のその言葉に、ひかりの両の瞳からぽろぽろと涙がこぼれはじめた。

娘を大切に想っていたからこそ、ふたりにとってひかりは希望の光になる。

ひかりが前を向いて幸せに生きることを、心から望んでくれている。

……今日、ここに来てよかった。

きっとひかりにとっても、ミクルの両親にとっても。

「伊折結良くん、と言ったね。ひかりちゃんのことをよろしく頼むよ」

しばらく話したあと、別れ際にミクルのお父さんにぽんと肩を叩かれた。

照れくさく思いつつも、「はい」とうなずいてみせる。

もう二度と、三年前のように後悔しないために。

これからも、ひかりと未来を歩んでいくために。

少しずつでも、不器用ながらも、俺も素直に伝えていけたらいい。

ひかりとなら……ひかりとだから、きっと変わっていける。


ミクルのお墓をあとにして、俺の家へ向かった。

何度か顔を合わせているから、俺の母親もひかりを歓迎してくれた。

「ごめんね、これからパートに行かなきゃいけないの。なんのおかまいもできないんだけど、ゆっくりしていってね」

「はいっ、ありがとうございます！　パート頑張ってくださいっ」

「ひかりちゃん……！　なんてかわいいの！」

俺の母親はご覧の通り、ひかりのことを心底気に入っているらしく。

満面の笑みでガッツポーズするひかりを思う存分抱きしめてから、とても名残惜しそうに家を出ていった。

そういえば娘がほしかったって言ってたっけ……。

まあ、自分の彼女を快く迎えてくれるのは、もちろん悪い気はしない。

ひかりも俺の母親と話しているとき、楽しそうにしているし。

いつものカフェラテと適当なお菓子を用意して、先にひかりを通した自分の部屋へと上がっていく。

「…………」

開けっ放しのドアから中に入った俺は、ひかりの姿を見て一瞬だけ固まった。

ベッドの端に座った状態から、そのまま上体を横に倒してころんと寝転んでいるひかり。

目を閉じているけれど眠っているわけではなく、「えへへ～……」となにやら楽しそうににまにま笑っている。

「ひかり？」

内心ちょっと動揺しつつ名前を呼べば、ひかりは慌てた様子で勢いよく起き上がった。

「わあっ、結良くん!? いつの間に……っ」

「いや……なにしてんの？」

持っていたトレイをローテーブルに置き、当然の疑問を投げかければ、ひかりは顔を真っ赤にさせて縮こまった。

「ご、ごめんなさいっ。結良くんのにおい好きだから、つい……」

「っ……」

恥ずかしそうに両手で顔を覆うひかりに、俺もうっかり赤面しそうになった。

……ほんっと、勘弁してほしい。

やってること、わりとぎりぎりなはずなのに、相手がひかりだとかわいいとしか思えないからだめだ……。

黙ってとなりに腰を下ろしたら、ひかりは眉を下げておずおずと俺を見上げた。

そんな彼女の頭を撫でて、軽くこちらへ引き寄せる。

「……彼氏の部屋でそんなかわいいことしてたら、好きにしてって言ってるようなもんだよ」

べつに警戒しろって言ってるわけじゃないけど、意識くらいはしてほしい。

ここ一応彼氏のベッドの上なんだし、いま家に俺ら以外誰もいないわけだし。

注意の意味をこめて、あきれ混じりにそう言ったのに。

「えっ！　結良くんになら、好きにされたい……っ」

ひかりはこちらの心境なんてちっとも知らずに、純度百パーセントの瞳でそんな返しをしてきた。

そのあと自分の発言の大胆さにはっと気づいて、耳まで真っ赤になったけど……。

この子は本気で、男をなんだと思ってるんだ……。

「……っ、どうなっても知らないから」

口ではそう言いつつも、怖がらせないようにそっと頬に手を添えて、顔を傾けて触れるだけのキスをした。

きゅっと引き結ばれた唇から、ほんの少しの緊張が伝わってくる。

ふ、とつい頬が緩んで唇を離したら、ひかりはうるんだ瞳で俺をじっと見上げていた。

その目もとに、俺は優しく親指を這《は》わせる。

「ちょっと赤くなってる」

「あ、さっき、いっぱい泣いちゃったから……」

ひかりは小さな声でそう言って、それから目を細めて笑った。

「今日、ミクルさんのご両親に逢えて……本当によかった」

「うん。きっとふたりも、ひかりに逢えてそう思ったと思う」

「えへへ。……うれしい」

ふたたび顔を近づければ、ほほ笑んだまま目を閉じるひかり。

何度かキスをくり返して、たまに見つめ合って笑い合って、またキスを落とす。

目が合うたび、触れるたびに幸せそうな表情を見せるひかりに、胸のあたりが甘く締め付けられる。

もう少し先に進みたい気持ちと、どうしようもなく大切にしたい気持ちがせめぎ合って……。

「結良くん……っ」

だけど、そんなふうに吐息交じりに名前を呼ばれたら、抑えつけられなくなった。

ゆっくりと首筋に唇を触れさせれば、「んっ」と小さく漏れる声と、ぴくっと跳ねる肩。

ひかりの体が若干強張るのは感じ取れたものの、抵抗するそぶりはない。

それでも、ぎゅう、と俺の腕あたりのシャツを握って、俺を見つめるひかりの瞳は、わずかに揺れていて。

俺は少し体を離して、ひかりの顔をのぞき込んだ。

「ごめん。怖がらせた？」

落ち着かせようと頭を撫でたら、ひかりはふるふると必死に首を振った。

「そ、そうじゃなくて……。あの、ね」

「ん？」

「い、言うべきかなって、ずっと思ってたんだけど……」

視線を落として口ごもるひかりは、しばらく黙り込んだあと、ブラウスのボタンに手をかけた。

そして上から順番にボタンを外していくから、さすがにびっくりして「ひかり？」と呼びかけた、けれど。

……〝それ〟を目にした瞬間、ひかりの不安の理由を悟った。

「ここに、ね……手術の痕《あと》が、残ってて」

ブラウスからのぞいた胸もとの、ちょうど真ん中あたり。

一直線に下へ伸びた、ちょっと引きつれたような傷痕。

三年前のものだからか赤みもなく、ほとんど目立たなくなっているけれど……それでも、女の子のひかりにとっては不安の要因になるはずの、移植手術の痕。

「大丈夫だよ」

固い表情のひかりに、俺は安心させるようにほほ笑みかけた。

「この痕は、ひかりが生きてる証拠でしょ」

ひかりが死に怯えず、健康に生きられる身体になるために、切り開かれた痕。

めぐりめぐっていまこの瞬間につながっているそれが、愛しくないはずがない。

「なにも心配しなくていいから。俺にとってすごく大切な痕だよ」

そうささやいたら、ひかりの瞳のふちにじわじわと涙がにじみはじめた。

「う……」

「よく泣くね」

肩をすくめて苦笑して、胸もとの手術痕にそっと優しく口づけた。

そして涙を流すひかりを抱きとめ、ぽんぽんとその華奢《きゃしゃ》な背中を撫でる。

こんな小さな体で、幼い頃からどれだけの痛みや苦しみを乗り越えてきたんだろう。

俺の腕の中にすっぽり収まる彼女を、守ってあげたいと強く思った。

「結良くん、大好き……っ」

三年前からずっと、俺のことだけを想い続けてくれた女の子。

どんなにあしらっても、諦めずに何度も想いを伝えてくれた。

ひかりは三年前に俺に救われたと語るけれど、それを言うなら俺は、毎日のようにひかりに救われてる。

ひかりの存在が確かに、俺に未来を信じさせてくれる。

「俺も。——大好きだよ、ひかり」

自分の気持ちを素直に口にするのは、まだまだ慣れないし、正直だいぶ恥ずかしかったりもするけれど。

顔を上げて俺を見た君が……そうやって、心から幸せそうに笑ってくれるなら。
俺のそばで、ずっと笑っていてくれるなら……。
これから先の未来もずっと、数えきれないくらいもっと。
俺は君がここにいる幸せを――何度だって、君に伝えるよ。

出逢えたことがこんなにもうれしくて
心臓が苦しいくらい甘い音を立てながら
今日もまた、君という恋へ落ちていく。
＊5＊
書き下ろし番外編

# 夢のあとは秋澄む街で

十月下旬、短い秋の真っただ中。

太陽が出ていればまだ暖かく感じるものの、ここ最近でぐんと気温は下がり、冷え込む日も多くなった。

体調を崩しやすい時期だから、健康管理にはことさら気を遣わなきゃいけない。

土曜日の朝、カーディガンをはおり、一応マフラーを鞄にしのばせた私は、わくわく気分で結良くんの家へと向かっていた。

今日は結良くんと約束したデートの日。

数日前、和田くんが『俺は部活あるし、そもそも星とか興味ねえからふたりにあげるよ』ってプラネタリウムの入場券を二枚くれたんだ。

どうして和田くんがそんなロマンチックな場所のチケットを持っていたのか不思議だけれど、期限が今週末までに迫っていて、急きょデートの予定ができたから感謝しかない。

最近新しくできたという、人気のプラネタリウム。

カップルシートっていうのもあるらしくてどきどき。

少し遠いから電車に乗っていくんだけど、結良くんと遠出したことはあまりないからとっても楽しみだ。

私も結良くんも部活に入ってなくてよかった。

夏休みに、和田くんには〝バスケ部に興味がある〟って話をしていたけれど、結良くんと仲直りできてから、やっぱり部活に入るのはやめることにした。

いまは部活よりも、結良くんと過ごす時間を大切にしたいと思ったから。

だって放課後はいっしょに過ごしたいし、休日も逢いたい。

部活に入っちゃったらきっと、こうして今日デートする予定も立てられなかったもん。

それに、体力をつけたいと言ったら、同じクラスのバスケ部の女の子たちが目を輝かせて『お昼休みとかバスケしたいなら付き合うよ！』と言ってくれて、たまに体育館を借りてバスケットボールで遊んだりもしている。

持久力がないのと身長が低いのが弱点だけど、シュートは得意で、よく『フォームがきれい』と褒めてもらえる。

結良くんや和田くんが言うには……ミクルさんのシュートフォームに、似ているんだって。

もともと私に運動センスが備わっていたわけじゃないのは残念だけれど、なんだか、そういうのってうれしいなと思った。

私の中には、たしかにミクルさんがいるから。

ミクルさんが生きていたことを、いま私が生きていることで、証明している。

それってすごくすごく光栄で、幸せなこと。

ミクルさんの命日にご両親と話せてから、そんなふうに考えられるようになった。


「あらっ、ひかりちゃん？」

結良くんの家に到着すれば、花の水やりをしていた結良くんのお母さんが私に気づいて歩み寄ってきた。

広いお庭には今日も、色とりどりの花たちがいきいきと咲き誇っている。

結良くんとよく似た、とても美人なお母さんに、私は笑顔で頭をさげた。

「おはようございます！　結良くん迎えにきちゃいました」

「おはよう。今日の予定ってひかりちゃんとのデートだったのね」

「えへへ、はいっ。デートなんです！」

「やだ、もう……！　ほんとかわいいわ、ひかりちゃん！」

デートという響きについ照れ笑いを浮かべたら、ぎゅーっと抱きしめられた。

優しくて、おちゃめな一面もあって、とってもすてきな人。

親しみやすいから、話しているとすごく楽しい。

「でも、たしか約束は十時からよね？　結良からはそう聞いていたんだけど」

「……えっ」

体を離して、不思議そうに言った結良くんのお母さんに、私は目をぱちくりさせた。

現在時刻、およそ八時半。

今朝見た、スケジュール帳に書きこんでいた待ち合わせ時間は、八時のはず……。

数秒間、思考停止したあと、私は急いでスマホを取り出して結良くんとのメッセージのやりとりを確認した。

昨夜の履歴をさかのぼって見てみると……【明日、十時に待ち合わせよう！】という、他でもない私のメッセージがそこにあった。

「ほ、本当だっ。時間、間違えちゃった……！」

どうりで待ち合わせ場所で待っていても結良くんが来なかったはずだ……！

能天気な私はまだ寝てるのかな～なんて思って、一応メッセージだけ送ってここまで迎えに来てしまった。

そういえば、昨夜スケジュール帳に時間を書き込もうとしたとき、ちょうどママが『明日はママも八時から予定があって出かけるんだ～』って話していたんだっけ。

それでうっかり、ママから聞いた時間をそのまま書いちゃったんだ！

す、すごくばかだ私……！


そもそも、しっかり者の結良くんが寝坊なんてするはずないよ！

「ごめんなさい！　出直します！」

危ないとこだった、と慌てて来た道を引き返そうとしたら、結良くんのお母さんが「待って！」と引きとめた。

「そんなこと言わずに、上がってちょうだい。たぶん結良まだ寝てるから、起こしてきてあげて？」

「えっ？　で、でも……」

「いいのよ。せっかく迎えにきてくれた彼女を帰すなんて、男としてあり得ないわ」

わ、私が勝手に勘違いして来ちゃっただけなのに……！

それはさすがに申し訳ないので、と遠慮しようとしたけれど……ふと、気づいた。

私、考えてみれば、結良くんの寝てるとこって見たことない。

もしかしてこれは、愛しの彼氏さまの激レアな寝顔を拝むチャンスなのでは……!?

「い、いいんですか……っ？」

「もちろん。大丈夫よ、あの子寝起きいいから」

「……お邪魔させていただきますっ！」

ごめんなさい、結良くん！

欲望に勝てない彼女で本当にごめんなさい……！

心の中で謝りつつも、結良くんのお母さんに家に通してもらい、階段をのぼって結良くんの部屋へと向かった。

どきどきする胸を落ち着かせて、音を立てないようにそうっとドアを開ける。

な、なんだか、悪いことしてるみたいだ。

いや、こっそり寝顔を盗み見るなんて、あきらかに悪いことなんだけど！

そろそろと忍び足で部屋に入って、結良くんの眠るベッドへと近づいた。

結良くんは薄めのふとんを肩の下までかけて、片手だけ出した状態で眠っている。

か……かわいい。

顔を少しだけこちらに向けて、寝息を立てている結良くんに、私の鼓動はいっきに騒がしくなった。

結良くんが、ほ、ほんとに、寝てる……っ。

か、かわいすぎて、ちょっとどうしようっ。

起きているときよりあどけなくて、なんだか……すごく清らかな感じっていうか。

こんなめったに見れない結良くん、起こすなんてもったいない……！

その場にしゃがみこんだ私はベッドの端っこに両手をのせて、結良くんの寝顔をまじまじと見つめた。

いつも考えていることだけど、本当に、私の彼氏さまはお顔が整いすぎてる。

女の子としてはうらやましい限りの、シミひとつないきめ細かな肌。

目を閉じていてもくっきりの二重、頬に影を落とすほど長いまつ毛。

すっと伸びた鼻梁《びりょう》に、軽く結ばれた、薄くて柔らかな唇。

そしてこぼれ落ちる、穏やかな寝息……。

「……っ」

ふ……触れたい。

すごく、キスしたい。

眠ってる恋人に勝手にキスしちゃうのって、だめなのかな？

ちゃんと起こしてからするべきなのかな？

でも、いまはまだ起こさずに、寝顔を拝んでいたい気も……っ。

ふたつの欲望としばし葛藤した私は、思いきって上半身をベッドに乗り出して、結良くんとの距離を縮めた。

見つめるたびに愛おしい気持ちがあふれ返って、どうしようもなく、想いを伝えたくなる。

だけど起こしちゃうのはいやだから、心の中で好きだよ、ってささやいて。

ぎゅっと目をつぶり……結良くんの頬に、そっと自分の唇を押しあてた。

……頬ならセーフ、かな？

うん、そういうことにしておこうっ。

弾む心臓の音を聞きながら、唇を離して結良くんを見つめた。

起きる様子のない結良くんにほっとして、そして、結良くんの柔らかな髪に手を触れさせようとしたとき。

……すぐそばから音楽が流れはじめて、慌ててぴゅっと手を引っこめた。

「っ……!?」

目を丸くしてベッドチェストのほうを見れば、そこに置いてあった結良くんのスマホが、八時四十五分という時刻の表示とともにアラーム代わりの音楽を鳴らしていた。

「ん、ん……」

夢から覚めたらしい結良くんが、スマホに手を伸ばしながらゆっくり目を開く。

そして私を視界に認めると、つかんだスマホから流れる音楽を止めることもせず、ただぱちぱちとまばたきをくり返した。

「お、おはよう、結良くんっ」

「ん……っ？　おはよ……」

片肘をついて上体を起こした結良くんは、挨拶を返しながらもまだしっかり状況を呑みこめていないようで。

とりあえず音楽を消し、時間を確認してから、またすぐに私へと視線を戻した。

「っえ、待って……なんでここにいんの？　待ち合わせ十時じゃなかった？」

「そ、そうなのっ、ごめんね。私が間違えて来ちゃって……そしたら、結良くんのお母さんから、結良くん起こしてきてあげてって家に上げてもらって」

「起こされてないけど……」

「……起こすの、もったいなくて。ずっと見つめちゃってました……」

正直に話すと、うつむいた結良くんは黙って片手で顔を覆った。

あきれ返ってるのかと思ったけど……髪からのぞく耳が、かすかに赤く色づいているのが見える。

「起こしてよ、ばか……」

結良くんははーっとため息をついて、ふたたびベッドに突っ伏してしまった。

「う……だって、眠ってる結良くん、すごくかわいかったんだもん」

「っほんと、もう……ばか」

寝顔もかわいかったけど、恥ずかしがってるいまの結良くんも、かわいすぎる。

Tシャツ姿でいつもの私服よりももっとラフだからか、無防備な感じがあって。

胸がきゅんと高鳴って、私は「結良くん」と手を伸ばして、結良くんの頭を優しくなでなでしてみた。

結良くんはぴくっと少し反応したけど、なにも言わずにされるがままで、そんな彼に私は表情筋がゆるゆるになってしまう。

あんまり寝ぐせのついていない、柔らかな髪。

ほのかなシャンプーの香りに、またきゅんとする。

「えへへっ……。私ね、ずっと結良くんの髪、なでてみたかったの」

「なにそれ」

「授業中、触れてみたいなあ、っていつもうしろの席からながめてたんだ。片想いのときだったから、そういうのは彼女の特権だと思って、我慢してたんだけど」

「……いや、俺見てないで真面目に授業聞きなよ」

あきれた声でごもっともな意見を返されてつい笑ったら、結良くんは静かに起き上がって、私と向かい合うようにベッドの上に座った。

「べつに、いつでも触っていいよ。……彼女なんだから」

私とは目を合わせないままで、小さくつぶやいた結良くん。

その横顔が赤くなっているけど、私もきっと負けないくらい、真っ赤になっていると思う。

……だってこんなに、顔が熱い。

両手で頬を覆ってこくんとうなずいた私は、それから、どきどきしながら口を開いた。

「じゃあ、あの……ぎゅってするのは……？」

「……どうぞ、いつでも」

いますぐ結良くんに抱きつきたい。

そんな私の気持ちを汲み取ってくれた結良くんが、そう言って軽く両手を広げてくれるから。

私は大きく鳴り響く鼓動を感じながら、その腕の中に飛びこんだ。

両腕が背中にまわってぎゅっと抱きしめ返されて、幸せな気持ちでいっぱいになる。

さっきまで寝ていたからか、いつもより高い結良くんの体温が、とても心地良い。

「大好き、結良くん……っ」

「……ん」

ああ……本当に私は、世界でいちばんの幸せ者だ。

こうして結良くんのそばにいられて、いつでも触れられて、想いを伝えられる日々が、大げさでもなんでもなく奇跡のようで。

胸のあたりがじんわりあったかくて、涙が出てきちゃいそう。

「なんか……こういうの、ちょっといいね」

目を閉じて優しいぬくもりに包まれていたら、結良くんがささやいた。

「こういうの？」

「起きたらすぐそばに好きな子がいて、『おはよう』って言ってくれるの。ちょっと、きゅんとした」

「えへへっ……」

単純な私は結良くんのその言葉を聞いたとたん、時間を間違えて来ちゃってよかった、なんて思ってしまう。

好きな人の寝顔が見られる。

起きてすぐ、好きな人に逢える。

もしも……結婚すれば、こういうすてきな朝を毎日迎えられるんだよね。

そんな幸せな未来を想像したら、くすぐったい気持ちになって、また笑みがこぼれた。

「私も結良くんの寝顔に、たくさんきゅんきゅんしてましたっ」

「っ、……ひかり、やっぱ俺が寝てるあいだ、なんかしたでしょ」

「えっ⁉　なんでわかっ……、あ」

思わぬ問いかけに動揺して、まんまと墓穴を掘ってしまった。

「そんな気がしただけ。相変わらずうそつけないね」

「う……」

さ、さすが結良くん。

私のことよくわかってる……。

いまさらごまかしてもまったく意味がないことはわかるので、気が引けつつも、ここはおとなしく白状することにした。

「ご……ごめんなさい。我慢できずに、寝込みを襲っちゃいました……」

「襲っ……え？　なにしたの」

「……結良くんの頬に、ちゅってしました」

「…………」

い、いざ言葉にしたら、ちょっとはずかしい……。

怒られちゃうかなと思いつつ反応を待っていたら、結良くんは黙って私の体を離した。

「そういうのは……」

小さな声でなにか言いかけた結良くんに、きょとんと首をかしげる。

けれど結局、結良くんは続きを口にすることはなく、「なんでもない」と私の頭をなでてベッドからおりてしまった。

そしてそのまま、すたすたとドアのほうへ向かっていく。

「結良くん？」

「……顔、洗ってくる。支度できたらすぐ出る？」

「あ……えっと」

そっか、まだ九時前だもんね。

予定より一時間くらい早いなあ。

どうしようかな、とすぐに答えられずにいたら、こんこんこん、とドアをノックする音がした。

近くにいた結良くんがドアを開けると、結良くんのお母さんが顔をのぞかせる。

「お母さん、これからパート行ってくるから。出かけるときは戸締まりお願いね」

「わかった」

「あっ、行ってらっしゃいですっ」

私も声をかけると、結良くんのお母さんは去り際「ありがとう、行ってきます！」

とにこやかに返してくれた。

それから少しして玄関のドアが開く音が聞こえてきて、結良くんのお母さんが家を出ていったのがわかった。

「ひかり」

ドアのそばで立ちどまったままの結良くんが、ふと私を呼ぶ。

「ふたりきりに、なったわけですが」

「は、はいっ、そうですね……！」

私のパパもそうだけど、結良くんのお父さんは土曜日もお仕事があるらしい。

そして結良くんのお母さんも、ついさっき出て行ってしまったので……いまこの家にいるのは、私と結良くんだけ。

さりげなく緊張していると、結良くんは少し照れたようにこちらを振り返った。

「……もうちょっと、ゆっくりしてから出かけよっか」

「っ……」

そ、それはつまり……いちゃいちゃしよう、っていう意味、でいいんだよね？

期待していなかったと言えばもちろんうそになるので、頬を赤く染めながらこくこくとうなずいたら、結良くんは手の甲で口もとを隠してうつむいた。

「じゃ……ちょっと、待ってて」

「はい！　待ってます……っ」

やっぱり何度経験しても、こういう空気は恥ずかしくてなかなか慣れない。

結良くんが一階におりてからも、顔のほてりはいっこうに冷めなくて。

しばらくして戻ってきた結良くんが、おかしそうに笑うくらいには、ずっとどきどきが止まらずにいた。

それからとびきり甘い時間を過ごし、結良くんの家を出たのは結局十一時過ぎ。

普段はあまり利用しない電車に乗って、プラネタリウムのある夢見ヶ丘駅に向かった。

改札を抜けて街に降り立てば、そっと私たちの耳元を通り過ぎていく、秋の透明な風音。

駅前の広場では、なにかのキャンペーンをしているのか、子どもたちに風船を配っているお姉さんがいた。

「はいどうぞ〜」

「わーい！　ありがとうっ」

うれしそうな子どもたちをほほ笑ましく思いながら、広場を横切っていたら。

「今日ちょっと風強いよね。風船、飛ばされそう」

結良くんがなんの気なしに言葉を放った直後、うしろから「あっ！」とお姉さんの声が上がって。

振り返れば、お姉さんの手から離れてしまったいくつかの風船たちが、澄みきった秋晴れの空へ向かって飛んでいくのが見えた。

びっくりした私は、勢いよく結良くんを見あげる。

「えっ、結良くん！　いま未来を予測したよね⁉」

夢見ヶ丘駅

「いや……適当に言っただけだから」

「す、すごいよ……！　結良くん予言者だよっ！」

「っ、待って、はずかしい。あんまりはしゃがないで」

目を輝かせてテンションを上げる私を、声を抑えてたしなめる結良くん。

「……ふふっ」

最後のセリフに思わず笑ってしまって、「なに？」と怪訝そうな顔を向けられた。

「えへへっ。なんだか、久しぶりの響きにきゅんとしちゃって。再会して間もない頃、よく結良くんに『はしゃがないで』って言われてたから」

「なんでうれしそうなの。俺、わりと冷たくしてたのに」

「えっ？　ぜんぜん冷たくなかったよ？　むしろずっと優しかったよ！」

そりゃ、両想いじゃなかったから、結良くんはつれない態度だったけど。

だけど、あんなにしつこく想いを伝え続けても、突き放されたり、傷つけられたことは一度だってなかった。

雰囲気が柔らかいから冷たく感じないっていうのもあるかもしれないけど、結良くんはきっと、自分が思っているよりずっと、優しすぎる人なんだよ。

「あのねっ、私ね。毎日、結良くんのこと好きって気持ちが強くなっていってるよ。何度も何度も、結良くんに恋に落ちてるよ！」

「うん……ほんと、突然ポエム詠みだすよね」

「結良くんとの思い出は全部、ぜーんぶ、幸せのフォルダに入ってるんだよっ！」

「うんもう、わかった。すごい伝わってるから。ありがと」

大きすぎる私の想いに、こうしてあきれながらも笑って、お礼を言ってくれちゃうとこ。

ほんとに優しくって、好き。大好き。

うれしくて周りに花を飛ばす私の頭をなでて、結良くんはスマホを取り出した。

「プラネタリウム、だいたい一時間くらいだよね。終わってからどっかカフェにでも入ろっか」

「うん！　久々だから楽しみだなあ」

「俺もたぶん、小学校以来……」

スマホのマップでルートを確認した結良くんが、顔を上げてから「あ」と声を漏らした。

不思議に思って結良くんの視線の先をたどれば、目の前を歩いていく一組の男女。

とっても美男美女の、仲睦ましげなカップルで、私はつい女の子のほうを目で追ってしまった。

栗色のストレートロングヘアに、色白な肌、ぱっちり二重で黒目がちな瞳。

芸能人さながらに容姿端麗な彼女は、私たちだけではなく、周囲の視線を一身に浴びながら通り過ぎていった。

「いまの人、春瀬ひまりにすごい似てたね」

「え……っ」

春瀬ひまりちゃんというのは、いま旬の人気若手女優だ。

私もまったく同じことを考えていたんだけど、まさか結良くんが口にするとは思わなくて、ちょっと衝撃を受けてしまった。

だって結良くんって、芸能人とかあんまり興味なさそうなのに……！

「ゆ、結良くん、ああいうお人形さんみたいな女の子がタイプですか……!?」

真っ青な顔でたずねたら、「えっ？」と虚をつかれたようにこちらを見る結良くん。

「いや、ごめん。うちの母親が好きなんだよ、春瀬ひまり」

「結良くんは!?」

「ぜんぜん興味ないよ。ごめんね、デート中に」

拍子抜けするくらいあっさり『興味ない』と言われ、私はほっと胸をなでおろした。

でも……そういえば、結良くんの好きな女の子のタイプって聞いたことないなあ。

いまさら気にする必要はないのかもしれないけど、結良くんはかつて、私とは正反対のミクルさんと付き合っていたわけだし……。

もしかして、私って、じつは結良くんのタイプとはほど遠かったり……⁉

「……心配しなくても、俺、好きになった子がタイプだよ」

うつむいてぐるぐると思い悩んでいたら、一瞬で不安を拭い去る言葉が落ちてきた。

驚いて顔を上げれば、優しい表情の結良くんと目が合って、とたんに胸がきゅうっと甘く締め付けられる。

結良くんはいつだって、私の気持ちを見つけて、安心できる言葉をくれる。

こんなにもすてきな人……地球上のどこをさがしても他にいないよ。

「結良くん……っ」

想いがあふれた私は、つないでいた手をくいくいと引っぱって背を伸ばした。

「ん？」

気づいて身をかがめてくれる結良くんの肩に、そっと手を添える。

そして、その頬に唇を寄せて……ちゅっ、と今日二回目の、頬へのキスをした。

駅の真ん前だけど、誰も見てなかったはず。たぶんっ。

「つな……に、いきなり」

予想外だったようで、目を見開いてわずかに赤くなる結良くん。

それを見て、自分からしたくせに、つられて私もかあっと顔を赤らめてしまった。

「だって……」

寝ている結良くんにキスしたことを話したとき、結良くん、『そういうのは』って言っていたから。

「〝そういうのは起きてるときにして〟……ってことかなと思って。違った？」

「……っ、違わない。合ってる、けど」

つながれた手に、ぎゅっ、と力がこめられた。

「ふたりきりのときじゃなきゃ、だめだよ。……キス、したくなるでしょ」

口もとを覆った結良くんが、すごくすごく、小さな声を落とした。

その瞳の奥が熱を帯びているのがわかって、顔どころか体じゅうが発火しそうになる。

「ほんと……知らないから。プラネタリウムに集中できないことになっても」

「えっ……！」

「……うれしそうな顔しないでよ」

あきれながらも、やっぱり照れを隠しきれていない結良くんに、ついつい頬がゆるんでしまう。

そしたら「ばか」って悪態をつかれちゃったけれど。

実はその〝ばか〟って言葉も、結良くんが言うと優しい響きがして好き、だなんて。

そんなこと言ったら、結良くん、もっと照れちゃうかな？

「えへへ……っ。結良くんのこと好きすぎて、私もう、どうにかなっちゃいそう」

恋は盲目というけれど、本当にその通りだと思う。

あきれた顔も、照れた顔も、笑顔も寝顔も、全部ぜんぶ好きだよ。

結良くんのすべてがこんなにも、愛しくてたまらない。

心の声をそのまま口にしたら、結良くんはつないだ手を引いて、私の体を軽く抱き寄せて。

「……こっちのセリフ」

……なんて、甘くささやく声でまた、私の胸をきゅんと高鳴らせた。


ねえ、これからも、何度だって君に伝えるよ。

数えきれないこの想いを、かけがえのない幸せを、〝好き〟というたった二文字に込めて。

君のそばで感じる未来は——いつだって、きらきらと光り輝いている。

END

# あとがき

はじめまして。またはお久しぶりです！　天瀬《あませ》ふゆです。
このたびは数ある小説の中から、『何度だって君に伝えるよ。』を手に取ってくださり、ありがとうございます！　天瀬ふゆとして書籍を出版させていただくのも、早いもので七冊目となります。今回は初の野いちご文庫からの書籍化ということで、慣れない縦書きでの編集作業に悪戦苦闘しながら、自分なりの全力の「泣きキュン」をお届けすべく全身全霊で作品をつくりあげました。一途すぎるふたりや明かされる真実に、少しでも胸きゅんや感動を味わっていただけたなら幸いです。

重めの話になりますが、この作品を執筆している最中、とても近しい続柄の女性が交通事故で亡くなりました。向かいの家に住んでいた彼女は、生前、毎日のように料理やお菓子をたくさん作ってはうちにおすそ分けに来てくれる人でした。けれどこれから先の未来では、二度と彼女の手作りの料理やお菓子を食べることも、「おはよう」や「おかえり」、「ただいま」などのたわいもない挨拶を交わすこともできません。

死って、未来がないって、こういうことか、と。当然のことに本当の意味で気づき、そして改めて死について深く考えさせられました。

お葬式ではたくさんの参列者の方が涙に暮れ、嘆きの言葉を口にしながら、棺の中、白い顔で眠る彼女の周囲に花を置いていました。しかし、「残念だ」「かわいそうに」と何度も耳に届く声に、自分は次第に疑問を抱いてしまうようになりました。たしかに大切な人の死はやるせなく、苦しいものだけれど、まるで「死がそれまでの人生すべてを台無しにする」とでも言っているかのように聞こえてしまったのです。それはつまり、物語でたとえれば、バッドエンドだということです。

どんな形の死であれ、人生の終わりがそれではあんまりだと、今作は死がもたらすのは必ずしも絶望だけではないという意味を込めて、希望に満ちた作品として書きあげました。中盤のシーンで、残酷な悲劇だと感じられた方もいらっしゃるかと思いますが、天瀬ふゆが書きたかったのはあくまで「最初から最後まで幸せな物語」なので、あえて残酷という単語は作中で一度も用いませんでした。死が未来をつなぐ奇跡を、死を大切に抱きしめたくなるような運命を、今回の主人公たちにはなにより感じてほしかったのです。作者としても、いつまでも幸せでいてほしい〝三人〟です。

今回は過去最高に編集作業が大変で、まだ社会に出てもいない十代の自分が書くには難しい内容ではないかと何度も思い悩みましたが、読んでくださった方に幸せな気持ちで涙していただけるようにと、いま自分にあるすべてを総動員して物語を完成させました。とても思い入れの強いこの作品が、おひとりでも多くの方の心になにか残すことができたなら、これ以上の幸せはありません。書き下ろし番外編のほうは全力で甘々に仕上げましたので、思いきりきゅんきゅんしていただければうれしいです！

最後になりましたが、今回もご尽力くださったスターツ出版の方々。とてもお世話になりました担当編集者の相川さま、中澤さま。お忙しい中、すてきすぎるカバーイラストや口絵漫画、挿絵まで描いてくださった埜生さま。作品を読みこみ、切なくも柔らかな歌声で最高に泣きキュンなイメージソングを完成させてくださったシュウと透明な街さま。あたたかいお言葉で支えてくださった読者さま。たくさん相談にのってくださった友人。これからも何度だって伝えさせてください。本当にありがとうございます。みなさま大好きです！

そして読んでくださったあなたに、最大級の感謝と愛情を込めて！

二〇一八年八月二十五日　天瀬ふゆ

この物語はフィクションです。実在の人物、団体等とは一切関係ありません。

天瀬ふゆ先生への
ファンレター宛先
〒104-0031　東京都中央区京橋1-3-1　八重洲口大栄ビル7F
スターツ出版（株）　書籍編集部気付　天瀬ふゆ先生

# 何度だって君に伝えるよ。

2018年8月25日　初版第1刷発行

著　者　天瀬ふゆ ©Fuyu Amase 2018

発行人　松島滋
イラスト　埜生
デザイン　齋藤知恵子
DTP　久保田祐子
編集　相川有希子
編集協力　中澤夕美恵
発行所　スターツ出版株式会社
〒104-0031
東京都中央区京橋1-3-1 八重洲口大栄ビル7F
TEL 販売部03-6202-0386（ご注文等に関するお問い合わせ）
https://starts-pub.jp/

印刷所　共同印刷株式会社
Printed in Japan


ISBN　978-4-8137-0516-1　C0193

恋するキミのそばに。

## ♥野いちご文庫♥

それぞれの片想いに涙!!

# 早く俺を、好きになれ。

「ずっと、お前しか見てねーよ」
照れくさそうに笑うキミに、
私はいつからドキドキしてたのかな…？

miNato《ミナト》・著

本体：600円＋税

イラスト：池田春香

ISBN：978-4-8137-0308-2

高２の咲彩は同じクラスの武富君が好き。彼女がいると知りながらも諦めることができず、切ない片想いをしていた咲彩だけど、ある日、隣の席の虎ちゃんから告白をされて驚く。バスケ部エースの虎ちゃんは、見た目はチャラいけど意外とマジメ。昔から仲のいい友達で、お互いに意識なんてしてないと思っていたから、戸惑いを隠せず、ぎくしゃくするようになってしまって…。

## 感動の声が、たくさん届いています！

虎ちゃんの何気ない優しさとか、恋心にキュン♡ッッとしました。
(*ブチケーキ*さん)

切ないけれど、それ以上に可愛くて爽やかなお話し
（かなさん）

一途男子ってすごい大好きです!!
（青竜さん）